續

이상의 시
괴델의 수

김학은 지음

보고사

신지경 에게

속편의 사연

1. 이 책은 내가 쓴 『이상의 시 괴델의 수』의 속편이다. 『이상의 시 괴델의 수』(이하 전편이라 부름)는 이상의 초기 시 46수의 해독이고 속편은 후기 시 46수의 해독이다. 전편의 초판이 출간된 이후 많은 사람들의 격려가 도래하였다. 한결같은 요청이 있었으니 나머지 시들도 해독해 달라는 것이었다. 금년은 마침 이상의 시가 신문에 연재된 지 80주년이 되는 해다.

2. 전편의 46수는 이상이 별과 수에 대하여 1931년경에 집중적으로 쓴 것이다. 초기 시라고 분류할 수 있다. 그 후 이상은 시의 대상을 바꾼다. 후기 시라 할 수 있다. 여기 속편에 추가된 후기 시 46수 가운데 그 해독이 어느 것은 쉽지만 어느 것은 매우 어렵고 도전적이었다. 별과 수가 대상이 되어 참고할 것이 있었던 초기 시와 달리 이 46수는 뚜렷이 참고할 잣대가 없기 때문이다. 시의 내용도 변해감을 알 수 있다. 이상이 교묘한 방법으로 식민지배에 저항한 흔적이 역력하다.

3. 이러한 측면에서 이상의 후기 시는 전편의 초기 시와 전혀 다르다. 전편의 초기 시가 과학과 수학에 대한 시적 변용이라면 속편의

후기 시는 이상한 가역반응으로 상징되는 자신의 신변을 시로 옮긴 것인데 신화, 오페라, 명작 등의 영향을 받은 흔적이 보인다.

4. 전편의 46수는 해독이다. 속편의 여러 시도 기본적으로 해독이다. 그러나 그 밖의 여러 시는 해독과 해석 중간이라고 말하는 것이 정직한 표현일 것이다. 해독이라고 분명하게 주장할 수 있는 객관적인 잣대가 없기 때문이다. 그럼에도 불구하고 기술의 편의상 모두 해독이라고 표기하였다.

5. 전편은 커다랗게 두 부분으로 구성되어 있다. 첫째 부분은 이상이 천체현상을 시로 표현한 것이고 둘째 부분은 그것을 괴델의 수와 연결한 것이다. 정확하게 표현하면 괴델의 논리와 연결한 것이다. 그런데 첫째 부분과 둘째 부분의 연결이 완성되지 않았다. 이것은 의도된 기획이었다.

6. 그 연결에는 이상의 창작 『지도의 암실地圖의 暗室』이 자리를 차지하고 있기 때문이다. 이 창작은 이상이 괴델의 문제를 분명히 인식하고 있었음을 증언하는 귀중한 문헌인데 전편은 이상의 시만 해독하였으므로 시 아닌 창작 해독의 자리가 없었다. 또 속편도 전편과 동일한 제목을 유지하면서 전편의 일관성을 유지하는 접점이 필요하여 시가 아님에도 불구하고 그 연결점으로 사용하기 위해 이 창작의 해독을 속편에 남겨 두었다. 다시 말하면 이 창작은 이상의 초기 시와 후기 시를 연결할 수 있는 거의 유일한 작품이다. 이 책

이 이상의 후기 시를 해독하지만 이러한 의미에서 창작인 『地圖의 暗室』을 해독하지 않고는 그의 단서를 찾기 어렵다. 이 속편에서 드러나는 대로 "地圖의 暗室"의 의미는 "문장의 불완전성"이다. 전편에서 보였다시피 이것이 바로 괴델의 〈불완전성 정리〉의 내용이며 이상이 문장의 형태에 각별한 관심을 가졌음을 증언한다. 그러한 의미에서 전편 해독의 로제타스톤이 〈로시 천체망원경〉이었다면 속편 로제타스톤은 『地圖의 暗室』이다. 이 작품에서 후기 시가 탄생한다.

7. 졸저임에도 전편의 내용을 소개하는데 귀한 지면을 크게 할애한 『동아일보』에 특별한 감사의 뜻을 표한다. 또 전편에 이어 속편의 출간을 기꺼이 담당한 보고사에 다시 한 번 감사의 뜻을 기록으로 남기고 싶다.

2014년 5월
이상 시 『조선중앙일보朝鮮中央日報』 연재 80주년에
김학은 적음

차례

해독작품 순서 –전편에 이어서

제5장

암실

불완전

전편에서 해독한 이상의 초기 시 46수 해독의 단초는 천체망원경에 있었다. 이에 대한 영감을 이상이 〈로시 천체망원경〉의 사진에서 받았음이 밝혀졌다. 1929년 19세의 이상이 『조선과 건축朝鮮と建築』의 표지공모전에 응모하여 3등으로 입상한 작품의 모본이 바로 〈로시 천체망원경〉이었음이 그 증거였다. 당시 이상은 오래전 멀리 아일랜드에서 일어나고 있었던 천문학의 사건을 알고 있음을 내세워 자신이 우물 안 개구리가 아니었음을 후세에게 보여주었다. 그리고 이것을 후세가 자신의 시를 해독할 수 있는 로제타스톤으로 남겼다.

이 주장은 전편에서 제시한 15가지 단서가 증언한다. 추가하여 또 하나의 결정적인 증거를 제시할 수 있다. 〈그림 5-1〉은 전편에서 소개한 〈그림 2-6〉의 이상의 표지도안 3등 작품의 부분이고 〈그림 5-2〉 역시 전편의 〈그림 2-7〉의 로시 천체망원경의 부분이다. 두 그림 모두 관측 전망대에 사람이 보인다.

또 전편에서 〈그림 2-6〉과 〈그림 2-7〉을 바탕으로 해독한 시 〈이상한 가역반응〉의 마지막 문장에서 "식염을 얻으려" 한다는 우

〈그림 5-1〉 이상의 표지도안 3등 작품(부분)   〈그림 5-2〉 로시 천체망원경(부분)

리말 표현을 영어로 직역하면 earn their salt인데 이것은 숙어로써 "간신히 살아갈 만큼 벌다"라는 뜻이다. 이 두 가지 추가적인 증거가 전편 해독의 정확성을 일층 높여주고 있다.

　전편에서 남겨진 질문은 과연 이상이 1930년대에 일어난 과학계의 세계적인 사건들을 모든 여건이 열악한 식민지 조선에서 어떻게 신속하게 알 수 있었던가이었다. 이에 대한 즉답은 이상이 〈로시 천체망원경〉에서 영감을 받았다는 사실에 있다. 지금도 이 천체망원경의 존재를 아는 사람은 드물다. 더욱이 이상 당시 이 천체망원경은 오랫동안 방치되어 잡초 속에서 그 존재조차 사라질 지경이었다. 당지인 아일랜드에서도 기억에서 사라졌다. 이상은 방치된 이 천체망원경에 대해서도 2편의 시를 쓴다. 이 책에서 소개할 것이다. 사정이 이러하매 1930년대 조선에서 이상이 이 천체망원경의 존재를 알고 있었다는 사실이 지금의 기준으로도 경이로운 것은 이 역사적인 천체망원경이 마침내 방치상태에서 벗어나 복원된 것이 1999년이었기 때문이다. 이것은 이상이 당대의 모든 책을 읽었다는 동시대 지우들의 증언을 뒷받침하는 동시에 당시 이상이 근무하던 조선총독부의 도서관이 세계 과학서적을 구비하였다는 가설을 설정할 만한 대목이다. 예를 들어 지금도 세계적인 명성을 자랑하는 과학 잡지 *NATURE*, *SCIENCE*, *NATIONAL GEOGRAPHIC*은 이상 당대에도 권위 있는 잡지였다.

또 하나. 1919년 11월 아인슈타인의 상대성이론이 관측으로 증명되었다. 이상은 1931년에 "별과별의인력권引力圈과인력권引力圈과의 상쇄相殺에의依한가속도함수加速度函數의변화變化"를 말하고 있다.[1] 1932년에 이상은 "생물공학"이라는 용어를 사용하고 있다.[2] 이 말은 DNA가 발견된 이후 만들어진 말이고 생명공학이라는 용어가 영국의 과학자 볼프(Heinz Wolff)에 의해 처음 만들어진 것은 1954년이다. 이상의 것으로 보이는 "모조진주 제조법"에 관한 기록도 전해온다.[3] 세계적으로 모조진주 제조법이 상용화로 성공한 것은 1928년이었다. 그밖에 이 책에서 소개할 헝가리 조형미술가 모홀리-나기(Laszlo Moholy-Nagy 1895~1946)의 1926년 작품을 모본 삼아 이상이 1929년 제작한 경성고등공업학교 졸업기념사진첩 도안도 또 다른 예이다. 그 경로는 아직 알 수 없으나 이상이 최신 과학지식을 섭취했다는 가설은 받아드릴 만하다.

이와 같이 스스로의 노력으로 세계 과학계에 자신을 노출시킨 이상이 쓴 전편의 46수의 시는 천체망원경에서 시작하여 마침내 문장

---

1) 「線에 關한 覺書 6」.
2) 「권두언」, 『朝鮮と建築』, 1932. 10.
3) 寧仁文學舘, 『2010 李箱의 房 - 육필원고 사진展-』, 서울: 寧仁文學舘, 2010.

의 불완전성을 증명한 괴델의 수에 이르렀음을 보여주었다. 이상의 글은 여기서 멈추지 않는다.

천체현상에 대한 이상의 관심은 일차적으로 자연현상과 인문현상의 관계였다. 수와 시의 통섭을 꿈꾸었다. 이 과정에서 빛과 어둠, 참과 거짓의 대조를 강조하였다. 그것은 0과 1로 표현되는 2진법이었고 그 생각은 발전하여 컴퓨터의 원리에 접근하였다.

천체현상 = 빛과 어둠 = 0과 1
인문현상 = 참과 거짓 = 0과 1

2진법은 2분법이다. 예를 들면 "이다와 아니다" 또는 "낮과 밤" 또는 "밝음과 어둠" 또는 "참과 거짓" 등이다. 이상은 인문현상에서는 2진법이면 충분하므로 "사람은 수를 버리라"고 요구하였다.

2진법의 하나인 빛과 어둠을 탐구하는 천체망원경의 중심에는 프리즘이 있었다. 그것이 만드는 스펙트럼은 이상으로 하여금 우주의 여러 현상을 시로 표현하는 데 기여하였다.

천체현상 = 스펙트럼 = 프리즘

이상은 프리즘을 삼각형△으로 표현하였다.

프리즘 = △

그 이후 그 표현은 다음과 같이 발전하였다.

$\triangle$ = BOITEUSE

∇ = BOITEUX

프리즘이 만드는 스펙트럼의 보남파초는 파장이 짧고 노주빨은 파장이 길므로 이것을 한 다리는 짧고 다른 다리는 길다고 비유한 것은 인문현상에 대한 일종의 불완전성을 상징적으로 표현한 것으로 이상이 이미 불완전성에 관심을 갖고 있었다는 흔적일 수 있다. 이것은 의미어인데 더욱 발전하여 마침내 다음과 같은 초보 형식어가 되었다.

$\triangle$ = 1+3

∇ = 3+1

어떻게 표현하여도 여전히 한 다리는 짧고 다른 다리가 긴 것은 마찬가지이다. 그러나 0과 1로 표현되는 2진법을 배태한 프리즘을 1+3으로 표현한 이상에게 이 표현은 초보 형식어로서 원래 형식어는 괴델의 것이었다. 전편에서 소개한 그의 표현은 다음과 같다.

$1+1=2 \Rightarrow s0+s0=ss0 \Rightarrow 7611765776$
$$\Rightarrow 2^7 \times 3^6 \times 5^{11} \times 7^7 \times 11^6 \times 13^5 \times 17^7 \times 19^7 \times 23^6$$

이때 괴델은 진술의 불완전성을 증명하는 과정에서 다음의 기법을 사용하였다.

s0=1

s1=2

ss0=2

괴델의 정리는 모순이 없는 진술에는 수학까지 포함하여 참 또는 거짓으로 완전하게 증명할 수 없는 불완전한 영역이 있다는 것인데 그러한 예로서 이상은 "소문"을 들었다. 대부분의 소문은 참과 거짓으로 판명되지 않는다. 소문은 언제나 이것 아니면 저것의 2분법으로 증명할 수 없는 불완전한 면이 있다. 다시 말하면 소문은 참이냐 거짓이냐의 2분법이 아니라 증명할 수 없음의 특징을 지닌다. 이상은 이러한 방법을 시작詩作에 차용할 수 있음을 보였다.

소문 ⇨ SCandal ⇨ sCANDAL

여기서 이상은 괴델의 소문자 s를 또는 페아노의 대문자 S를 사용하고 있음을 볼 수 있다. 드디어 이상은 천체현상의 빛과 어둠의 2진법에서 출발하여 인문현상의 참과 거짓의 2분법에 도달하여 괴델의 불완전성에 접근하였다. 과연 그랬을까?

전편의 제목『이상의 시 괴델의 수』는 이러한 지적 배경을 반영한 것이다. 여기서 멈추지 않은 이상은 이러한 시작법詩作法을 다른 창작 기법에도 그대로 반영하였으니 그것이 바로 창작『지도의 암실地圖의 暗室』이다. 이 작품에서 이상은 s를 한글로 "또"라고 번역하는 진전을 보였다.

다섯 = 5
또다섯 = s5 = 6
또또다섯 = ss5 = 7
또또또다섯 = sss5 = 8

이 추가적인 서술법이 이상이 괴델의 기법을 알고 있었다는 강력한 증거가 된다. 괴델이 증명한 해는 1931년이었는데 이상은 불과 1년 뒤 『地圖의 暗室』에 적용하였으니 그 신속함에 탄복한다. 이와 관련한 또 하나의 증거가 있다. 이상은 같은 글에서 여섯을 앞서 또다섯이라는 괴델식 표현 이외에 "다섯시간뒤에흐리멍덩히달나붓흔한시간"이라는 표현을 선보였다. 이것은

다섯 더하기 하나 = 여섯

이라는 뜻이다. 이것 역시 괴델의 표현에서 파생된 것으로서 재귀함수의 초보적 형태이다. 재귀함수에서는 이전의 기호로 다음의 기호를 발전시키는 수학의 표현법인데 가장 간단한 예가 $f(n+1) = f(n)+1$이다. 이 논리에 의하면 이상은

여섯 더하기 하나 = 일곱
일곱 더하기 하나 = 여덟
······

등으로 숫자를 무한대로 연속 표현할 수 있는 방법을 알고 있었던 셈이다. 놀라운 것은 재귀함수는 이상이 이 글을 쓰고 4년 후에 등

장했다는 점이다. 이 분명한 증거 때문에 속편도 이상의 후기 시를
해독하는 자리이지만 전편과 연결점이 필요하기에 아래에서 보는
대로 글의 분류가 애매함에도 불구하고 부득이『地圖의 暗室』을 해
독할 수밖에 없다.

　먼저 제목. 첫째, "지도地圖"의 영어표기는 MAP이다. 이것이 수학
에서는 "함수"의 의미를 지닌다. 함수 Y=F(X)는 X가 Y에 MAPPING
한다는 뜻이다. MAPPING의 우리말 번역은 사상寫像이다. 비유하자
면 X를 거울에 비춘 모습이 Y이다. 동의어 MORPHISM도 사상이라
고 번역한다. 집합이론에서 MAPPING은 MORPHISM과 동의어로
사용되기도 하는데 어원이 같은 MORPHOLOGY는 지형학이다. 바
로 지도를 가리킨다. 지구상에서 하나의 지역地域을 알려면 경도와
위도를 사용해야 한다. 이처럼 "지도"에서 하나의 위치를 정하는 데
MAPPING에는 가로 X축과 세로 Y축이 필요하다. 수학의 함수
Y=F(X)도 기하학적으로 표현할 때 하나의 좌표를 X축과 Y축에서
정의된다. 그래서 X를 정의역定義域이라 부르고 Y를 공역共域이라고
부른다. 수학의 역域이 지리학의 지역地域이다. 어문학에서 주어와
술어를 연결하는 "문장"이 수학에서는 독립변수 X와 종속변수 Y를
연결하는 "함수"가 된다. 다시 말하면 MAP은 수학적 문장을 가리킨
다. 수학이 하나의 언어이기 때문이다. Mathematics is a language.
단순한 구문론으로서 수학의 형식체계는 세 가지 규칙으로 구성된
다. 첫째, 수학의 언어를 정하는 규칙, 둘째, 그 언어들을 연결하는
구문의 규칙, 셋째, 구문에서 또 다른 구문을 유도하는 추론 규칙이

다. 어학의 형식체계도 마찬가지이다. 괴델에 의하면 모든 문장은 수학의 함수로 치환할 수 있고 거꾸로 수학의 함수는 문장으로 표현할 수 있으므로 지도=MAP=문장의 등호가 성립한다. 이상은 과학도이며 수학에 능하였다. 그에게 지도는 문장을 의미한다.

둘째, "암실暗室"은 밝음도 아니고 어둠도 아니다. 희미한 전구를 밝히는 사진관의 암실이 그렇다. 지도 역시 하나의 언어이다. 지도를 "읽는다"는 표현이 이를 의미한다. 대항해 시절 아직 탐험되지 않아 그 정체가 드러나지 않은 채 미완성된 지도에서 "모르는 땅 terra incognita"이라고 표기된 곳이 있는데 이 땅이 바로 지도의 암실이다. 문장으로 말하면 참도 아니고 거짓도 아니다. 모순의 세계이다. 이것을 괴델은 "증명할 수 없음"으로 해결하였다. 쉽게 말하면 "모른다incognito"이다.

종합하면 "地圖의 暗室"은 문장의 내용이 이랬다(밝음)도 아니고 저랬다(어둠)도 아닌 "이랬다저랬다"의 불분명한 부분(암실)을 지칭한다. 배중률the law of excluded middle이 불가능함을 보여주는 은유적 표현이다. 비유하자면 하나의 지점을 찾기 어려운 지도를 말한다. 다시 말하면 "문장의 불완전성"이다.

문장의 불완전성은 모든 진술에 해당한다. 전편에서 보았듯이 괴델의 정리는 모순이 없는 진술에는 참이냐 거짓이냐를 증명할 수 없는 영역이 존재함을 보였다. 그 과정에서 핵심은 무한대의 모순이었다. 이상의 『地圖의 暗室』은 온통 같은 단어의 무한 반복의 행진을 보여주는 데 이를 반영한다. 그를 위하여 이상은 남들이 보기에는 하찮은 일상생활을 예로 들었다. 자신의 하루에서 일어나는 일들을 괴델의 불완전성 정리로 풀어썼다. 그것을 이상은 "세상과 관계없는 일"이라고 불렀다. 사실 보통사람에게 괴델의 불완전성 정리나 문장의 불완전성은 세상과 관계없는 일이다. 그럼으로써 이상은 시인답게 "문장의 형태"에 대한 남다른 관심을 보여주고 있다.

창작 『地圖의 暗室』은 이상의 하루를 그린 것인데 제임스 조이스가 1922년에 발표한 『율리시즈』를 연상시킨다. 주인공이 작가 자신이다. 구조도 부분적으로 비슷하다. 그러나 이미 앞서 제목의 의미를 밝힌 대로 글의 목적은 전혀 다르다. 『지도의 암실』은 두 부분으로 구성된다. 첫째 부분은 이상이 문장 또는 진술의 불완전성을 인식하고 그의 형태와 표현에 대한 고심을 나타내고 둘째 부분은 그 문제를 개척하기에는 자신의 시간이 폐결핵으로 얼마 남지 않았음을 깨닫고 다른 길을 탐구하는 과정을 그렸다. 시간이 많다고 해도 해결이 불가능한 것도 알고 있다. 여기에서 후기 시가 탄생한다.

첫째 부분의 불완전성이 전편에서 소개한 대로 여기도 아니고 저기도 아닌 회색지대(도)의 암실인 것처럼 둘째 부분의 이상 자신은 여기에도 저기에도 속하지 못하는 흡사 빛도 아니고 어두움도 아닌 암실의 존재임을 표현하였다. 여기서는 첫째 부분만 해독하겠다. 이 부분은 이상의 하루 일과를 "문장의 불완전성"으로 묘사하고 있다.

이렇게 해독할 때 『地圖의 暗室』이 소설인지 아닌지 애매하다. 그렇다고 논문은 더욱 아니고 수필도 아니다. 낙서도 아니다. 아래에서 읽고 깨닫게 되겠지만 이상이 새로운 문학 범주를 개척하였다고 여겨진다.

KL47. 地圖의 暗室(전반부)

출처: 朝鮮 1932. 2. 13.

기인동안잠자고 짧은동안누엇든것이 짧은동안 잠자고 기인동안
누엇섯든그이다. 네시에 누으면 다섯 여섯 일곱 여덜 아홉 그리고아
홉시에서 열시까지리상 −나는리상이라는한우수 운사람을아안다 물
론나는그에대하야 한쪽보려하는것이거니와 − 은그에서 그의하는
일을떼여던지는 것이다. 태양이양지짝처럼나려쪼이는밤에비를퍼
붓게하야 그는레인코오트가업스면 그것은엇쩌나하야방을나슨다

離三茅閣路到北停車場 坐黃布車去

엇던방에서그는손까락끗을걸린다 손까락끗은질풍과갓치지도우
를거웃는데 그는마안흔은광을보앗건만의지는것는것을엄격케한다
외그는평화를발견하얏는지 그에게뭇지안코의레한 K의바이블얼골
에그의눈에서나온한조각만의보재기를한조각만덥고가버렷다.

옷도그는아니고 그의하는일이라고그는옷에대한귀찬은감정의버
릇을늘하로의한번식벗는것으로이러치아니하야 누구에게도업시반
문도하며 위로도하야가는 것으로 도 보아 안버린다.

친구를편애하는야속한고집이 그의밝안몸뎅이를 친구에게그는그
럿케도쉽살이내여맛기면서 어듸친구가무슨즛을하기도하나 보자는
생각도안는못난이 라고도하기는하지만 사실에그에게는 그가그의

밝안몸덩이를가지고단이는묵어운로역에서벗어나고십허하는갈망
이다 시게도칠랴거든칠것이다 하는마음보로는한시간만에세번을치
고삼분이남은후에륙십분만에처도너할대로내버려두어버리는마음
을먹어버리는관대한세월은 그에게 이때에시작된다.

　앙뿌을르에봉투를 씨워서그감소된빗은 어듸로갓는가에대하야도
그는한번도생각하야본일은 업시 그는이러한준비와장소에대하야 관
대하니라 생각하야본일도업다면 그는속히잠들지아니할가 누구라
도생각지는아마안는다. 인류가아즉만들지아니한글자가 그 자리에
서이랫다 저랫다하니무슨암시 이냐가무슨까닭에 한번넘어지나가
면 도무소용인인 글자의고정된기술방법을채용하는 흡족지안은버
룻을쓰기를버리지안을까를그는생각한다 글자를저것처럼가지고그
하나만이 이랫다저랫다하면 또생각하는것은 사람하나 생각둘말 글
자 셋 넷 다섯 또다섯 또또다섯 또또또다섯그는결국에시간이라는
것의무서운힘을 밋지아니할수는업다. 한번지나간것이 하나도쓸데
업는것을알면서도　하나를버리는묵은즛을그도역시거절치안는지그
는그에게물어보고십지안타 지금생각나는것이나 지금가지는글자가
잇다가즐것하나 하나 하나 하나에서모도식못쓸 인줄알앗는데외 지
금가지느냐안가지면 고만이지하야도 벌서가저버렷구나 벌서가저
버렷구나 벌서가젓구나 버렷구나 또가젓구나. 그는압파오는시간을
입은 사람이든지길이든지 거러버리고거더차고 싸와대이고십헛다
벗겨도옷벗 겨도옷 벗겨도옷 벗겨도옷 인다음에야거더 도길 거더
도길인다음에야 한군데버틔고서서 물너나지만안코 싸와대이기만
이라도하고십헛다.

앙뿌을르에 불이확켜지는것은 그가깨이는것과갓다하면이럿타 즉밝은동안에불인지마안지하는얼마쯤이 그의다섯시간뒤에흐리멍 덩히달나붓흔한시간과갓다하면 이럿타즉그는봉투에 싸여업서진지 도모르는 앙뿌을르를보고 침구속에반쯤강삶아진그의몸덩이를보고 봉투는침구다생각한다 봉투는옷이다 침구와봉투와 그는무엇을배 윗느냐몸을내여다버리는법과 몸을주어드리는법과 미닫이에광선잉 크가 암시적으로쓰는의미가그는그이 몸덩이에불이 확켜진것을알 라는것이닛가 그는봉투를닙는다 침구를닙는것과 침구를벗는 것이 다 봉투는옷이고 침구는다음에 그의 몸덩이가 뒤집어쓰는것으로달 른다. 밝앗케앙뿌을르에습기제하고 젓는다 바다서는내어던지고 집 어서는내여버리는 하로가불이들어왔다 불이꺼지자시작된다. 역시 그럿코나오늘은 카렌더의붉은빗이 내여배엿다고 그럿케카렌더를 만든사람이나떼이고간사람이나가마련하야노흔것을 그는 위반할수 가업다 K는그의방의카렌더의빗이 K의방의카렌더의빗과일치하는 것을 조화하는선량한사람이닛가 붉은빗에대하야겸하야 그에게경 고하얏게된것이지만 지금은가장씨우는것이로고나 확실치아이한두 자리의수자가 서로맛불들고그가웃는것을보고 웃는것을흉내내여 웃 는다 그는카렌더에게 지지는안는다 그는대단히넓은우숨과 대단이 좁은우숨을운반에요하는시간을 초인적으로가장짧게하야 우서버려 보혀줄수잇섯다.

　인사는 유쾌한것이라고하야 그는게을느지안타늘. 투스부럿쉬는 그의니사이로와보고 물이얼골그중에도빰을건드려본다그는변소에 서 가장먼나라의호외를 가장갓갑게보며 그는그동안에편안히서술

한다 지난것은버려야한다고 거울에열린들창에서 그는리상 - 이상
히이일홈은 그의그것과똑갓거니와 - 을맛난다 리상은그와똑갓치
운동복의준비를 차렷는데다만리상은그와달라서 아모것도하지안는
다하면 리상은어데가서하로종일잇단말이요 하고십허한다.

그는그책임의무체육선생리상을맛나면 곳경의를표하야그의얼골
을리상의 얼골에다문즐러주느라고 그는수건을쓴다. 그는리상의가
는곳에서하는일까지를뭇지안앗다. 섭섭한글자가하나식 하나식섯
다가 씰어지기위하야 나암는다.

你上那兒去 而且. 做甚麼

슲흔몬지가옷에 옷을닙혀가는것을 못하야나가게 그는얼는얼는
쪼차버려서퍽다행하얏다.

그는에로시엥코를닑어도조타 그러나그는본다외나를못보는눈을
가젓느냐 차라리본다 먹은조반은 그의식도를거처서바로에로시엥
코의뇌수로들어서서 소화가되든지안되든지 밀려나가든버릇으로 가
만가만히시간관렴을 그래도안이어기면서랍슨다 그는그의조반을 남
의뇌에떠맛기는것은견델수업다 고견데지안아버리기로한다음 곳견
데지안는다 그는차즐것을곳찻고도 무엇을차잣는지는알지안는다.

태양은 제온도에조을닐것이다 쏘다트릴것이다 사람은딱장벌러
지처럼뛸것이다 따뜻할것이다 넘어질것이다 새깜안피조각이뗑그
렁소리를내이며 떨어져깨여질것이다 땅우에눌어부틀것이다 내음
새가날것이다 구들것이다 사람은피부에검은빗으로도금을올닐것이
다 사람은부듸질것이다 소리가날것이다.

사원에서종소리가걸어올것이다 오다가여긔서놀고갈것이다 놀

다가가지안이할것이다.

　그는여러가지줄을잡아다니라고 그래서성낫슬때내여거는표정을 작만하라고 그래서그는그럿케해바닷다 몸덩이는성나지아니하고 얼골만성나자기는얼골속도 성나지아니하고살껍더기만성나자기는 남의목아지를어더다 부친것갓하야꾀제멋적엇스나 그는그래도그것을 압세워내세우기로하얏다 그러케하지안이하면 아니되게다른것들 즉 나무사람옷심지어 K까지도그를놀리러드는것이닛가 그는그와관게 업은나무사람옷심지어 K를처즈려나가는 것이다 사실빠나나나의나무와스케이팅녀자와 스카아트와교회에가고마안 K는그에게관게업섯기 때문에 그럿케되는자리로그는그를옴겨노아보고십흔마음이다 그는K에게외투를어더그대로돌아서서닙엇다　뿌듯이쾨감이억개에서잔등으로 걸처잇서서비잇키지안는다 이상하고나한다.

　그의뒤는그의천문학이다 이럿케작정되여버린채 그는별에갓가운산우에서 태양이보내는멋 줄의볏을압정으로 꼭꼬자노코 그압헤안저그는놀고잇섯다 모래가만타 그것은모도풀이엿다 그의산은평지보다나즌곳에 처어저서그뿐만안이라 움푹오므러들어릿섯다 그가요술가라고하자 별들의구경을온다고하자 오리온의좌석은 조기라고하자 두고보자 사실그의생활이 그로하야금움즉이게하는즛들의여러가지라도는 무슨모옵쓸흉내이거나 별들에게나구경식힐 요술이거나아이지이쪽으로오지안는다.

　너무나의미를 닐허버린그와 그의하는일들을 사람들사는사람들틈에서공개하기는 끔즉끔즉한일잇가 그는피난왓다 이곳에잇다 그는고독하얏다 세상어는틈사구니에서라도 그와관게업시나마 세상

에관게업는즛을하는이가잇서서 작고만작고만의미업는 일을하고잇
서주엇스면 그는생각안이할는업섯다.

JARDIN ZOOLOGIQUE

CETTE DAME EST – ELLE LA FEMME DE MOSIEUR LICHAN?

앵무새당신은 이럿케짓거리면 조흘것을그때에 나는

OUI!

라고그러면 조치안켓슴니가 그럿케그는생각한다.

　원숭이와 절교한다 원숭이는 그를 흉내내이고 그는 원숭이를 흉
내내이고 흉내가흉내를 흉내내이는것을 흉내내이는것을 흉내내이
는것을 흉내내이는것을흉내내인다 견데지못한밧틈이잇서서 그는
원숭이를보지안앗스나　이리로와버렷스나　원숭이도그를아니보며
저긔잇서버렷슬것을 생각하면 가슴이 터지는것과갓핫다 원숭이자
네는사람을흉내내이는버릇을타고난것을작고사람에게도　그모양대
로되라고하는가 참지못하야그럿케하면 자네는또하라고 참지못해
서 그대로하면 자네는또하라고 그대로하면 또하라고그대로하면또
하라고 그대로하야도 그대로하야도 하야도또하라고하라고 그는원
숭이가나에게 무엇이고식히고 흉내내이고간에 이것이 고만이다 딱
마음을굿게먹엇다 그는원숭이가진화하야 사람이되엿다는데대하야
결코밋고십지안앗는뿐만안이라 갓흔에호바외손에된것이라고도 밋
고십지안앗스나그의?

　그의의미는 대체어데서나오는가 머언것갓하서불러오기어려울것
갓다 혼자사는것이 가장 혼자사는것이 되리라하는마음은 락타
를타고십허하게하면 사막넘어를생각하면 그곳에조흔곳이 친구처

럼잇스리라 생각하게한다 락타를타면그는간다 그는락타를죽이리
라 시간은 그곳에안이오리라왓다가도 도로가리라그는생각한다 그
는트렁크와갓흔락타를조와하얏다 백지를먹는다 지페를먹는다 무
엇이라고적어서무엇을 주문하는지 엇던녀자에게의답장이녀자의손
이포스트압헤서한듯이 봉투째먹힌다 락타는그런음란한편지를먹지
말앗스면 먹으면 괴로움이몸의살을말르게하리라는것을 락타는모르
니하는수업다는것을 생각한그는연필로백지에 그것을얼는배앗허노
흐라는 편지를써서먹이고십헛스나락타는괴로움을모른다.

정오의사이렌이호오스와갓치 뻐처뻐드면그런고집을 사원의종이
땅땅따린다 그는튀여올으는고무뿔과갓흔 종소래가아모데나 함부로
헤여저떨어지는것을보아갓다 마즈막에는엇던언덕에서 종소리와사
이렌이한데저서 밋그러저내려떠러저한데 쏘다저싸혓다가 확헤여
젓듯 그는시골사람처럼서서끗난뒤를까지 구경하고잇다 그때그는.

풀엄우에누어서 봄내음새나는 졸음을주판에 다놋코안자잇섯다
하나 둘 셋 넷 다섯 여섯 일곱 여섯 다섯 넷 다섯 여섯 일곱 여덜
아홉 여덜 아홉 잠은턱밋헤서 눈으로들어가지안는것은 그는그의눈
으로 물끄럼이바라다보면 졸음은벌서 그의눈알망이에회색 그림자
를던지고잇스나등에서비최는햇볏이너무따뜻하야그런지잠은번적
번적한다 외잠이안이오느냐 자나안자나마찬가지 인바에야안자도조
치만안자도조치만 그래도자는것이 나앗다고하야도생각하는것이잇
스니잇다면 그는외이런앵무새의 외국어를듯느냐 원숭이를가게하
느냐 락타를오라고하느냐 바드면내여버려야할것들을바다가지느라
고 머리를괴롭혀서는안되겟다 마음을몹씨상케하느냐 이런것인데

이것이나마생각안이하얏스면그나마나을것을구타여생각하야 본대
ㅅ자잇따가는소용업슬것을외씨근씨근몸을달리노라고 얼골과수족
을 달려가면서생각하느니잠을자지잔댓자안이다 잠은자야 하느니
라생각까지하야노앗는데도잠은죽어라이쪽으로 자그만콤만왓스면
되겟다는데도더안이와서안이자기만하려들어안이잔다 안이잔다면.

차라리길을걸어서 살내여보이는스카아트를 보아서의미를찻지못
하야노코아모것도안이늣기는것을하는것이차라리나으니라 그러치
만어데그럿케번번히잇나 그는생각한다 뼈쓰는여섯자에서 조곰우
우를떠서단이면조타 만흔사라미탄뼈쓰가만흔이거러가는 만흔사람
의 머리 우를지나가면 퍽관게가업서서편하리라 생각하야도편하다
잔등이묵어워들어온다 죽엄이그에게왓다고 그는놀라지안아본다
죽엄이묵직한것이라면 나머지얼마안되는시간은 죽엄이하자는대로
하게내여버려두어 일생에업든 가장 위생적인시간을향락하야보는
편이 그를 위생적이게하야 주겟다고그는생각하다가 그러면그는죽
엄에 견데는세음이냐못 그러는세음인것을자세히알아내이기어려워
고로워한다 죽엄은 평행사변형의법측으로 보일르샤알르의법측으
로 그는압흐로 압으로걸어나가는데도왓다 떠밀어준다.

　活胡同是死胡同　死胡同是活胡同
　그때에그의잔등외투속에서
　양복저고리가 하나떨어젓다 동시에그의눈도 그의입도 그의염통
도 그의뇌수도 그의 손바닥도 외투도 자암뱅이도모도어얼러떨어젓
다 남은것이라고는 단추 넥타이 한리틀의탄산와 사부지럭이엿다
그러면그곳에서잇는것은무엇이엿드냐하야도 위치뿐인페허에지나

지안는다 그는그런다 이곳에서흩어진채 모든 것을끗을내여 버려버
릴가 이런충동이땅우에떨어진팔에 엇던경향과방향을 지시하고그
러기시작하야버리는 것이다 그는무서움이일시에치밀어서성내인얼
골의성내인 성내인것들을헤치고 확압흐로나슨다 무서운간판저어
뒤에서 기우웃이이쪽을내여다보는틈틈이들여다보이는 성내엿든것
들의 싹둑싹둑된모양이 그에게는한업시가엽서보혀서 이번에는그
러면가엽다는데대하야 장적당하다고 생각하는것은무엇이니 무엇
을내여거얼가 그는생각하야보고 그럿케한참보다가우숨으로하기로
작정한그는그도 모르게얼는그만우서버려서 그는다시거더드리기어
려웟다 압흐로나슨우슴은 화석과갓치 화려하야다.

笑 怕 怒

시가지한복판에 이번에새로생긴무덤우으로 딱정벌러지에무든각
국우숨이 헷뜨려떠트려저모혀들엇다 그는무덤속에서다시한번죽어
버리랴고 죽으면그래도 또한번은더죽어야하게되고하야서 또죽으
면되고 또죽어도 또죽어야되고하야서 그는힘드려한번몸씩 죽어보
아도 마찬가지지만그래도 그는여러번여러번죽어보앗으나 결국마
찬가지에서 쏫나는곳나지안는것이엿다 하느님은그를내여버려두심
닛가 그래하느님은죽고나서또죽게내여버려두심닛가 그래그는그의
무덤을엇더케 치울까생각하든긋흐 머리에 그는그의잔등속에서 떨
어저나온근거업는 저고리에그의무덤파편을 주섬주섬싸그러모아가
지고 터벅터벅걸어가보기로 작정하야노코 그러케하야도 하느님은
가만히잇나를 또그다음에는 가만히잇다면 엇더케되고 가만히잇지
안타면엇더케할작정인가 그것을차례차례보아나려가기로하얏다,

　　K는그에게 빌려주엇든저고리를 닙은다음서양시가렛트처럼극장
으로 몰려갓다고그는본다 K의저고리는풍긔취체탐정처럼.

　　그에게무덤을 경험케하얏슬뿐인 가장간단한불변색이다 그것은
어데를가드라도 까마귀처럼트릭크를우슬것을생각하는그는그의모
자를 버서땅우에 놋코그가가만히잇는 모자가가만히잇는틈을 타서
그의 구두바닥으로 힘껏 나려밟어보아버리고십흔마음이 종아리살
구뼈까지 나려갓것만그곳에서장엄히도승천하야버렷다.

　　남아잇는박명의령혼 고독한저고리의 페허를위한완전한보상그의
령적산술 그는저고리를닙고 길을길로나섯다. 그것은맛치저고리를
안입은것과갓흔 조건의특별한사건이다 그는비장한마음을 가지기
로하고길을 그길대로생각끗헤생각을겨우겨우니여가면서걸엇다 밤
이그에게그가갈만한길을잘내여주지안이하는 협착한속을 - 그는밤
은낫보다 빼빽하거나 밤은낫보다되에다랏커나 밤은낫보다좁거나
하다고늘생각하야왓지만 그래도그에게는 별일별로업시 조홧거니
와 - 그는엄격히걸으며도 유긔된그의긔억을안꼬 초초히그의뒤를
따르는저고리의령혼의 소박한자태에 그는그의옷깃을여기저기적시
여 건설되지도항해되지도 안는한성질업는지도를 그려서가지고단
이는줄 그도모르는채 밤은밤을밀고 밤은밤에게밀니우고하야 그는
밤의집부대의숙으로숙으로점점깁히들어가는 모험을모험인줄도 모
르고모험하고잇는것갓흔것은 그에게잇서 아모것도아닌그의방정식
행동은 그로말매암아집행되여나가고잇섯다 그러치만.

　　그는외버려야할것을 버리는것을 버리지안코서버리지못하느냐 어
데까지라도고로움이엿슴에변동은 업섯구나그는그의행렬의마즈막

의 한사람의위치가 끗난다음에 지긋지긋이 생각하야보는것을 할줄
몰으는 그는그가안인 그이지 그는 생각한다 그는피곤한다리를잇끌
어불이던지는불을밟아가며불로갓가히가보려고불을작고만밟앗다.

我是二 雖說沒給得三也我是三

그런바에야 그는가자그래서스카아트밋헤 번적이는 조고만메탈
에의미업는 베에제를 부친다음 그 자리에서잇슴즉이잇스랴하든 의
미까지도 니저버려보자는것이 그가그의의미를니저버리는 경과까
지도잘니저버리는것이되고마는것이라고 생각하게되는 그는그럿케
생각하게되자 그럿케하야지게그를 그런데로내여던저버렷다 심상
치안이한음향이옷똑섯든 공기를몃개넘어 트럿는데도 불구하고심
상치는안은길이여야만할것이급기해하에는심상하고 말은것은심상
치안은일이지만그일에 일으러서는심상해도조타고 그래도조흐닛가
아모래도 조옷케되니까아모러타하야도조타고그는생각하야 버리고
말앗다.

LOVE PARRADE

[해독] 이 글은 이상의 하루 일과의 시작에서 출발한다. 그는 밤에
글을 쓰고 낮에 잔다. 그러나 읽어보면 알겠지만 이 날은 약간 특별
한 날이다. 그래서 이 글에서 그는 낮에도 잠을 자지 못한다. 더욱
이 수면시간이 평소보다 짧아졌는데도 잠을 이루지 못한다. 온갖
노력을 하지만 잠드는 데 실패하고 머리는 끊임없는 문제를 제기한
다. 그것이 "지도의 암실"이라는 문제이다. 사진관의 암실에는 전

구가 희미한 빛을 발한다. 낮도 아니고 밤도 아니다. 그러면 "지도의 암실"을 둘러싼 문제가 어떤 문제인지 본문을 여러 조각으로 분해하여 해독한다.

기인동안잠자고 짧은동안누엇든것이 짧은동안 잠자고 기인동안누엇섯든그이다. 네시에누으면 다섯 여섯 일곱 여덜 아홉 그리고아홉시에서 열시까지리상 -나는리상이라는한우수운사람을아안다 물론나는그에대하야 한쪽보려하는것이거니와 - 은그에서 그의하는 일을떼여던지는 것이다. 태양이양지짝처럼나려쪼이는밤에비를퍼붓게하야 그는레인코오트가업스면 그것은엇쩌나하야방을나슨다
離三茅閣路到北停車場 坐黃布車去

하루의 시작이다. 새벽 네 시에 침구에 들어 아침 열시까지 6시간 잠잤다. 보통 때에는 더 오래 잤던 이상이다. "기인동안잠자고 짧은동안누엇든것이 짧은동안 잠자고 기인동안누엇섯든그이다." 잠자는 시간이 짧아진 것이다. 그러니 졸릴 것이다. 여기서 누운 것은 자는 것도 아니고 일어난 것도 아닌 어정쩡한 상태이다. 이 도입 부분이 이미 이것도 아니고 저것도 아닌 "이랬다저랬다"의 암실을 예고한다. 이상은 잠이란 그가 "하는 일"에서 벗어나는 일이라고 표현한다. "열시까지 리상은 그에서 그의하는 일을 떼여던지는 것이다." 하는 일이란? 앞으로 밝혀지겠지만 "세상과 관계없는 일"이다. 그것은 지도의 암실 곧 문장의 불완전성을 고민하는 것이다. 전편에서 보인 대로 이상은 문장의 형태에 대해서 집착한다. 그가 곳곳에서 같은 단어를 반복하는 것은 괴델의 불완전성이 가리키는

바대로 모순의 무한대를 표현하는 형태를 여러 가지로 시도하는 일
환이다.

이상은 자신의 이름을 영어로 RI SANG이라고 표기한다.[4] 거울
을 보면 또 하나의 "리상"이 있는데 그것은 이상의 "한쪽"이다. "태
양이양지짝처럼나려쪼이는밤"이란 없다. "태양이 양지짝처럼 나려
쬐는" 때는 낮인데 밤이라 표현한 것은 비가 내리니 밤과 같기 때문
이다. 그래서 밝음도 아니고 어둠도 아닌 회색영역twilight이 등장한
다. 처음부터 암실을 계속 암시하는 이상은 "레인코오트"를 걱정한
다. 생각해보면 레인코트도 일상복이 아닌 어정쩡한 입성이다.

집을 나선 이상이 "북정거장北停車場"으로 걸어가서 전차를 탄다.
"黃布車"는 "황색을 도포한 전차"의 준말이라고 여겨진다. 당시 서
울에 운행하던 전차의 하부는 진초록색, 상부는 노란색이었기 때문
이다. 걷는 목적지가 "北停車場"인 것으로 보아 "북촌노선"을 탈 것
으로 보인다. 당시 북촌노선은 신설 노선이었다.[5] 이상이 『소설가
구보씨의 일일』에 그린 삽화에 서울 시내 전차노선도가 보인다.[6]
삼모각三茅閣은 고대 중국의 모씨 삼형제를 모신 곳이다. 이 가운데
장남 모영은 북악산(항산)에서 득도를 하여 도인이 되었다. 그는 죽
은 사람도 살린다고 알려졌다. 부친이 불효자식이라 꾸짖자 득도와
효도를 함께 할 수 없었노라고 용서를 빌었다. 이상 자신도 북악산

---

4) 「날개」의 삽화, 『朝光』, 1936년 9월호.
5) 최인영, 「일제시기 京城의 도시공간을 통해 본 전차노선의 변화」, 『서울학연구』 제
   41호, 2010년 11월, 31~62쪽.
6) 『朝鮮中央日報』, 1934. 8. 7.

밑 사직동에서 살고 있었고 불치의 병으로 죽을 것을 예감하고 있
었으며 전편에서 해독한 대로 효도(가사)보다 문학이 더 중요하다고
고백하였다. 이러한 면에서 이상은 자신의 집을 삼모각이라 칭했을
것으로 사료된다. 모영처럼 스스로가 스스로를 살려내길 비는 심정
이었을 것이다. 이상이 집을 나서서 전차를 타고 어떤 집으로 곧장
향했다. 앞으로 드러나겠지만 그는 세수도 하지 않았고 화장실에도
가지 않은 상태이다. 평소에도 "주제도 더러웠다 때끼인 손톱은길
었다."[7]

     엇던방에서그는손까락끗을걸린다 손까락끗은질풍과갓치지도우
를거웃는데 그는마안흔은광을보앗건만의지는것는것을엄격케한다
외그는평화를발견하얏는지 그에게뭇지안코의레한 K의바이블얼골
에그의눈에서나온한조각만의보재기를한조각만덥고가버렷다.
     옷도그는아니고 그의하는일이라고그는옷에대한귀찬은감정의버
릇을늘하로의한번식벗는것으로이러치아니하냐 누구에게도업시반
문도하며 위로도하야가는 것으로 도 보아 안버린다.

   여기서 〈마안흔=많은〉이라고 풀이해도 해독에 상관없지만 〈마
안흔=많〉이고 〈마안흔은=많은〉으로 풀이하면 해독이 편하다.[8] "어
떤 방"이란 화투치는 노름판이다. 이상은 화투치는 장면을 시 「보
통기념」으로 기록하였다. 이 책에서 해독할 것이다. "손가락 끝을

---

7) 「普通紀念」.
8) 〈마안흔=많은〉이라고 풀이하는 경우 "은광"은 한자로 "숨은 광隱光"이라는 뜻이
   된다.

걸린다." 손가락이 화투패 사이를 "질풍과 같이" 바쁘게 왔다 갔다 한다. 손에 "많은 광光"을 쥐었지만 또는 "많은 은광隱光"을 상대방이 쥔 것을 보았지만 억지로 표정을 관리하니 "의지는 손가락으로 걷는 것을 또는 거두어 치우는 것을 엄격케 한다." 이른바 포커페이스가 된 것이다. 일부러 평화로운 표정이다. "평화를 발견한" 이유이다. K도 "바이블 얼굴" 곧 바이블 페이스를 하고 있지 않은가. "많은 광光"을 "숨긴" 친구의 얼굴이다. 이상의 얼굴에 졸음이 밀려온 눈. 그 그림자 같은 잠의 보자기를 친구 얼굴에 덥고 자러 가버렸다. 충분히 자지 못했으니 자야 한다. 그러나 잠은 오지 않는다. 자려면 옷을 벗어야 하는데 귀찮다. 늘 하는 묵은 짓이 아니냐. 또 벗었다 입었다 할 테니 벗은 옷을 버리지 못한다. 이러한 생각을 하게 하는 옷도 그의 하는 일이다. 다시 말하면 세상과 상관없는 일이다.

친구를편애하는야속한고집이 그의밝안몸덩이를 친구에게그는 그럿케도쉽살이내여맛기면서 어듸친구가무슨즛을하기도하나 보자는생각도안는못난이 라고도하기는하지만 사실에그에게는 그가 그의밝안몸덩이를가지고단이는묵어운로역에서벗어나고십허하는 갈망이다 시게도칠라거든칠것이다 하는마음보로는한시간만에세 번을치고삼분이남은후에륙십분만에처도너할대로내버려두어버리 는마음을먹어버리는관대한세월은 그에게 이때에시작된다.

선량한 친구에게 이상은 "참(밝안몸덩이)"이다. 무슨 전제(친구가무슨즛을하기도하나 보자는생각도안는)를 깔지 않고 "진실"로 대한다. 많은 광을 숨긴 친구가 어떻게 자신을 속이는지 생각하지도 않는다. 그는 화투로 친구를 속이고 싶지 않다. 그럼에도 그도 "거짓"이 되고 싶다. 속이고 싶은 것이다. "묵어운로역에서 벗어나고싶허하는갈망이다." 이상에게 참답게 사는 것은 힘든 노역이다. 포커페이스가 되는 것이 어렵다. "사람에게 비밀이 없다는 것은 재산이 없는 것"이기 때문이리라.[9] 여기서 비밀 또한 참과 거짓의 경계선이다. 조이스의 『율리시즈』의 도입부도 나누어진 한 지붕 밑에 사는 조이스(스테판)와 멀리건 두 사람의 관계에서 시작한다. 『지도의 암실』에서 이상과 친구는 허물없는 사이지만 『율리시즈』의 조이스와 멀리건은 다툰다. 이상이 나누어진 한 울타리에 사는 두 사람 사이의 다툼을 소재로 삼은 것은 『휴업과 사정』이다. 뒤에서 해독할 것이다.

시계의 바늘이 세 개가 되어 한 시간에 세 번 쳐서 하루가 48시간이 되기를 바란다. 이 글은 전편에서 해독하였다. 폐결핵으로 수명이 얼마 남지 않음을 상징한다. 그래서 시계를 붙잡아두고 싶은 생각보다 네 마음대로 할 대로 하라는 심정이다. 바늘 하나는 밝음이고 또 하나는 어둠이고 나머지 하나는 회색지대(암실)의 그것이다. 그는 이미 퇴로가 없는 회색지대(암실)에 들어섰다. 이상이 "밝음과 어둠" 또는 "참과 거짓"의 2분법을 꺼내는 데에는 이유가 있다.

> 앙뿌을르에봉투를 씨워서그감소된빗은 어듸로갓는가에대하야도그는한번도생각하야본일은 업시 그는이러한준비와장소에대하야 관대하니라 생각하야본일도업다면 그는속히잠들지아니할가 누구라도생각지는아마안는다.

---

9) 「十九世紀式」.

밖은 낮이지만 비가 쏟아져서 어둡다. 실내에 전등불이 필요할 것이다. 그 전구에 봉투가 씌워졌다. 전구(앙쁘을르)에 봉투를 씌우는 곳이 "암실"이다. 이상은 방을 암실에 비유한다. 세상은 낮(밝음)과 밤(어둠)으로 2분된다. 낮에는 활동하고 밤에는 잠을 잔다. 이것이 보통사람의 일상이며 "세상과 관계되는 일"이다. 2분법이며 2진법이다. 그러나 사진을 만들려면 낮도 아니고 밤도 아닌 회색지대가 필요하듯이 암실은 이것도 저것도 아닌 부분이다. "그러한 준비(봉투)와 장소(암실)"가 필요하다. 마찬가지로 이상이 방에서 잠을 자지 않고 남에게 방해되지 않은 채 세상과 상관없는 일을 생각하려면 최소한도 봉투로 싼 앙쁘을르의 준비(희미한 전구)와 장소(방)가 필요하다. 이상은 그 밖의 세상 것에는 관심이 없지만 "앙쁘을르에봉투를 씌워서그감소된빗은 어듸로갓는가에대하야도그는한번도생각하야 본일은업시… 없다." 이중부정으로 암실에 대해서 줄곧 생각했다는 뜻이며 이것은 세상과 상관없는 일이다.

"이 희미한 빛을 생각하지 않고는 이상이 잠을 잘 수 없다는 것을 이해하지 못하는 사람은 없을 것이다." 그들이 비록 세상과 관계있는 일을 한다고 하여도 이상은 세상과 관계없는 이런 것을 생각하느라 잠에 들지 못한다. 세상과 상관없는 일에 잠을 자지 못하는 이상. 이상이 잠 못 이루는 이러한 생각. 곧 참과 거짓 또는 낮과 밤 또는 밝음과 어둠이 아닌 회색(암실)이 이상에게 중요한 이유가 있다.

인류가아즉만들지아니한글자가 그 자리에서이랫다 저랫다하니

무슨암시 이냐가무슨까닭에 한번넑어지나가면 도무소용인인 글자
의고정된기술방법을채용하는 흡족지안은버릇을쓰기를버리지안을
까를그는생각한다 글자를저것처럼가지고그하나만이 이랫다저랫
다하면 또생각하는것은 사람하나 생각둘말 글자 셋 넷 다섯 또다섯
또또다섯 또또또다섯그는결국에 시간이라는것의무서운힘을 밋지
아니할수는업다.

그 회색영역인 암실은 낮(참)도 아니고 밤(거짓)도 아닌 곳이다. 전
편에서 소개하였듯이 모든 무모순의 진술에는 참 또는 거짓으로 증
명할 수 없는 영역이 있음이 밝혀졌다. 괴델의 〈불완전성 정리〉이
다. 전편에서 인용한 대로 이상의 표현을 빌리자면 "내가 두 필을
아는 것은 내가 두 필을 알지 못하는 것이니라."[10] 다시 말하면 진
술이 분명하지 않은 것이다. 본문에 의하면 "글자가그자리에서이랫
다저랫다" 한다. 전편에서 밝혔다시피 괴델 이전에는 모든 진술이
"이랫다" 아니면 "저랫다"의 두 가지 가운데 하나로 증명될 수 있다
고 믿었다. 배중률the law of excluded middle이다. 그러나 괴델 이후에는
그렇게 "증명할 수 없는" 영역이 존재하여 그 회색지대에서는 "이랫
다저랫다" 할 수밖에 없음이 밝혀졌다. 이것은 "무슨암시이냐." 이
랫으면 이랫다, 저랫으면 저랫다라고 분명해야지 이것도 저것도 아
닌 "암시"만 주니 이 암시조차 불분명한 암실이다. 그것은 다름 아
닌 어떠한 문자, 그것이 시의 의미어든지 수의 형식어든지 괴델의
증명이 유효하다는 암시이다.

---

10) 「烏瞰圖 詩第六號」.

본문이 주장하는 대로 "인류가 아직 만들지 아니한 글자"에서라도 괴델의 불완전성은 유효하다. 다시 말하면 "인류가 아직 모르는 문자"의 진술체계에서라도 그 체계가 무모순이라면 "참이냐 거짓이냐" 또는 "참이면 증명할 수 있다"가 아니라 이상의 표현대로 증명할 수 없는 "이랫다저랫다"의 회색지대가 존재한다. 그것은 암실이다. 그럼에도 이렇게 불완전한 문자, 즉 한번 읽고 나면 소용없는 글자로 기술하는 방법을 사용하는 불만투성이의 버릇을 버려볼까 이상은 생각한다. 이 생각도 세상과 상관없는 일인데 이상은 그 이유를 다음과 같이 밝혔다.

"글자 하나만을 가지고도" 이랫다저랫다 하면 그것을 해석하는 사람에게 이랫다 생각 하나, 저랫다 생각 하나로 갈라져 두 가지 생각이 되어 결국 "사람 하나에 생각이 둘"이 될 것이고 생각이 둘이면 그것으로 표현하는 진술도 둘이니 그것을 표현하는 말과 글자는 "이랫다저랫다"의 셋 넷으로 갈라지고 다시 이것은 사람 하나에 생각이 셋 넷으로 가지를 치니 이상의 표현대로 다음과 같이 확대된다.

다섯
또다섯
또또다섯
또또또다섯

괴델의 표현을 빌리면 다음과 같다.

다섯
s다섯
ss다섯
sss다섯

결국 시간이 지날수록 글자 하나는 무한대의 생각으로 빨려 들어 간다. 무한대 모순의 세계이다. "그는 결국 시간이라는것의무서운 힘을믿지아니할수는없다."

이러한 모순을 알면서도 왜 버리지 못하는가. 앞서 넌지시 언급 했듯이 옷을 벗고 입는 것이 귀찮지만 옷을 버리지 못하는 것과 같 은 이치이다. "그는옷에대한귀찮은감정의버릇을늘하로의한번식벗 는것으로이러치아니하냐 누구에게도업시반문도하며 위로도하야가 는 것으로 도 보아 안 버린다." 왜 안 버리는가. 옷을 버리면 무엇을 입는가. 문장도 마찬가지이다.

한번지나간것이 하나도쓸데업는것을알면서도 하나를버리는묵 은즛을그도역시거절치 안는지그는그에게물어보고십지안타 지금 생각나는것이나 지금가지는글자가잇다가즐것하나 하나 하나 하나 에서모도식못쓸 인줄알앗는데외 지금가지느냐안가지면 고만이지 하야도 벌서가저버렷구나 벌서가저버렷구나 벌서가젓구나 버렷구 나 또가젓구나. 그는압파오는시간을입은 사람이든지길이든지 거 러버리고거더차고 싸와대이고십헛다 벗겨도옷벗 겨도옷 벗겨도옷 벗겨도옷 인다음에야거더 도길 거더 도길인다음에야 한군데버틔 고서서 물너나지만안코 싸와대이기만이라도하고십헛다.

불완전한 문장체계를 버리지 못하는 "묵은 짓"을 왜 버리지 않는지 자문하고 싶지 않다. 그것은 너무나 당연하다. 완전한 진술체계가 없다고 괴델이 증명했지만 그렇다고 그걸 버리면 무엇으로 문장을 만드나. 무엇보다 지금 버리나 미래에 버리나 마찬가지가 아닌가. 앞에 오는 사람이라도 별 수 없을 것이다. 앞에 오는 시간이라는 옷을 입은 사람이나 길 앞에는 앞에 오는 또시간이라는 또옷을 입은 사람이나 길(방법)이 있고 그 앞에는 또또시간에 시간의 또또옷을 입은 사람이나 길이 있다. 그에게 또는 그 길에게 어째서 내가 지금 이 불완전한 문장을 버리지 못하고 있는지에 대하여 싸워서 이기고 싶다. 그들도 별 수 없을 터이니 말이다. 그들은 아직 괴델의 불완전성 정리를 모르는 게 분명하다. 이상은 괴델의 〈불완전성 정리〉를 굳게 신봉하고 있음을 보이고 있다.

이상은 문자의 불완전성을 자신의 존재의 불완전성으로 확대한다. 세상과 상관없는 일의 목록이 추가된다. 전구의 불이 확 켜지는 것이 참이고 확 꺼져 버린 것은 거짓이다.[역일 수도 있다]. 2진법의 0과 1이다. 컴퓨터의 스위치에 의해 켜지고 꺼지는 이치이다. 그런데 그 중간에 봉투로 가린 전구가 등장한다. 전구에 봉투를 씌우는 것과 자신이 옷을 입는 것을 동일한 현상으로 본다. 봉투를 입은 전구. 옷을 입은 이상. 모두 암실의 존재이다.

앙뿌을르에 불이확켜지는것은 그가깨이는것과갓다하면이럿타 즉밝은동안에불인지마안지 하는얼마쯤이 그의다섯시간뒤에흐리멍덩히달나붓흔한시간과갓다하면 이럿타즉그는봉투에 싸여업서

진지도모르는 앙뿌을르를보고 침구속에반쯤강삶아진그의몸뎅이
를보고봉투는침구다생각한다 봉투는옷이다 침구와봉투와 그는무
엇을배웠느냐몸을내여다버리는법과 몸을주어드리는법과 미닫이
에광선잉크가 암시적으로쓰는의미가그는그이 몸뎅이에불이 확켜
진것을알라는것이니가 그는봉투를닙는다 침구를닙는것과 침구를
벗는 것이다 봉투는옷이고 침구는다음에 그의 몸뎅이가 뒤집어쓰
는것으로달른다.

전구가 확 켜지는 사연이란 "이런 것이다." 즉 밝은 동안 불인지
아닌지 희미한 얼마 동안의 상태가 다섯 더하기 한 시간 곧 여섯
시간 동안 잠든 상태와 같은데 이 상태에서 스스로 봉투에 싸여진
줄 모르는 전구를 보며 이상 자신은 침구에 싸여있으니 그것이 곧
봉투라는 것을 안다. 여기서 이상은 여섯 시간을 괴델식으로 또다
섯=s다섯이라고 표현하는 대신 다섯 더하기 한 시간이라고 새롭게
표기한다. 앞서 잠깐 소개했듯이 이 표기는 나중에 발견된 재귀함
수의 초보형태이다.

다섯 더하기 하나 = 여섯
여섯 더하기 하나 = 일곱
· · · · · ·

이 재귀함수는 어떤 수학진술의 증명여부가 불가능함을 증명하
는데 사용되었는데 이 역시 괴델의 불완전성 정리의 파생문제이다.
이 추가적인 표기로 이상은 여전히 이 글이 괴델의 불완전성을 설
명하고 있음을 보여주고 있다.

그런데 생각해보니 봉투는 옷이기도 하다. 그러면 침구와 봉투의 비교에서 무엇을 배웠느냐. 전구와 몸. 봉투와 침구 또는 옷. 전구나 몸을 싸는 것인 봉투나 침구 또는 옷에게는 모두 한결같이 무언가를 내어다버리는 법과 주어드리는 법이 있는 것을 확장하면 광선을 전구라 하고 미닫이를 봉투라고 할 수 있으므로 미닫이에 광선이 비치면 이상의 몸에 불이 확 켜진 것을 알리라는 신호가 된다. 그렇게 되면 이상은 일어나서 옷을 받아들여 입는다. 그러기 위해서는 침구를 벗어야 한다. 이런 점에서 옷과 침구는 다른데 봉투가 옷이고 침구는 그 다음에 뒤집어쓰는 옷 위에 옷이다. 이상은 옷을 입고 누운 것이다.

봉투가 없는 전구에 불이 확 켜지는 것은 이상의 정신이 깨어 있는 것과 같다. 전구에 봉투가 싸인 것과 이상의 몸이 침구에 싸인 것이 같다. 봉투를 입은 전구. 침구를 입은 이상. 모두 회색의 암실이다. 미닫이에 희미하게 햇빛이 드리면 몸에서 확 불이 켜져 일어날 때가 되니 침구에서 벗어나야 한다. 참이냐 거짓이냐의 2분법에 대한 이상의 생각은 비상하여 시간으로 확대된다.

　　밝앗케앙뿌을르에습기제하고 젓는다 바다서는내어던지고 집어서는내여버리는 하로가불이들어왓다 불이꺼지자시작된다. 역시그럿코나오늘은 카렌더의붉은빗이 내여배엿다고 그럿케카렌더를만든사람이나떼이고간사람이나가마련하야노흔것을 그는 위반할수가업다 K는 그의방의카렌더의빗이 K의방의카렌더의빗과일치하는것을 조화하는선량한사람이닛가 붉은빗에대하야겸하야 그에게경고하얏게된것이지만 지금은가장씨우는것이로고나 확실치아이한두

자리의수자가 서로맛붙들고그가웃는것을보고 웃는것을흉내내여 웃는다 그는카렌더에게 지지는안는다 그는대단히넓은우슴과 대단 이좁은우슴을운반에요하는시간을 초인적으로가장짧게하야 우서버 려보혀줄수잇섯다

전구의 열로 종이가 눌까봐 물에 적신다. 전구가 수분을 받으면 다시 물에 적시니 물에 젖는다. 물을 받아서 버리는 전구는 물에 또 젖는다. 한번 읽은 글자가 소용없게 되는 것이나 한번 지나간 날짜가 소용없게 되는 것이나 이상에게는 같은 이치이다. "그는결 국에시간이라는것의무서운힘을 밋지아니할수는업다한번지나가는 것이 하나도쓸데업는것을알면서도 하나를버리는묵은즛을그도역시 거절치안는지그는그에게물어보고십지안타."그러니 글자를 버리지 못하고 날짜도 버리지 못한다. 마찬가지 이유로 이상은 한번 입은 옷을 버리지 못한다.

옷도그는아니고 그의하는일이라고그는옷에대한귀찬은감정의버 릇을늘하로의한번식벗는것으로이러치아니하냐 누구에게도업시반 문도하며 위로도하야가는 것으로 도 보아 안버린다.

한번 지나가면 쓸모없기는 문장이나 옷이나 시간이나 마찬가지이 다. 그런데도 시간도 버리지 못하고 문장도 버리지 못하고 옷도 버 리지 못한다. 버리고 받고, 받으면 버리기 때문이다. 시간을 버리면 또 받아야 하고 문장을 버리면 표현할 길이 없으니 또다시 받아야 하고 옷을 버리면 무엇을 입는단 말인가. 또다시 입을 수밖에 없다.

이상은 전구의 불이 들어왔다 꺼졌다 하는 모습을 "받아서는 내어던지는" 것으로 표현한다. 마찬가지 이치로 카렌더를 만든 사람과 그것을 "받아서 뜯어 버리는" 사람이 남긴 나머지 일력 역시 그도 받아서 뜯어 버리는 짓을 피할 수 없다. "그는 위반할 수 없다." K도 마찬가지여서 자신의 일력과 이상의 일력이 일치하는 것을 좋아하는 만큼 받아서 뜯어 버린다.

불이 들어왔다 꺼졌다 (받았다 버렸다) 하는 것을 6일 반복하여 7일째에는 붉은빛이 배어서 카렌더 색깔이 붉다고 보았다. 여기서 "카렌더"는 글의 문맥으로 보아 매일 한 장씩 뜯어내는(떼이고 간) 일력이다. 이상이 김소운, 박태원과 함께 찍은 사진에는 벽에 걸린 일력이 보인다. 날짜의 색깔이 붉은 것으로 보아 이 글을 쓰던 때는 일요일이다. 이 글의 뒤에 가면 이 날이 일요일임이 더욱 분명해진다. "교회에가고마안 K." 일요일에 들리는 "사원의 종소리." 그런데 이상은 이 글의 끝에 날짜를 명기하였다. 1932년 2월 13일. 이 날은 토요일이다. 모순이다. 이상은 문장의 모순에서 시간의 모순을 이야기하고 싶은 것이다. 그래서 고의로 틀린 날짜를 기재하였다. 괴델의 논리에 시간의 옷을 입혔다. 이상이 표현한 대로 이 모든 모순이 "시간의 무서운 힘" 탓임을 보이기 위함이다.

그래서 본문에서 "확실치아니한두자리의숫자"라고 단서를 남겼다. 그 두 자리 숫자란 것이 13(토요일)인지 14(일요일)인지, 과연 어느 두 자리 숫자가 오늘인지 "확실치아니하다." 그 모순의 두 자리 숫자가 두 개의 거울 사이에서 "서로 맞붙들고" 있는데 "카렌더에게 지지 안느라고" 그것은 다시 흉내를 내고 이 흉내는 이상과 거울

사이에서 무한대로 계속된다. 이 역시 받았다 버렸다의 반복이다. 이러한 모습이 우스워 거울을 보고 웃으니 웃음도 거울 사이에서 무한대로 비치면서 비칠 때마다 그 크기가 점차 작아져서 "큰 웃음과 작은 웃음"이 반복된다. 마주 보는 거울의 방에 들어가 본 사람은 크기가 반영될 때마다 점차 작아지는 현상을 이해할 수 있다. 원근법 원리의 작동이다. 이 반복되는 흉내의 모순을 없애기 위하여 "초인적으로 가장 짧게 웃어 보일 수"가 있는 바 한번 "짧게 웃거나" 웃음을 멈추면 되거나 또는 거울을 치우면 된다. 이 거울은 그 다음 문장에 등장한다.

　　인사는유쾌한것이라고하야 그는게을느지안타늘. 투스부럿쉬는 그의니사이로와보고 물이 얼골그중에도뺨을건드려본다그는변소에서 가장먼나라의호외를 가장갓갑게보며 그는그동안에편안히서 술한다 지난것은버려야한다고 거울에열린들창에서 그는리상 - 이상히이일홈은 그의그것과똑갓거니와 - 을맛난다 리상은그와똑갓치 운동복의준비를 차렷는데다만리상은그와달라서 아모것도하지 안는다하면 리상은어데가서하로종일잇단말이요 하고십허한다.
　　그는그책임의무체육선생리상을맛나면 곳경의를표하야그의얼골을리상의 얼골에다문즐러주느라고 그는수건을쓴다. 그는리상의가는곳에서하는일까지를뭇지안앗다. 섭섭한글자가하나식 하나식섯다가 씰어지기위하야 나암는다.
　　你上那兒去 而且. 做甚麼
　　슲흔몬지가옷에 옷을닙혀가는것을 못하야나가게 그는얼는얼는 쪼차버려서퍽다행하얏다.

오늘은 무슨 까닭인지 이상의 기분이 좋다. 제법 "인사"를 챙기려고 한다. 사람답게 이제 이상이 비로소 양치를 하고 세수를 한다. 그는 집에서 나와 전차를 탈 때에도 세수도 하지 않은 상태였던 것이다. "인사는 유쾌한것이라하야 그는 게을느지안타늘"이라고 너스레를 떤다. 가끔은 부지런하다는 말이다. 오늘이 그런 날이다. 그런 만큼 이상이 세수하는 것은 이례적이다. 다른 날에는 그의 손톱에 항상 때가 끼어 있다. 다른 글에서도 보인다.

> 나는 얼굴을 씻으면서 사람이 每日 이렇게 세수를 해야 한다는 것이 얼마나 煩瑣한가에 대해 苦悶하였다. 사실 限없이 게으름뱅이인 나는 한번도 기꺼이 세수물을 써 본 記憶이 없다.[11]

이제 비로소 화장실에도 간다. 그곳에서 "가장 먼 나라의 호외"를 관찰한다. 일상의 천체(먼 나라)현상이 아니라 호외라고 표현하는 것으로 미루어 초신성이라도 폭발했나 보다. 아니면 유성이나 혜성이 보였을지 모르는 일이다.

이상은 거울에서 또 하나의 이상을 발견한다. 그가 리상이다. 거울을 보며 물수건으로 얼굴을 닦으니 거울 속 리상도 세수를 한다. 거울 속의 리상은 운동복 차림으로 곧 운동을 할 차림인데 그것은 자신을 흉내 낸 것이니 그 흉내를 끝내기 위해 거울의 리상과 작별한다. 그리고 보니 할 일이 없다. 작별하기 전에 거울의 리상에게 글씨를 쓴다. 나는 갈 곳도 없고 할 일도 없지만 "너는 어디에 가서

---

11) 「어리석은 夕飯」.

무엇을 하려느냐? 你上那兒去 而且 做甚麼" 그 글씨는 거울에 물로
썼으니 사라질 것이고 거울 속의 리상은 거울 밖의 이상에게 어디
에서 무엇을 할지 묻지도 않는다. 관심이 없다. 그래서 섭섭하다.

먼지가 옷 위에 옷처럼 묻는다. 전구 위에 봉투와 같은 존재이고
옷 위에 침구 같다. 털어도 또 묻는(버려도 받아지는) 먼지도 문장이나
시간이나 옷처럼 버려지지 않는다. 그러나 모처럼 세수도 하였으니
보통 때와 달리 털어본다. 잠시나마 털려서 다행이었다. 그러나 또
묻을 것이고 영원히 털어내지 못할 것이다. 버려질 줄 알면서 받아
들이는 건 먼지만이 아니다. 이 글에서 차례차례 등장하는 앵무새,
원숭이, 낙타 등 모두 받고 버리는 일을 반복한다.

이 글을 쓰던 당시 이상은 아직 조선총독부에 다니고 있었다. 그
러나 일요일이라서 이상은 달리 할 일이 없었다. 그는 예로센코
(Yakovlevich Eroshenko, 에로시옝코)의 시를 읽는다. 『율리시즈』에는 조이
스가 셰익스피어의 작품을 설명하는 장면이 나온다.

그는에로시옝코를낡어도조타 그러나그는본다외나를못보는눈을
가젓느냐 차라리본다 먹은조반은 그의식도를거처서바로에로시옝
코의뇌수로들어서서 소화가되든지안되든지 밀려나가든버릇으로 가
만가만히시간관렴을 그래도안이어기면서랍슨다 그는그의조반을
남의뇌에떠맛기는것은견델수업다 고견데지안아버리기로한다음 곳
견데지안는다 그는차즐것을곳착도 무엇을차잣는지는알지안는다.
태양은 제온도에조을닐것이다 쏘다트릴것이다 사람은딱장벌러
지처럼뛸것이다 따뜻할것이다 넘어질것이다 새깜안피조각이뗑그

렁소리를내이며 떨어져깨여질것이다 땅우에눌어부틀것이다 내음새가날것이다 구들것이다 사람은피부에검은빗으로도금을올닐것이다 사람은부듸질것이다 소리가날것이다.

사원에서종소리가걸어올것이다 오다가여긔서놀고갈것이다 놀다가가지안이할것이다.

예로센코는 러시아의 시인이다. 그는 앞을 못 보는 시각장애인이다. 나는 그를 보는데 그는 "나를 못 보는 눈을 가졌느냐." 일방적이지만 그래도 나는 그의 시를 본다. "차라리 본다." 그러나 이것은 내가 내 밥 먹고 "남의뇌에 떠맛기는것"이므로 이상으로서는 "견델수업다 고견데지안아버리기로한다음 곳견데지안는다." 이것은 흉내이고 동일한 표현이 반복되니 견딜 수 없다. 예로센코는 나를 못 보니 나를 흉내 내지 못하나 나는 그를 보니(읽으니) 그를 흉내 내는 것에 다름이 없다. 이상은 흉내가 싫은 것이다. 그러니 "차즐것을찾고도 무엇을차잣는지는알지안는다." 전편에서 보았듯이 가짜 또는 흉내는 무한대를 낳으니 찾을 것을 찾았지만 무한대의 정체까지 따라갈 수 없으니 과연 무엇을 찾았는지 모른다. 창작을 원하지만 아직 모르겠다.

태양 아래 사람들은 각자 생을 즐긴다. "태양은 제온도에조을닐것이다. … 사람은딱장벌러지처럼뛸것이다 따뜻할것이다 넘어질것이다 새깜안피조각이뗑그렁소리를내이며 떨어져깨여질것이다 땅우에눌어부틀것이다 내음새가날것이다 구들것이다 사람은피부에검은빗으로도금을올닐것이다 사람은부듸질것이다 소리가날것이

다." 모두 세상과 관계있는 일이다. 이상은 그렇게 하지 못한다. 그
는 세상과 상관없는 일로 걱정을 한다. 다른 글에서도 발견된다.

> 나는 지금 음침한 토막집에서 속에서 더러운 개와 닭과 돼지새
> 끼가 우글 우글 하는 마당가에서 별빛에 의지해 식사를 하고 있는
> 가난한 농사꾼 일가를 바라보고 있다. ···그들은··· 미처 다른 생각
> 마저 할 여지가 없는 말하자면 행복한 사람들이다. 그런데 나는 뭔
> 가. 자살하는 일 자살하지 않는 일 등을 번갈아가며 생각하는 데
> 몰두하거나 그렇지 않으면 공연히 정신상태를 어지럽게 해서 그
> 때문에 몹시 비관하거나 실망하는 등 생각해 보면 그야말로 불행
> 한 사람이다.[12]

"자살하는 일 자살하지 않는 일 등을 번갈아가며 생각하는 데 몰
두하거나 그렇지 않으면 공연히 정신 상태를 어지럽게 해서 그 때
문에 몹시 비관하거나 실망하는 등 생각"이 이른바 "세상과 상관없
는 이랬다저랬다"의 전형이다.

본문으로 다시 돌아와서 "사원의 종소리". 일요일이다. 사람들은
여기서 놀다가 가거나 가지 않을 것이다. 세상과 관계있는 일을 즐
긴다. 사원의 종은 줄을 잡아 당겨야 소리가 난다. 저 혼자 울리지
않는다. 마치 예로센코는 이상을 흉내 낼 수 없지만 이상은 그를
흉내 내는 이치이다. 그것은 줄에 매달려 주인이 시키는 대로 움직

---

12)「夜色」.

이는 인형의 흉내에 불과하다.

　　그는여러가지줄을잡아다니라고 그래서성낫슬때내여거는표정을
작만하라고 그래서그는그럿케해바닷다 몸덩이는성나지아니하고
얼골만성나자기는얼골속도 성나지아니하고살껍더기만성나자기는
남의목아지를어더다 부친것갓하야꾀제멋적엇스나 그는그래도그것
을 압세워내세우기로하얏다 그러케하지안이하면 아니되게다른것
들 즉나무사람옷심지어 K까지도그를놀리러드는것이닛가 그는그와
관게업은나무사람옷심지어 K를처즈려나가는 것이다 사실빠나나나
의나무와스케이팅녀자와 스카아트와교회에가고마안 K는그에게관
게업섯기 때문에 그럿케되는자리로그는그를옴겨노아보고십흔마음
이다 그는K에게외투를어더그대로돌아서서닙엇다 뿌듯이쾌감이억
개에서잔등으로 걸처잇서서비잇키지안는다 이상하고나한다.

인형극에서 여러 가지 줄에 매달린 인형은 어떻게 성내는 흉내를
내는가. 몸뚱이는 그렇지 않는데 얼굴은 성내는 표정을 한다. 얼굴
속은 성나지 않는데 얼굴만 성내본다. 살 껍데기만 성내니 남의 모가
지를 얻어다 부친 것이 아니냐. 흉내가 멋쩍다. 그럼에도 이상은 줄
달린 인형처럼 흉내를 내기로 하였다. 왜 성내는 흉내를 내는가. 이
같은 흉내에 대해 세상과 상관없는 나무, 사람, 옷, K, 이들이 흉내
내는 이상을 놀리기 때문이다. 이상은 이들이 세상과 관계없다고
생각하고 자신도 이들의 자리로 옮기고 싶었다. 그래서 세상과 상관
없어 보이는 K를 닮고 싶어 그의 저고리를 얻어 입으니 쾌감이 뿌듯
하지만 어째 "이상하다고나 한다." 그 자체가 흉내이기 때문이다.

그런데 알고 보니 이들도 흉내뿐이다. "바나나"의 속은 희고 겉은 노랗다. 백인 흉내 내는 유색인을 비하할 때 쓰는 말이다. 이상 당시에 "스케이팅 여자"는 스케이트보다 남의 이목을 즐기니 이 또한 흉내에 불과하다. 당시 "스카아트를 입는 여자"는 드물었다. 서양을 흉내 내는 것이다. "교회에 간 K". 그도 진정한 기독인일까? "K의 바이블 얼굴"이 바로 가식의 얼굴이다. 이들은 모두 흉내를 낸다는 공통점이 있다. 뒤에서 고백하듯이 이상은 분노한다. 성내는 것이다.

이상은 남의 것의 흉내가 아닌 독창적인 것을 하고 싶다. 그래서 이것저것 시도해 본다. 그 가운데 천문학을 공부한다. 『율리시즈』의 17번째 일화 이타카에서 조이스도 천문학에 관한 질문을 늘어놓는다. 그런데 이상의 천문학이 조금 이상하다.

> 그의뒤는그의 천문학이다 이렇케작정되여버린채 그는별에갓가운산우에서 태양이보내는멧줄의볏을압정으로 꼭꼬자노코 그압헤 안저그는놀고잇섯다 모래가만타 그것은모도풀이엇다 그의산은평지보다나즌곳에 처어저서그뿐만안이라 움푹오므러들어릿섯다 그가요술가라고하자 별들의구경을온다고하자 오리온의좌석은 조기라고하자 두고보자

태양을 가장 잘 볼 수 있는 곳이 어딘가. 이상은 "모래가 많은" 사막을 상상한다. 그래서 "라고 하자"라는 상상의 표현을 쓴다. 『율리시즈』에서 조이스도 더블린 해변의 모래사장을 거닐며 철학적 주제를 생각한다. 이상은 모래사막에 있는 "모두 풀 천지"인 오아시스를 상상한다. 그곳에서 태양을 바라본다. 모래 산에 둘러싸인 오

아시스에서 "움푹 오므라든" 낙타 등에 올라탄 상상의 모습. 낙타
등이 "그의 산"이다. 뫼 산山 자는 움푹 오므라든 낙타의 등 凵에
이상이 앉아있는 山의 모습이다. "그의산은평지보다나즌곳에 처어
저서그뿐만안이라 움푹오므러들어릿섯다." 거기에 더하여 그는 "요
술가"라고 상상을 하는 것이다. "별들이 나타났다고 하자. 오리온
의 자리가 저기라고 하자. 그리고 그것들을 두고 관찰해 보자." 온
통 상상이다. 이것이 전편에서 해독한 46편의 그의 시의 내용이 된
다. 그러나 그가 생각하기에 이것마저 독창적이 아니라 흉내라는
것을 안다.

> 사실그의생활이 그로하여금움즉이게하는즛들의여러가지라도는
> 무슨모옵쓸흉내이거나 별들에게나구경식힐 요술이거나이지이쪽
> 으로오지안는다.

전편에서 해독한 46편의 시가 "별들에게나 구경시킬 요술"일 뿐
"이쪽"이 아니라는 고백이다. 그러면 "이쪽"이란 어느 쪽인가. 생활
의 진실 쪽이다. 그의 생활이 흉내이거나 요술에 불과하다는 고백
이다. 다시 말하면 참도 아니고 그렇다고 거짓도 아닌 흉내라는 것
이다. 암실이었다는 고백이다. 흉내 낼 수밖에 없는 자신의 처지에
대한 그의 분노는 계속된다. 이것이 이상의 노여움[怒]이다. "발달하
지 않고 발전하지 않는 것은 분노이다."[13] 그것은 이상한 가역반응
에 불과한 흉내에 대한 분노이다.

---

13) 「異常한 可逆反應」.

제2절

노파소

낙타 등에 올라탄 자신의 모습을 상상하자 이상은 동물원에 가기로 하였다. 이상은 "세상과 관계없는 일"을 하는데 의미를 잃어버리고 자신이 하는 일을 사람들에게 공개하는 것도 끔찍한 일이라서 이들을 피하는 곳으로 동물원이 제격이었다. 드디어 세상에 공개하기에 끔찍하다는 그 일이라는 것이 "세상과 관계없는 일"이라고 고백한다. 그는 고독하였다. 누군가 자신처럼 "세상과 관계없는 일"을 하는 친구가 있기를 바랐다.

너무나의미를 닐허버린그와 그의하는일들을 사람들사는사람들
틈에서공개하기는 끔즉끔즉한일잇가 그는피난왓다 이곳에잇다 그
는고독하얏다 세상어느틈사구니에서라도 그와관계업시나마 세상
에관계업는줏을하는이가잇서서 작고만작고만의미업는 일을하고
잇서주엇스면 그는생각안이할는업섯다.

금세기 최대 정수론자 하디(Godfrey H. Hardy) 교수는 자신이 세상과 관계없는 숫자만을 연구하는 정수론자임에 자부심을 가졌다. 바로 이상이 찾는 친구이다. 혹시 동물원에 그런 친구가 있을까? 동물원

은 세상과 관계없는 곳이다. 동물원에서 제일 먼저 그를 맞이한 앵무새가 그에게 사람 목소리 흉내를 낸다. 앵무새가 흉내 내는 외국어. "이 부인은 당신 이상의 부인입니까?"

CETTE DAME EST – ELLE LA FEMME DE MONSIEUR LICHAN?
앵무새당신은 이렇케짓거리면 조흘것을그때에 나는
OUI!
라고그러면 조치안켓슴니가 그럿케그는생각한다.

그러나 이 글을 쓰던 1932년 당시 이상에게 부인이 없었으니 이 문장에 "그렇다."라고 대답하면 모순이다. 흡사 "옆집의 총각은 부인과 함께 산다."와 동형의 문장에 대해 그렇다는 대답과 마찬가지이다. 또는 "미국의 국왕은 키가 크다."라는 문장도 마찬가지이다. 모순을 해결하려는 시도는 무한대를 생산한다. 이상은 그것이 모순이라는 것을 알기에 "그렇다 OUI!"라고 대답했음은 좋지 않겠느냐고 반문한다. 모순이 없기를 희망하는 것이다. 그러나 괴델의 증명은 이러한 모순이 없는 문장은 어떠한 것이라도 그것이 프랑스 말이라도 불완전하다는 점이다.

사람 목소리로 모순을 흉내 내는 앵무새는 의미도 모르는 가짜 언어를 구사한다. 전편에서 보다시피 가짜는 무한대 모순의 원인이다. 이상은 앵무새와 작별을 하고 또 하나의 세상과 관계없는 일을 하는 원숭이를 만난다. 원숭이가 흉내 내는 모습도 앵무새와 마찬가지이다. 여기에 더하여 원숭이는 곧 앞서 바나나와 오버랩으로 연상된다.

> 원숭이와 절교한다 원숭이는 그를 흉내내이고 그는 원숭이를 흉
> 내내이고 흉내가흉내를 흉내내이는것을 흉내내이는것을 흉내내이
> 는것을 흉내내이는것을흉내내인다 견데지못한밧븜이잇서서 그는
> 원숭이를보지안앗스나 이리로와버렷스나 원숭이도그를아니보며
> 저긔잇서 버렷슬것을 생각하면 가슴이 터지는것과갓핫다

어째서 대뜸 원숭이와 절교해야 하는지 그 이유는 뒤로 미루고
여기서 핵심은 두 문장으로 압축된다.

> 원숭이가 그를 흉내 냈다.
> 그가 원숭이를 흉내 냈다.

이것이 전편에서 소개한 오로보로스로서 자기언급self-reference의
무한대 모순의 정체이다. 이상은 교묘한 방법으로 이를 표현하고 있
는 셈이다. 다방 〈낙랑〉에서 열린 낙랑제의 낙서에서도 볼 수 있다.[14]

> 달걀에서 나왔다. 닭에서 나왔다.
> 달걀에서… 아 … 또야?

지금은 유명해진 이상이 만든 금언 역시 마찬가지이다.

---

14) 「樂浪의 落書」.

절망이 기교를 낳고 기교가 절망을 낳는다.

이상이 김기림에게 보내는 편지에서도 발견된다.

> 「일체 맹세하지 마라」「모든 것을 믿지 않는다고 맹세하라」의 두 마디 말이 發揮하는 多彩한 파라독스를 弄絡하면서 혼자 微苦笑를 하여 보오.[15]

뒤의 문장의 "모든 것"에는 앞 문장 전체가 포함되니 대입하면 오로보로스가 된다. 왜 쓴 웃음을 짓는가. 이상은 이 패러독스의 해법을 알고 있었기 때문이다. 이상은 이러한 패러독스가 고대 희랍에서 유래한다는 것도 안다.

> 「모든 법칙을 비웃어라」「그것도 맹세하지 마라」. 나 있는데 늘 고기덮밥을 사다 먹는 僧侶가 한분 있오. 그이가 이런 소크라테스를 성가시게 구는 論理學을 내게 떵겨 주는 것이오.[16]

뒤의 문장의 "그것"에는 앞 문장 전체가 포함되니 대입하면 역시 오로보로스가 된다. 어째서 "떵겨" 준다고 표현했는가. 중 주제에 가소롭다는 뜻이다. 나는 이 패러독스를 알고도 남으며 그 해법마저 알고 있어요. 소크라테스에게는 성가실지 모르나 나에게는 성가

---

15) 「私信(二)」.
16) 「私信(二)」.

시지 않아요.

다시 본문의 원숭이 문단으로 돌아와서 이상은 이 무한대의 모순에서 벗어나려고 결심한다. 흉내의 무한대 모순을 "견데지 못한 밧븜이 잇서서 그는 원숭이를 보지 안앗스나" 그 무한대의 모순을 벗어나는 길도 무한대로 확대되어 역시 끝장나지 않음도 알고 있다. 이상은 모든 문장에서 무한대 모순을 발견한다.

> 원숭이자네는사람을흉내내이는버릇을타고난것을작고사람에게 도그모양대로되라고하는가 참지못하야그럿케하면 자네는또하라 고 참지못해서 그대로하면 자네는또하라고 그대로하면 또하라고 그대로하면또하라고 그대로하야도 그대로하야도 하야도또하라고 하라고 그는 원숭이가나에게 무엇이고식히고 흉내내이고간에이것 이고만이다 딱마음을굿게먹엇다

남은 방법은 원숭이가 그의 흉내를 "낸다 아니다"가 아니라 그 중간입장을 발견한 바 절교이다. 다시 말하면 원숭이와 절교하면 무엇이든지 따라하는 원숭이의 흉내로 원숭이도 절교하기 때문이다.

> 원숭이와절교한다. ··· 딱마음을굿게먹엇다.

그 결과 이상은 원숭이가 사람의 흉내를 내느냐 사람이 원숭이 흉내를 내느냐의 문제에서 벗어나 "이랫다저랫다"의 경지인 절교에 도달하게 된다. "이랫다"는 진화론이고 "저랫다"는 창조론이기 때문이다.

그는원숭이가진화하야 사람이되엿다는데대하야 결코밋고십지안
앗는뿐만안이라 갓흔에호바외손에된것이라고도 밋고십지안앗[다].

원숭이에서 진화도 믿지 않고 여호와(에호바외)의 자손임도 믿지 않
는다. 이상이 진화론을 믿지 않는다는 것은 다른 글에도 나타난다.[17]

> 우리들은 원류로부터 진화하여, 하나의 원리에 이끌리어
> 살아왔다는 관점.
> 우리들은 태양과 지구의 어느 특정한 상태에 적응하여
> 원형질이 생명화하여 그뒤 순간순간에 적응해가며
> 살아왔다는 관점이
> 지금 우리들 안에서 혼란해 잇다.

이상은 진화론도 "참이냐 거짓이냐"의 문제로 풀 수 없고 창조론
도 "참이냐 거짓이야"로 풀 수 없음을 안다. 이러한 진술은 "우리
안에서 혼란"을 일으킨다. 그는 "이랫다저랫다"의 괴델 불완전 영역
을 따르고 있다.

진화론과 창조론 모두에 대하여 확신이 없게 된 이상은 괴델의
증명할 수 없는 "이랫다저랫다"의 상태에서 자신의 존재에 대한 근
본적 질문에 봉착하였다. 전편에서 본 것처럼 "나 나의 – 아 – 너와
나 나"의 혼란이다. 또 "너지 너다 아니다 너로구나"의 혼동이다.[18]

---

17) 「권두언」, 『朝鮮と建築』, 1933년 6월호.
18) 「鳥瞰圖 詩第六號」.

그것은 "소문sCANDAL" 또는 "SCandal"이었다. 소문처럼 이것도 저것도 아니라면 과연 무엇이라는 말인가? 『율리시즈』의 16번째 일화 에우마이오스에서 조이스 역시 자신의 정체에 대해 혼란을 일으킨다.

이상은 언제나 혼자였다. 아무도 그의 속을 알 수 없었던 탓이다. 그래서 "그의 의미는 대체 어디에서 나오는가?" 존재의미를 찾기 위해서는 혼자가 되어야 하는데 그것은 역시 사막이 제격이었다. 그는 일찍이 "나는 캐라반이라고" 외쳤다.[19] 아마 사막이 인류 3대 종교를 만들어 냈음을 상기하고 그곳에서는 의미를 찾을 수 있다고 생각했는지 모른다. 그러나 종교까지 찾을 필요 없이 사막에서 홀로 사는 낙타를 생각해 보기로 하였다.

본문으로 돌아오면 낙타 또한 "세상과 관계없는 일"을 한다. 그러나 세상과 관계없는 일을 하기는 원숭이와 마찬가지이지만 원숭이와 대조적인 예의 등장이다.

그의의미는 대체어데서나오는가 머언것갓하서불러오기어려울 것갓다 혼자사아는것이 가장혼자사아는것이 되리라하는마음은 락타를타고십허하게하면 사막넘어를생각하면 그곳에조흔곳이 친구처럼잇스리라 생각하게한다 락타를타면그는간다 그는락타를죽이리라 시간은그곳에안이오리라왓다가도 도로가리라그는생각한다 그는트렁크와갓흔락타를조와하얏다백지를먹는다 지페를먹는다 무

---

19)「神經質的으로 肥滿한 三角形」.

엇이라고⼒어서무엇을 주문하는지 엇던녀자에게의답장이녀자의
손이포스트압헤서한듯이 봉투째먹힌다 락타는그런음란한편지를먹
지말앗스면 먹으면괴로움이몸의살을말르게하리라는것을 락타는
모르니하는수업다는것을 생각한그는연필로백지에 그것을얼는배
앗허노흐라는 편지를써서먹이고십헛스나락타는괴로움을모른다.

낙타는 "종이"라면 무엇이든지 먹는다. 그것은 무엇이든지 주워
담는 "트렁크"나 무슨 편지나 삼켜 대는 "우체통(포스트)"과 같다. 그
것이 해가 되든 아니든 상관없다. 세상과 상관하지 않는다. 그러나
이상은 걱정이 되어 해로운 종이는 뱉으라고 쓴 종이를 먹이고 싶
다. 그러나 낙타는 그 종이마저 삼킬 것이다. 이것은 또 하나의 모
순이다. 다시 말하면 낙타에게 먹이는 종이는 다음의 편지이다.

　　편지를얼는배앗허노흐라는 편지

이것 역시 자기언급이다. 편지를 편지에 계속 대입하면 무한대의
모순에 이른다. 이 역시 피하려면 앵무새나 원숭이를 절교하는 것
과 같다. 흉내와 함께 이상이 보기에 받으면 버려야 하지만 버리지
못하는 것은 옷, 글자, 먹은 것 등이다. "옷에 대한 귀찮은 감정을
…안 버린다." "지금 가지는 글자가 있다 가즐것 하나 하나에서 모
도식 못쓸인줄 알았는데 외 지금 가지느냐 안 가지면 고만이지 하
여도 벌서 가저버렸구나" "그는 변소에서 … 서술한다. 지난 것은
버려야 한다고." 그래서 이상은 독백한다.

그는외이런앵무새의 외국어를듯는냐 원숭이를가게하느냐 락타
를오라고하느냐 바드면내여버려야할것들을바다가지느라고머리를
괴롭혀서는안되겠다.

앵무새나 원숭이는 흉내를 받으면 도로 돌려주는 (받고 버려야
하는) 무한대의 행위가 계속되듯이 낙타도 무한대의 편지를 삼키고
배설한다. 이 모순에서도 벗어나려고 앞서 원숭이와 절교한 이상은
그보다 더한 생각을 하여 낙타는 아예 죽이기로 한다.

그는 락타를 죽이리라 시간은 그곳에안이오리라왓다가도 도로
가리라그는생각한다.

낙타를 죽이면 "그 힘이 무서운 시간"은 아니 오고 무한대가 멈추
기를 기대한다. 마찬가지로 이상 자신도 어떤 정숙하지 않은 여자,
아마도 자신의 여자가 다른 남자에게 음란한 편지를 받고 답장을
보내고 (받고 보내버리고) 싶어 하는 행동을 멈추었으면 좋겠는데
그렇지 않아서 몸이 마르니 여기에서 구제하고 싶어서 극단적인 처
방을 생각한다. "엇던녀자에게의답장이녀자의손이포스트압헤서한
듯이 봉투째먹힌다 락타는그런음란한편지를먹지말앗스면 먹으면
괴로움이몸의살을말르게하리라는것을 락타는모르니하는수업다는
것을 생각한그는연필로백지에 그것을얼는배앗허노흐라는 편지를
써서먹이고십헛스나락타는괴로움을모른다." 이상은 이 내용을 별
도의 시로 썼다. 같은 내용이라도 이 시의 해독이 더 쉽다.

KL48. 아침

출처: 이상전집 1956. 7.

안해는駱駝를닮아서편지를삼킨채로죽어가나보다. 벌써나는그것을읽어버리고있다. 안해는그것을아알지못하는것인가. 午前十時電燈을끄려고한다. 안해가挽留한다. 꿈이浮上되어있는 것이다. 석달동안안해는回答을쓰고자하여尙今써놓지는못하고있다. 한장얇은접시를닮아안해의表情은蒼白하게瘦瘠하여있다. 나는外出하지아니하면아니된다. 나에게付託하면된다. 자네愛人을불러줌세 아드레스도알고있다네.

이 시에서도 이상은 10시에 하루를 시작한다. 이상의 여인이 애인에게서 불륜의 연애편지를 받고 괴로워한다. 이상은 그것을 해로운 종이를 먹은 낙타에 비유한다. "편지를얼는배앗허노흐라는 편지"를 여인에게 일러주고 싶지만 이 편지 자체가 모순의 무한대를 생산한다는 것을 이상은 아는데 여인은 모른다. "벌써나는그것을읽어버리고있다. 안해는그것을아알지못하는것인가." 그냥 두면 그 고민은 틀림없이 무한대가 되리라. 이러한 사실, 곧 괴델의 불완전성을 모르는 여인은 간밤의 꿈을 계속 간직하고 싶어 하면서도 지난 석 달 동안 혼자 고민만 하고 있다. 석 달 동안 똑같은 꿈을 꾸어왔다. 그래서 여인의 얼굴은 수척해져만 간다. 후일 어떤 시인이 "접시꽃 당신"을 읊었지만 이미 이상이 하얗게 수척해 가는 표정을

"얇은 접시"에 비유하고 있다. 무한대 고민은 그만두어야 한다. 그러지 말게 나에게 부탁하면 "애인을 불러줌세." 이상은 이런 극단적 처방으로 모순의 무한대에서 여인을 빼내고 싶어 한다. 다시 말하면 암실에서 밝음으로 빼내어 여인을 고민에서 해방시켜 주는 것이다. 근본적으로 괴델의 불완전성 정리 때문이다. 이 대목에 이르면 조이스의 『율리시즈』의 4번째 일화 칼립소와 18번째 일화 페넬로페를 떠올리지 않을 수 없다.

시의 제목이 "아침"인 까닭은 밝음도 아니고 어둠도 아닌 암실 같은 모순의 무한대에서 벗어나는 방법이 원숭이와 결별하고 낙타를 죽이는 것처럼 이상의 여인도 암실에서 벗어나야 하는데 그것이 밝은 아침이라는 의미이다. 그러나 이상은 이러한 극단적 처방도 하지 못한다. 그는 여전히 "이러지도 저러지도" 못하고 "이랬다 저랬다"의 "묵은 짓"을 반복한다. 옷도 반복하여 입고, 문장도 반복하여 사용하고, 여인도 반복해서 고민하게 내버려 둔다. 이상은 자신의 여인에게 애인을 불러줄 정도로 그렇게 관대하지 않다. 이상은 『율리시즈』의 주인공과 다르다. 여자의 정조관념에 대한 그의 태도는 다른 글에서 분명히 전달하고 있다.

이런 境遇 – 즉 『남편만 없어던들』 『남편이 용서만 한다면』 하면서 지켜진 안해의 貞操란 이미 간음이다. 貞操는 禁制가 아니오 良心이다. 이 境遇의 良心이란 道德性에서 우러나오는 것을 가르치지 않고 『絕對의 愛情』 그것이다.

萬一 내게 안해가 있고 그 안해가 實로 요만 程度의 간음을 犯한

때 내가 무슨 어려운 方法으로 곧 그것을 알 때 나는 『간음한 안해』
라는 뚜렷한 罪名 아래 안해를 내어쫓으리라.[20]

다시 본문의 동물원으로 돌아가자. 알고 봤더니 세상과 상관없다
는 동물원도 온통 흉내뿐이다. 세상의 흉내이다. 세상과 상관있는
것이다. 정수론이 세상과 관계없다고 믿은 하디 교수도 정수론이
전쟁에서 암호 해독에 이용되는 것을 목격하고 실망하지 않을 수
없었다. 정오가 되자 이상은 동물원의 "풀엄" 위에 누어서 잠을 청
한다. 그러나 잠은 오지 않는다. 그것은 암실에서부터 계속 따라다
니는 생각 때문이었다. 봉투에 싼 전구의 빛은 어디로 갔는가. 문자
의 불완전성에서 어떻게 헤어나는가. 세상과 상관있는 반복되는 흉
내가 싫다.

풀엄우에누어서 봄내음새나는 졸음을주판에 다놋코안자잇섯다
하나 둘 셋 넷 다섯 여섯 일곱 여섯 다섯 넷 다섯 여섯 일곱 여덜
아홉 여덜 아홉 잠은턱밑헤서 눈으로들어가 안는것은 그는그의
눈으로 물끄럼이바라다보면 졸음은벌서 그의눈알망이회색 그림
자를던지고잇스나등에서비최는햇볏이너무따뜻하야그런지잠은번
적번적한다 외잠이안이오느냐 자나안자나마찬가지 인바에야안자
도조치만안자도조치만 그래도자는것이 나앗다고하야도생각하는
것이잇스니잇다면 그는외이런앵무새의 외국어를듯느냐 원숭이를
가게하느냐 락타를오라고하느냐 바드면내여버려야할것들을바다
가지느라고 머리를괴롭혀서는안되겟다마음을몹씨상테하느냐 이

20) 「十九世紀式」.

런것인데이것이나마생각안이하얏스면그나마나을것을구타여생각
하야 본대ㅅ자잇따가는소용업슬것으외씨근씨근몸을달리노라고 얼
골과수족을 달려가면서생각하느니잠을자지잔댓자안이다 잠은자
야 하느니라생각까지하야노앗는데도잠은죽어라이쪽으로 자그만
콤만왓스면되겟다는데도더안이와서안이자기만하려들어안이잔다
안이잔다면.

이상은 왜 이런 앵무새의 외국어를 듣느냐, 왜 원숭이를 가게 하
느냐, 왜 낙타를 오라고 하느냐. 이 모두는 받으면 내버리고 내버리
면 다시 받아 무한 반복해야 할 것들인데 받아가지느라고 머리를
괴롭혀서는 안 되겠다. 왜 마음을 몹시 상하게 하느냐. 이런 것인데
이것이나마 생각 안 하였으면 그나마 나을 것을 구태여 생각해봤자
소용없다. 잠을 못 자는 것이다.

그는 잠만 못 자는 것이 아니다. 그는 폐결핵으로 자신의 시간이
얼마 남지 않은 것을 안다. 차라리 여자의 스커트 밑을 보아도 의미를
찾지 못하면 아무 것도 하지 아니 하는 편이 나으리라. 뒤집어 말하면
아무 것도 하지 않을 바에야 남은 시간을 향락에 바치리라.

차라리길을걸어서 살내여보이는스카아트를 보아서의미를찻지
못하야노코아모것도안이늣기는것을하는것이차라리나으니라 그러
치만어데그럿케번번히잇나 그는생각한다 뼈쓰는여섯자에서 조곰
우우를떠서단이면조타 만흔사라미탄뼈쓰가만흔이거러가는 만흔
사람의 머리우를지나가면 퍽관게가업서서편하리라 생각하야도편
하다 잔등이묵어워들어온다 죽엄이그에게왓다고 그는놀라지안아

본다 죽엄이묵직한것이라면 일생에업든 가장 위생적인시간을 향
락하야보는편이 그를 위생적이게하야 주겟다고그는생각하다가

스커트를 밑에서 보는 방법으로 버스가 위로 다니면 좋다. 그것
도 바로 위에 여섯 자 위면 더욱 좋다. 위로 다니면 사람들에게 걸
리적거리지 않아서 관계없으니 더욱 좋다. 주검이 등쌀을 떠민다.
"잔등이묵어워들어온다." 그러나 주검이 그에게 왔음에도 놀라지
않는다. 이유는 주검이 묵직할수록 향락의 도를 더하리라 생각하다
가 오히려 주검을 앞에 두고도 그것마저 괴델의 정리에서 벗어나지
못하는 자신을 발견하기 때문이다.

그러면그는죽엄에 견데는세음이냐못 그러는세음인것을자세히
알아내이기어려워고로워한다
죽엄은 평행사변형의법측으로 보일르샤알르의법측으로 그는압
흐로 압으로걸어나가는데도왔다 떠밀어준다.

다시 말하면 "견디는 세움이냐 못 그러는 세움이냐" 사이에서 쩔
쩔맨다. 그는 "이랫다저랫다"의 알지 못하는 영역을 죽음에서까지
괴로워한다. 그러나 주검은 이랬다저랬다의 괴델의 불완전성 정리
와 달리 평행사변형의 법칙이나 보일-샤르의 법칙 등 움직일 수 없
는, 확실하고 분명하고 완전한 자연의 법칙처럼 그의 앞으로 다가
온다는 것을 깨닫는다. 이랬다저랬다로 피할 수 없는 것이다. 그래
서 마침내 어느 경지에 이르렀다.

活胡同是死胡同 死胡同是活胡同

풀어쓰면 "뚫린 골목은 막다른 골목이요, 막다른 골목은 뚫린 골목이다." 이것이 바로 이상이 이해한 괴델의 "이랫다저랫다"의 경지이다. 마침내 그는 주검을 경험한다.

그때에그의잔등외투속에서 양복저고리가 하나떨어젓다 동시에 그의눈도 그의입도 그의염통도 그의뇌수도 그의 손바닥도 외투도 자암뱅이도모도어얼러떨어젓다 남은것이라고는 단추 넥타이 한리틀의탄산와사부지럭이엿다 그러면그곳에서잇는것은무엇이엿드냐 하야도 위치뿐인페허에지나지안는다 그는 그런다 이곳에서흔어진 채 모든 것을다끗을내여 버려버릴가 이런 충동이 땅우에떨어진팔에 엇던경향과방향을 지시하고그러기시작하야버리는 것이다.

잔등을 무겁게 하던 흉내의 친구 양복저고리가 떨어졌다. 잔등을 무겁게 하던 주검의 등쌀에서 해방되었다. 그러나 그와 함께 모든 것이 떨어지며 주검 후에 남은 것은 단추, 넥타이, 탄산와사뿐이다. 뒤에 해독할 시에서 이상은 무덤을 단추로 표현하였다. 무덤의 모양이 리베트 모양의 단추처럼 생겼기 때문이다. 넥타이는 자살을 의미한다. 탄산가스의 주성분은 탄소인데 사람의 화학물은 주로 탄소로 구성되었다. 이것은 전편에서 밝혔듯이 현미경 아래에서 사람을 가역반응이 가능하게 만드는 원소수준으로 해체할 수 있음을 의미한다. 모두 주검을 상징하며 폐허에 지나지 않는다. 원숭이와 결별하고, 낙타는 죽이고, 아내에게 애인을 불러주고, 자신은 죽음으

로 끝을 낼까 생각하는 정도가 점점 상승하는 이 모두는 암실 같은
무한대의 모순에서 벗어나려는 몸부림이다. 그는 치미는 충동으로
분노가 일어났다. 그것은 곧 두려움으로 바뀌었다.

　　그는무서움이일시에치밀어서성내인얼골의성내인 성내인것들을
헤치고 홱압흐로나슨다 무서운간판저어뒤에서 기우웃이이쪽을내
여다보는틈틈이들여다보이는 성내엿든것들의 싹둑싹둑된모양이
그에게는한업시가엽서보혀서 이번에는그러면가엽다는데대하야 장
적당하다고 생각하는것은무엇이니 무엇을내여거얼가 그는생각하
야보고 그럿케한참보다가우숨으로하기로작정한그는그도 모르게
얼는그만우서버려서 그는다시거더드리기어려웟다 압흐로나슨우
슴은 화석과갓치 화려하야다.

　그러나 그는 무서웠다. 그러기에는 자신이 한없이 가엾어 보여
서 자신도 모르게 웃음이 나왔다. 두려움은 하나님을 찾게 만든다.
이상은 신앙인이 아니다. 그는 하나님 대신 웃음을 택하였다. 그
런데 웃음이 "화석처럼 화려하였다".

　　笑 怕 怒

　감정이 바뀌는 순서가 본문처럼 노 → 파 → 소가 아니라 소 → 파
→ 노로 바뀐 것은 거울에 비추었기 때문이다. 그는 웃지만 분노하
고 있는 것이다. 이상은 일찍이 「이상한 가역반응」에서 선언하였
다. "발달하지도 아니하고 발전하지도 아니하고 이것은 분노이다."

이상한 가역반응으로 이상은 인정받지 못하여 분노한다. 인정받지 못하는 시인은 시체라고 하였다. "나는 그날 나의自敍傳에 自筆의 訃告를 挿入하였다."[21] 그러나 그 감정도 두려움을 거쳐 웃음으로 변했는데 그 웃음이 "화석처럼" 되었으니 죽은 자의 웃음이다. 이상의 시가 이상한 가역반응에서 유래한 분노의 시에서 괴델의 불완전성으로 고뇌하는 신변의 시로 변해가는 과정을 상징한다. 죽은 자의 화석웃음은 무덤 위에 딱정버러지처럼 모여들었다. 이상은 여러 번 죽는다.

　　시가지한복판에 이번에새로생긴무덤우으로 딱정벌러지에무든 각국우숨이 헷뜨려떠트려저 모혀들엇다 그는무덤속에서다시한번 죽어버리랴고 죽으면그래도 또한번은더죽어야하게되고하야서 또 죽으면되고 또죽어도 또죽어야되고하야서 그는힘드려한번몹씨 죽어보아도 마찬가지지만그래도 그는여러번여러번죽어보앗으나 결국마찬가지에서 쏫나는끗나지안는것이엿다　하느님은그를내여버려두심닛가　그래하느님은죽고나서또죽게내여버려두심닛가　그래 그는그의무덤을엇더케 치울까생각하든끗흐 머리에 그는그의잔등속에서 떨어저나온근거업는 저고리에그의무덤파편을 주섬주섬싸 그러모아가지고 터벅터벅걸어가보기로 작정하야노코 그러케하야 도 하느님은가만히잇나를 또그다음에는 가만히잇다면 엇더케되고 가만히잇지안타면엇더케할작정인가 그것을차레차레보아나려가기 로하얏다,

시가지 가운데 새로 생긴 무덤은 자신의 무덤이다. 시정의 사람들 사이에서 인정받지 못한 자신의 죽은 시의 쌓임이다. 이처럼 이상은 시를 통해 여러 번 죽지만 여러 번 소생한다. "이상하게도 나는 매일 아침 소생했다."[22] 주검도 모순의 무한대에 빠진다. "끝나는 끝나지 않는 것이었다." 죽는 흉내였기 때문이다. 『율리시즈』의 6번째 일화 하데스에서 조이스도 주검을 생각한다. 하데스는 지하세계를 관장하는 신이다. 그는 머리가 셋이고 꼬리가 뱀인 키메라를 데리고 다닌다. 이상은 이에 대하여 시를 썼다. 뒤에서 해독할 것이다. 이상은 무덤을 어떻게 치울까 생각하였다. 인정받지 못한 시(무덤파편)를 모아서 걸어가 보기로 하였다. 어디로? 아래에서 제시하는 바 지도의 암실로. 그의 운명이 어떻게 되는지 보기로 하였다. 하나님이 가만히 있으면 있는 대로 가만히 있지 않으면 그런대로 맡기기로 하였다. 그 지도란 아무도 간 적이 없는 곳이다. "건설되지도 않고 항해하지도 않은 곳."

K는그에게 빌려주엇든저고리를 닙은다음서양시가렛트처럼극장으로 몰려갓다고그는본다K의저고리는풍긔취체탐정처럼그에게무덤을 경험케하얏슬뿐인 가장간단한불변색이다 그것은어데를가드라도 까마귀처럼트릭크를우슬것을생각하는그는그의모자를 버서 땅우에놋코그가가만히잇는 모자가가만히잇는틈을 타서 그의 구두 바닥으로 힘껏 나려밟어보아버리고십흔마음이 종아리살구뼈까지 나려갓것만그곳에서장엄히도승천하야버렷다.

---

22) 「斷想」.

　남아잇는박명의령혼 고독한저고리의 폐허를위한완전한보상그
의령적산술 그는저고리를닙고 길을길로나섯다. 그것은맛치저고리
를 안입은것과갓흔 조건의특별한사건이다 그는비장한마음을 가지
기로하고길을 그길대로생각꼿헤생각을겨우겨우니여가면서걸엇
다 밤이그에게그가갈만한길을잘내여주지안이하는 협착한속을 -
그는밤은낮보다 빼빽하거나 밤은낮보다되에다랏커나 밤은낮보다
좁거나하다고늘생각하야왓지만 그래도그에게는 별일별로업시 조
홧거니와 - 그는엄격히걸으면서도 유기된그의기억을안꼬 소박한
자태에그는 그의옷깃을여기저기적시여 건설되지도항해되지도 안
는한성질업는지도를 그려서가지고 고단이는줄 그도모르는채 밤은
밤을밀고 밤은밤에게밀니우고하야 그는밤의밀집부대의 숙으로숙
으로점점깁히들어가는 모험을모험인줄도 모르고모험하고잇는것
갓흔것은그에게잇서 아모것도아닌그의 방정식행동은 그로말매암
아집행되여나가고잇섯다.

　흉내뿐이고 독창성이란 전혀 "근거 없는" 친구의 저고리를 벗었
다. 반대로 친구 "K는 그에게 빌려주엇든저고리"를 입고 극장에 가
버렸다. 극장이 담뱃갑이라면 관객은 시가레트이다. 친구는 이상과
달리 세상과 관계있는 일을 즐긴다. 친구의 옷은 그에게 무덤을 여
러 번 반복하여 경험하게 한 회색이었다. 그것은 불변색이었다. 옷
뿐만 아니라 지금까지 썼던 모자마저 벗었다. 모자나 옷은 모두 입
성이기 때문이다. 이상은 자신의 저고리를 입었다. 그것은 마치 입
어도 입지 않은 것처럼 자신의 참된 알몸과 같았다. 이상이 드디어
친구의 흉내에서 벗어났다는 뜻이다. 그것은 특별한 사건이었다.
이상의 남은 영혼이 친구의 흉내, 앵무새의 흉내, 원숭이의 흉내,

낙타의 흉내, 여인의 흉내. 마침내 모든 흉내의 반복에서 벗어난 길은 "빽빽한 밤"과 같다. 암실에서 벗어나서 이상이 택한 길은 낮이 아니라 밤이었다. 드디어 회색 같았던 낮이 지나고 밤이 찾아온 것이다. 그러나 그 밤도 밤에게 밀리는 끝이 없는 밤이었다. 이상은 살아있는 한 결코 무한대에서 탈출할 수 없다.

　이상이 가지고 있는 지도는 "인류가아즉만들지아니한글자"로 만든 지도였기에 당연히 아직 "건설되지도항해되지도 안는한성질업는지도"이며 이상 스스로 "그려서끝을 모르는" 지도였다. 그것은 문장 또는 진술이라는 세계의 지도였는데 "끝을 모른다.terra incognita" 무한대의 회색지도이다. 이런 면에서 이 글의 제목은 "암실의 회색지도"임이 정확하다. 그 문장의 지도는 "참이다 아니다"를 구분할 수 없는 "이랫다저랫다"의 영역 때문에 "끝을 모르는" 무한대의 모순에 빠져 "밤의 밀집 숙으로 숙으로 점점 깊이 들어갈 뿐이었다." 끝을 모르는 암실의 지도는 앞이 캄캄한 밤의 밀집과 같다.

　　　이봐. 누가 좀 불을 켜주게나
　　　더듬거리면서 겨우 여기까지 왔네그려
　　　이렇게 캄캄해서야
　　　이젠 아주 글렀네. 무서워서 한 발자국인들 내놓을 수 있겠는가
　　　이봐. 누가 좀 불을 켜주게나[23]

　다시 본문으로 돌아와서 그러면 왜 그 불완전한 지도를 버리지

---

23) 『朝鮮と建築』, 1932. 11.

못하느냐.

　　그는외버려야할것을　버리는것을　버리지안코서버리지못하느냐
어데까지라도고로움이엿슴에변동은　업섯구나그는그의행렬의마즈
막의　한사람의위치가　끗난다음에　지긋지긋이　생각하야보는것을
할줄몰으는　그는　그가안인　그이지　그는　생각한다　그는　피곤한다리
를　잇끌어불이던지는불을밟아가며불로갓가히가보려고불을작고만
밟앗다.
　　我是二雖說沒給得三也我是三

　불완전한 지도를 버려도 괴로움은 마찬가지라고 곰곰이 생각하
며 걷는 이상을 불빛이 비춘다. "불이 던지는 불을 밟고 가는"그에
게 그림자가 생기니 "나는 둘이다. 我是二"."불로 가까이 가보려고
불을 자꾸 밟았다." 불로 가까이 갈수록 반그림자가 생긴다. 그 본
그림자 주변에 생기는 반그림자와 합하여 "나는 셋이다. 我是三."
그런데 "주고받을 수 있는 셋이 아니다. 雖說沒給得三也". 전편에
서 이미 말했지만 이 한문문장은 문법적으로 성립하지 않는다. 그
러나 의미는 통한다. 논리가 과학적이기 때문이다. 이상은 과학적
이고 논리적인 의미를 전달하는 문장을 문법적으로는 일부러 틀리
게 썼다. 괴델의 불완전성 정리를 문학적으로 표현하고 싶었기 때
문이다. 괴델의 문제는 항상 의미=문법이 성립하지 않는다는 점이
다. 다시 말하면 무모순의 문장이라도 언제나 의미 ≠ 문법의 경우
가 생긴다. 앞서 앵무새와 불어 대화도 의미 ≠ 문법이었다.
　이 짧은 한문문장이 주는 의미는 이외에 또 있다. 앞서 지도MAP

가 수학에서는 함수라고 하였다. X가 Y에 MAPPING하는 방식은 두 가지이다. 하나는 MAPPING INTO이고 다른 하나는 MAPPING ONTO이다. 전자는 X에 대응하는 Y가 하나이고 후자는 X에 대응하는 Y가 하나 이상이다. 의자의 수와 사람의 수가 일치하면 전자이고 의자의 수와 사람의 수가 일치하지 않으면 후자이다. 위의 문장에서 "나는 하나인데 나로 인해서 생기는 그림자는 둘이다. 또는 셋이다." 이것은 MAPPING ONTO에 해당한다. 수학에서도 Y를 X의 그림자image라고도 부르는데 이 경우 그림자가 셋이다. 이 짧은 한 문이 수학의 함수를 내포하며 지도의 암실이 문장의 불완전성을 의미한다는 사실을 새롭게 뒷받침하고 있다.

이상이 문장의 지도를 버리지 못하는 이유는 대안이 없기 때문이다. 문장의 불완전성=지도의 암실을 이상은 고민하고 있는 것이다. 이상이 문장의 형태에 대하여 남달리 관심을 갖는 이유이다.

그러나 괴델의 불완전성에서 벗어날 수 없음을 거듭 알게 되자 다시 한 번 스커트 밑을 떠올리며 향락을 생각해 본다. 이상이 『소설가 구보씨의 일일』에 그린 삽화는 스커트를 입은 여자의 하반신이다.[24] 이상은 스커트 밑에 양말대님(garter)에 입 맞추고 모든 것을 잊고자 한다. 『율리시즈』의 13번째 일화 나우시카에서 조이스가 여자의 스커트 밑을 보며 성적 환상을 키운다. 그러나 이상은 그 향락을 실행에 옮기지는 못하고 여전히 불완전성에 매달린다. 그 이유는 망각이다. 모든 것을 잊어버리자는 행위는 모든 것 속에 포함된,

---

24) 『朝鮮中央日報』, 1934. 9. 15.

그 잊어버리는 경과와 실행까지 잊어버리는 모순을 낳게 된다.

그런바에야 그는가자그래서스카아트밋헤 번적이는 조고만메탈에의미업는 베에제를 부친다음 그 자리에서잇슴즉이잇스랴하든 의미까지도 니저버려보자는것이 그가그의의미를니저버리는 경과까지도잘니저버리는것이되고마는것이라고 생각하게되는 그는그럿케생각하게되자 그럿케하야지게그를 그런데로내여던저버렷다

다시 말하면 "모든 것을 잊어버리자"라는 문장도 모순이다. 잊어버리자는 것조차 잊어버려야 하는데 그 결과 기억해야 하기 때문이다. 그때 이상은 음향이 오뚝 선 각혈을 한다. "심상치안이한음향이옷도똑섯든 공기." 정신이 버쩍 들지만, 심상치 않은 일도 일이려니 그 일 자체도 심상치 않다는 뜻이 되어 이중부정이므로 합하면 심상하다가 된다. 이 또한 모순이다. 이상이 보기에 자신의 일상사는 온통 모순투성이다. 모순에서 벗어나는 길은 내버려두는 길이다. "그는그럿케생각하게되자 그럿케하야지게그를 그런데로내여던저버렷다." 암실의 특징이다. 이상은 마음을 다시 고쳐먹고 향락을 추구하는 길 LOVE PARRADE에 들어선다.

심상치안이한음향이옷도똑섯든 공기를멧개넘어 트렷는데도 불구하고심상치는안은길이여야만할것이급기해하에는심상하고 말은것은심상치안은일이지만그일에 일으러서는심상해도조타고 그래도조흐닛가아모래도 조옷케되니까아모러타하야도조타고그는생각하야 버리고말앗다.

LOVE PARRADE

그 이후 이상은 LOVE PARRADE로 "가장 위생적인 시간을 향락"에 보내게 된다. 이것을 창작 『地圖의 暗室』의 후반 부분이 기록하고 있다. 그러나 향락을 추구하는 장소도 앙뿌을르(전구)에 종이를 씌운 암실이고 그를 상대하는 여인도 그 암실의 존재이다. 암실은 언제나 모순을 일으킨다. 그래서 그의 향락은 분노를 탄생시키고 분노는 초기 시와 다른 형태의 후기 시를 탄생시킨다.

그 단서가 행진의 영어 표현 PARRADE에 있다. 올바른 철자가 아니다. 이것은 앞서 의미는 통하는데 문법적으로 맞지 않는 한문문장처럼 또 이 글의 작성날짜처럼 오기가 아니고 고의라고 본다. 이상에게는 이태백처럼 일부러 글자를 틀리게 쓰는 고약한 면이 있다. 수필 『終生記』의 첫 문장은 아예 대놓고 글자를 일부러 오기했다고 말하며 시작된다. 이어서 "李太白. 이 前後萬古의 으리으리한 華族. 나는 李太白을 닮아야 한다. 그러기 위하여 五言絶句 한 줄에서도 한 字 가량의 泰然自若한 失手를 犯해야 한다."고 자서한다.[25] 『율리시즈』의 9번째 일화에서 조이스가 말하는 "천재는 실수하지 않는다. 그의 실수는 고의적인 것이고 발견의 관문이다."라는 문장 역시 마찬가지이다. 이상은 뒤에서 해독할 시 「대낮」에도 승강기의 영어 단어를 일부러 ELEVATER라고 틀리게 표기하였다. 이 철자는 일부러 틀려야 시가 해독되는 것이 그 증거이다. 이른바 "발견의 관문"이

---

25) 『終生記』.

다. 이 책에서 해독할 것이다. 전편에서 해독한 시 「LE URINE」에서도 프랑스어 단어 DICTIONARIE의 철자도 일부러 틀리게 썼다. LE URINE은 오줌인데 이 시는 이상이 인천 앞 월미도의 조탕해수욕장이 있는 모래사장에서 쓴 것이다. 『율리시즈』에서 조이스는 더블린 앞 호우스Howth 반도의 모래사장에서 오줌 누며 이 생각 저 생각을 한다. 인천을 더블린에 비유하면 월미도는 호우스이다. 이러한 맥락에서 일부러 PARRADE라고 오기한 것은 향락을 추구하되 본능을 따름이 아니라 현실을 회피함이다. 그는 동경에서 친구에게 보내는 편지에서 그것이 회피였다고 고백한다.

> 過去를 돌아보니 悔恨뿐입니다. 저는 제 自身을 속여 왔나 봅니다. 正直하게 살아왔거니하던 제 生活이 지금 와보니 卑怯한 回避의 生活이었나봅니다. 正直하게 살겠습니다. 孤獨과 싸우면서 오직 그것만 생각하며 있습니다.[26)]

결국 이상은 다시 한 번 "날개"를 얻고자 향락을 털어버리고 일본으로 향한다. 이상의 표현대로 앵무의 흉내, 원숭이의 흉내, 낙타의 흉내, 아내의 흉내, 친구의 흉내, 주검의 흉내 등 모든 흉내의 무한대 모순을 벗어나기 위한 선택이었다. 일본행 선택 이외에 나머지는 마치 세상에 없는 ELEVATER FOR AMERICA가 가짜 미국행인 것처럼 LOVE PARRADE도 가짜 향락 행진이다. 전편에서 보았듯이 이상의 작품에 등장하는 모든 가짜는 모순을 야기한다. 향락도

---

26) 「私信(九)」.

이상에게는 모순의 예에 불과하였다.

　이렇게 볼 때 이상의 후기 시는 『地圖의 暗室』에서 태어난 작품이다. 암실 세계에 갇힌 자신을 소재로 쓴 이야기가 후기 시이다.

제6장

독창성*

*이 장을 생략하고 다음 장으로 곧바로 넘어가도
전체를 이해하는데 지장이 없다. 그러나 이 장의 독
해는 이상에 대한 우리의 이해를 풍부하게 만든다.

시공간

괴델의 불완전성 정리에는 상대성이 들어있다. 하나의 진술 체계
가 무모순성이라는 것을 그 체계 내에서 스스로 증명하지 못한다는
말은, 그 증명은 다른 체계의 무모순성에 의존해야 함을 의미한다.
무모순성의 상대적 증명이다. 그러나 여기에 만족하지 않은 수학자
들은 절대적 증명을 원했다. 그 이유는 다른 체계의 무모순성도 마
찬가지로 또 다른 체계의 무모순성에 의존해야 하기 때문이다. 이
것은 무한대의 순환이다. 그럼에도 수학자들은 절대적 증명이 가능
하다고 믿었다. 여기에 찬물을 끼얹은 사람이 괴델이다. 궁극적 무
모순성을 뒷받침할 독립된 외부 체계란 존재하지 않는다. 괴델이
볼 때 하나의 진술체계에는 참이냐 거짓이냐의 어느 편도 아닌 중
간영역의 상대성이 있다. 배중률the law of excluded middle이 불가능함
을 증명한 그는 불완전성 정리 하나로 수학의 절대성 신화를 깨뜨
린 사람이다. 그의 업적은 아인슈타인의 상대성원리에 버금간다.
　앞서 보았듯이 『지도의 암실』은 괴델의 문장의 불완전성을 설명
하는 글인데 이 글의 핵심은 흉내였다. 차원은 다르지만 흉내 역시
상대적이다. 이상의 원숭이 흉내가 원숭이의 이상 흉내를 낳고 이

것은 무한대로 계속되는데 이상이 보기에는 원숭이가 이상을 흉내
내는 것으로 보이지만 원숭이가 보기에는 이상이 원숭이 흉내를 내
는 것이다. 달걀이 먼저냐 계란이 먼저냐의 중심에는 관점에 따른
상대성이 있다. 문제는 흉내가 "이상한 가역반응"이라는 점이다.
전편에서 보았듯이 알 카포네가 예수를 흉내 내는 모습이다.

　이상은 이상한 가역반응의 흉내에서 벗어나 올바른 가역반응의
독창성을 찾아 아무도 가본 적이 없는 "지도의 암실"로 떠났다. 그
러나 괴델의 불완전성을 표현하는데 앵무새, 원숭이, 낙타의 흉내
와 바나나, 스케이팅여자, 스커트, 교회에 간 K의 흉내를 원용한
이상도 초기에는 흉내와 모방의 대가였다. 〈로시 망원경〉을 모방한
것이 1930년 『조선과 건축』의 표지공모전에 3등으로 입상한 작품
이었음은 이미 전편에서 드러났다. 이상도 이 흉내를 숨기지 않고
고백하였다. 그것이 시 「꽃나무」이다.

KL49. 꽃나무

출처 : 無題　　　　　　　　　　　　　　　　　　가톨닉청년 1933. 7.

　벌판한복판에 꽃나무한개가있소. 근처에는 꽃나무가하나도없소.
꽃나무는제가생각하는꽃나무를 열심히생각하는것처럼 열심히꽃을
피워가지고섰소. 꽃나무는제가생각하는꽃나무에게갈수없소. 나는
막달아났소. 한꽃나무를위하여 그러는것처럼 나는참그런이상스러
운흉내를내었소.

[해독] 전편에서 말했듯이 뇌수에 핀 꽃은 시다. 또한 전편에서 보았듯이 이상의 시는 올바른 가역반응을 희구하는 표현인데 그 대상이 〈로시 천체망원경〉이었다. 그는 올바른 가역반응으로 로시가 되고 싶었고 슬립퍼어도 되고 싶었다. 그러나 이상의 바람과는 달리 아무도 없는 지성의 사막과 같은 벌판에 홀로 시상의 꽃을 열심히 피우는데 그와 짝을 이룰 비슷한 다른 시가 없다. 혹시 있을까 하여 열심히 찾아보았으나 허사였다. 〈로시 천체망원경〉도 주변에 그에 필적할 망원경이 없기는 마찬가지였다. 이상은 〈로시 천체망원경〉을 부러워하는 만큼 올바른 가역반응으로 그에 다가가기 위해 그에 못지않은 시를 열심히 썼다. 그러나 〈로시 천체망원경〉에 다가갈 수 없었다. 할 수 있는 것이라고는 흉내 내는 일뿐이다. 이상한 가역반응이었다. 그것이 표지도안 3등 작품이 되었다. 그러나 그 흉내는 이상한 가역반응이었기에 이상은 달아났다. 이상도 자신의 작품이 흉내라는 사실을 잘 알고 있었고 그것이 이상하고 부끄럽다고 생각한 것 같다. 이상의 외로움을 나타낸 시이지만 이 외로움만큼은 누구도 흉내 낼 수 없다는 데 이상의 비극이 있다.

이상의 모방은 〈로시 천체망원경〉뿐만이 아니다. 그 1년 전인 1929년 19세의 이상은 경성고등공업학교 졸업사진첩 표지를 도안하였다.〈그림 6-1〉 참조 그러나 이것은 헝가리 조형작가 모홀리-나기의 1926년도 작품을 모방한 것이다.〈그림 6-2〉 참조 이상은 잡지 『朝鮮と建築』의 「권두언」을 책임 맡았는데 여기에 모홀리-나기에 대해 3편의 글을 썼을 정도로 모홀리-나기를 익히 알고 있었던 만큼 아직

약관도 아닌 그가 조형의 세계적인 대가를 모방의 대상으로 삼은
것만 해도 대견하다.

두 작품의 공통점은 공기(바람)라는 점이다. 모홀리-나기의 작품
에 글씨pneumatik는 공기에 관한 용어이고 공기바퀴를 장착한 자동
차가 도로를 달리고 있다. 이상의 작품은 공기를 가득 안은 돛단배
가 파도를 타고 있는 모습이다. 돛의 모양이 숫자 19이고 요트 모양
의 숫자 92는 졸업한 해인 29년을 가리킨다. 이것은 1931년의 31을
뒤집어서 13이라고 표현한 것과 동일한 방법이다. 모홀리-나기 작
품의 글씨는 자동차가 달리는 배경이고 이상 작품의 글씨는 요트가
항해하는 배경으로 떠오르는 태양의 모습이다. 두 작품의 구도와
형태가 매우 닮았다. 이와 비슷한 그림으로 파이닝거Lyonel Feininger

〈그림 6-1〉 이상의 작품	〈그림 6-2〉 모홀리-나기의 작품

출처: 경성고등공업학교 1929년도 졸업사진첩.〈그림 6-1〉
　　　Louisiana Museum of Modern Art, Humlebaek, Denmark.〈그림 6-2〉

의 〈항해의 보트(Sailing Boats 1929)〉가 있다.

두 작품 모두 동적動的이다. 공기는 시간과 더불어 움직인다는 특징을 안고 있다. 그러나 두 작품 모두 동적이지만 시간이 멈춘 순간의 모습이다. 문제는 어떻게 시간의 흐름, 이상의 표현에 의하면 "시간리듬"을 한 폭의 그림으로 표현하느냐이다. 영화는 순간 동작의 연속이다. 그러나 한 폭의 화폭에 어떻게 시간의 흐름을 묘사하느냐? 이것은 아무도 하지 못한 새로운 도전이다.

20세기에 들어서면서 예술 특히 회화에서 나타나는 특징은 운동과 입체이다. 이 가운데 운동은 이미 19세기 마네의 〈경마(The Races at Longchamp 1865)〉, 터너의 〈폭풍 속의 기선(Steamer in a Snowstorm 1842)〉에서 극적으로 표현되었다. 이상은 터너를 알고 있었다.

> 그[터너]는…瞥間的으로 可變하는 情緖的印象을 刹那的으로捕捉하려는것이엇다.… 그리하야그極端의瞬間把握表現은 드듸여暴風雨中을疾走하는急行列車의寫生에까지이르럿다.[1]

그러나 아무리 극적인 표현이라도 그것은 멈춘 순간의 동작에 불과하다. 이것을 극복하려는 노력이 입체파를 탄생시켰다. 피카소의 〈바이올린과 포도(Violin and Grapes 1912)〉가 대표적이다. 3차원의 우리의 그림자는 2차원이다. 광원의 위치를 바꾸면 또 다른 2차원의 그림자가 생긴다. 예를 들어 아침의 그림자와 저녁의 그림자를 합성하여 색깔을 입히면 간단한 입체 그림이 된다. 위치를 달리하는

---

1) 「現代美術의搖籃」.

수많은 광원이 만들어내는 수많은 그림자를 합쳐 색깔을 입히면 3차원의 우리가 복원된다. 또는 거울에 비친 앞모습과 옆모습을 합성해도 입체파 그림이 된다. 그러나 여기에는 시간요소가 결여되어 있다. 이것 역시 순간의 멈춘 동작에 불과하다.

모홀리-나기는 처음에 20세기 입체 조형물에 주목하였다. 마천루나 올림픽 경기장 등이다. 이들 조형물은 재료와 구조에서 그 전과 다르다. 이상은 이것을 알고 있었다.[2]

> 다시··· 모호리-, 나기이···
> 感覺的 訓練
> 觸覺 練習
> 材料의 經驗, 構造, 組織, 組成, 集合體
> 創作活動의 방법으로서의 生物工學
> ··· 原則···責任···形式者의 自由

재료의 경험, 구조, 조직, 조성, 집합체는 입체 조형물에 관한 것이다. 이 글에서 특별히 눈에 띄는 것이 있으니 "생물공학"이다. 이 말은 DNA가 발견된 후에 만들어진 용어로서 생명공학이라는 용어는 1954년 볼프에 의해 만들어졌다. 더욱이 이상은 생물공학을 창작활동이라고 규정하고 그에 따르는 원칙, 책임, 형식자의 자유를 거론하고 있다. 현대의 생명공학 윤리에 가까운 발언이다.

모홀리-나기는 결국 입체적 조형에 동태적 "운동motion"을 가미할

---

2) 「권두언」, 『朝鮮と建築』, 1933년 10월호.

수 있어서 원시시대부터 현대에 이르기까지 아무도 해내지 못한 시간의 흐름을 가미한 동태적 예술kinetic arts의 선구자가 되었다. 이상은 이것도 알고 있었다. 이상이 잡지 『朝鮮と建築』의 「권두언」에 실린 모홀리-나기에 대한 3편의 글 가운데 하나가 모홀리-나기의 동태적 예술론에 대한 촌평이다.[3)]

> 모홀리-나기
> 精力學的 리듬만이, 예술의 요소가 될 수 있다는 에지프트 시대로부터 생겨난 수천년의 오류로부터, 우리들은 해방되지 않으면 안된다. 우리들은 時間感覺이 근본형식으로, 예술의 가장 주요한 요소는, 활동적 리듬이란 것을 宣言한다.

여기서 精力學의 일어원문은 靜力學이다. 시간요소가 배제된 정지상태statics를 말한다. 이에 대한 반발이 이상이 지적한 대로 "時間感覺"이 가미된 動力學 dynamics, 곧 이상의 표현대로 "활동적 리듬"이다. 다시 말하면 "운동"이다. 이상이 이미 10대 시절부터 세계 사정에 관심이 있었음을 증언하고 있다.

모홀리-나기의 "시간감각"에 대한 이상의 관심은 여기서 머물지 않는다. 〈그림 6-3〉은 모홀리-나기의 대표작 가운데 하나로 제목은 "A19"이다. 그가 1927년에 그린 이 작품의 개념은 "운동"이다. 제목 A19는 Africa 1919년을 의미한다. 영국 캠브리지 대학의 에딩턴(Arthur Eddington) 박사는 1919년 아프리카로 아인슈타인의 상대성

---

3) 「권두언」, 『朝鮮と建築』, 1933년 8월호.

이론을 증명하기 위하여 원정대를 이끌고 떠났다. 그곳에서 관측한 일식에서 그는 아인슈타인이 예측한 대로 빛이 휘는 현상을 확인하였다. 이후 4차원을 기하학적으로 묘사하는 그림이 퍼져나갔다.[4]

모홀리-나기의 〈그림 6-3〉에서 교차하는 두 쌍의 굵은 직선이 바로 4차원의 그림이다. 아래에서 보이겠지만 그림에서 하나의 옅은 굵은 선은 이상의 표현대로 "운동"의 "시간감각"을 의미하는 시간좌표time이고 또 다른 옅은 굵은 선은 공간좌표space인데 합하여 시공간time-space이라고 부른다. 또는 민코프스키 시공이라고 부른다. 모홀리-나기의 그림에 한 개의 원이 시간좌표와 공간좌표에 놓여있다. 그런데 그림에는 한 쌍의 옅은 선 이외에 또 한 쌍의 짙은 선이 더해져서 시공space-time의 좌표가 두 쌍이며 원점에서 교차된 모습으로 운동하는 공의 시공좌표가 바뀌는 모습을 그렸다. 시공간은 4차원의 세계이다. 이것은 무슨 의미일까? 시공간에서 지구(공)의 운동이다. 이 주제를 살펴보자.

〈그림 6-4〉는 이상의 4차원 운동이다. 이 그림 역시 두 쌍의 시공을 의미한다. 한 쌍의 시공은 점선이고 또 한 쌍의 시공은 실선이다. 이상은 이 그림을 그리지 않았다. 그림 대신 같은 내용을 글로 썼다. 아래에서 보이는 대로 그의 글을 그림으로 복원하면 〈그림 6-4〉가 된다. 이에 대한 암시가 「(광)線에 關한 覺書 1」에 나타난다.

運動에의 絶望에 依한 誕生

---

4) 4차원 그림을 처음 고안한 사람은 아인슈타인의 스승 민코프스키이고 상대성이론이 관측으로 확인되기 전에 이미 사용하였다.

〈그림 6-3〉 모홀리-나기의 운동 작품 A19

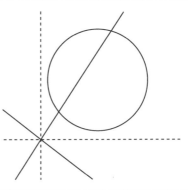

〈그림 6-4〉 이상의 4차원 운동

출처 : ⓒHattula Moholy-Nagy/DACS

전편에서 말했다시피 "운동"을 예술에 처음 도입한 사람이 자신이 아니라는 것이 절망이지만 그럼에도 여기에서 새로운 창조가 탄생한다는 뜻이다. 그것이 시로 쓴 〈그림 6-4〉이다. 이 내용을 검토해 보자.

이상이 모홀리-나기의 이 작품을 보고 영감을 얻었는지는 알려지지 않았다. 그러나 한때 그의 작품을 모방하였고 그에 대하여 세 번이나 글을 썼으며 그 가운데 하나가 위에서 인용한 "시간감각" 또는 "시간리듬"의 운동에 관한 것을 보면 이 작품을 알고 있었다고 추정할 수 있다. 『삼차각설계도』의 연작시들은 모두 「선에 관한 각서」로서 여기서 선이 광선이라 함은 전편에서 이미 밝혔다. 현재 광선(전자파)의 주파수는 시간을 측정하는 단위로 쓰인다. 1초는 세슘원자가 흡수 방출하는 광선(전자파)의 주파수의 약 92억 배로 정의되었다. 따라서 『삼차각설계도』 연작시는 3차원의 공간에 4차원의 시간을 가미한 민코프스키의 시공간을 배경으로 삼고 있다. 이 사실이 이상이 모홀리-나기의 작품을 알고 있었음을 암시한다. 그밖에 이상은 세 가지 증거를 글로 남겼으며 아울러 〈그림 6-3〉의 모홀리-나기 작품마저 이해하는 길잡이를 제공하고 있다.

時計는 左向으로 움직이고 있다. 그것은 무엇을 計算하나[5)]
거울의 屈折反射의 法則은 時間方向留任問題를 解決하다.(軌跡의 光年運算)[6)]
車를 놓친 나는 四次元의 展望車 위에서 눈물을 지으며 餞送의 心境을 보냈다.[7)]

이제 이 세 문장을 해독해 본다. 시계는 오른쪽으로 돌지만 "거울의 굴절반사의 법칙"이 "좌향"으로 돌게 한다. 이것을 "시간방향문제"라고 표현하였다. 그런데 "유임문제"란 무슨 뜻인가? 전편에서 마이켈슨-몰리의 광속실험에 관한 이상의 시 「烏瞰圖 詩第八號 解剖」를 해독하면서 거울의 굴절을 이용하여 방향이 서로 다른 두 광선에 의해 시간과 거리가 달라지는 것을 보았다. 시간이 늘어나고 거리가 줄어든다. 이 현상을 이상은 시계가 "좌향"한다고 시적으로 변용하였다. 이 문제를 다시 본다. 이를 위해서 "4차원의 전망차"를 이해해야 한다.

4차원은 가로, 세로, 높이에 시간을 더한 것이다. 가로, 세로,

---

5) 「面鏡」.
6) 「一九三一年」.
7) 「無題」.

높이의 3차원 공간에서 사건 A와 B가 "동시에" 일어났다고 하자.
그 시각이 10시라고 하자. 시간차원이 동일하다. 그리고 그 공간적
인 간격을 측정해보니 가로로 3,200피트 세로로 400피트 높이로
936피트 떨어졌다고 하자. 그러면 〈그림 6-5〉가 성립한다. 이 두
사건이 일어난 3차원 공간상의 거리는 피타고라스 정리에 의하여
$\sqrt{3200^2+400^2+936^2}=3,360$ 피트이다. 세 개의 숫자가 하나의 숫자
로 전환되었다. 즉 3차원의 공간거리가 1차원의 직선거리 3,360피
트로 둔갑하였다.

〈그림 6-6〉의 수평선은 〈그림 6-5〉에서 1차원으로 둔갑한 3차
원 공간거리를 나타내고 수직선이 시간방향을 나타내어 4차원의
시공현상을 나타낸다. 이상의 표현에 의하면 "나는 四次元의 展望
車 위에서 눈물을 지으며 餞送의 心境을 보냈다."의 그 4차원이다.
두 점 A와 B를 연결한 공간거리의 길이가 3,360피트인데 수평선인

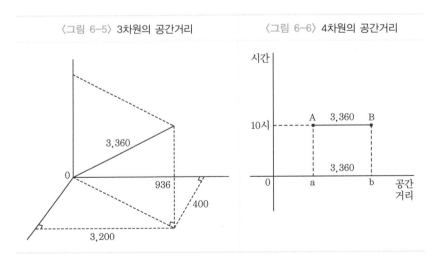

〈그림 6-5〉 3차원의 공간거리   〈그림 6-6〉 4차원의 공간거리

까닭은 같은 시간 10시에 일어났기 때문이다.

　이제 두 사건 A와 B가 "다른 시간"에 발생했다고 하자. 즉 A는 10시에 일어났고 B는 10시 15분에 일어났다. 〈그림 6-7〉에서 사건 A는 공간 a에서 10시에 발생하였고 사건 B는 공간 b에서 10시 15분에 발생하였다. 시간은 15분 차이이고 거리는 3,360피트 차이이다. 이때 직선 AB의 각도를 θ로 표기하자.

　그러나 지구 내부에서 보았을 때 거리는 3,360피트이지만, 지구 밖 우주에서 보았을 때에는 15분 동안 지구가 공전하였으므로, 다시 말하면 지구가 "운동"하였으므로 A사건이 B사건보다 15분 먼저 발생한 것을 지구의 이동한 거리가 감안해주어야 한다. 지구는 1초에 약 32킬로미터를 움직인다. 이상은 이 점을 지적하여 지구 "軌跡의 光年運算"이라고 표현하였다.

　자세한 설명은 뒤에서 하기로 하고 여기서는 다만 지구의 이동의 영향으로 B사건은 A사건과 다른 시간방향을 타게 된다는 점만 이해하면 된다. 이것이 이상이 말한 "시간방향을 유임할 것(그대로 둘 것)"인지 말 것인지의 문제이다. 〈그림 6-8〉에서 시간방향이 옛 시간에서 새 시간으로 바뀐 현상을 이상은 "時間方向留任問題를 解決하다.(軌跡의 光年運算)"라고 표현하였다. 시간방향이 바뀌기 전의 지구 좌표에서 보면 A사건과 B사건 사이의 시간상의 길이는 $\alpha\beta$이고 공간상의 길이는 ab였다. 시간방향이 바뀐 후에는 동일한 선분 AB의 길이가 나타내는 공간의 길이는 ab에서 a'b'로 짧아지고 시간은 $\alpha\beta$에서 $\alpha'\beta'$로 길어짐을 알 수 있다. 이때 직선 AB의 각도 θ'도 커졌다. 시간이 늘어나는 현상을 이상은 다음과 같이 표현하였다.

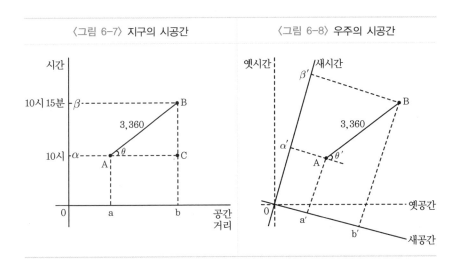

〈그림 6-7〉 지구의 시공간　　　〈그림 6-8〉 우주의 시공간

時計는 左向으로 움직이고 있다.

공간이 줄어드는 이유도 이상은 그냥 넘어가지 않고 단서를 남겼다. 가령 A사건을 본 사람이 갑과 을 두 사람이라고 하자. 갑은 현장에 그대로 있고 을은 현장을 떠나서 우연하게도 앞으로 15분 후에 B사건이 발생하는 방향으로 떠났다고 하자. 그것은 〈그림 6-8〉에서 갑은 옛 시간방향을 따라 10시에서 10시 15분으로 동일한 공간의 좌표에 머무는 데 대하여 을은 시간에 따라 움직여서 공간이 변하므로 새 시간방향에서 움직이고 있는 것으로 표현하였다. 을이 A를 떠나 15분이 지나서 A와 B 사이의 절반 지점을 통과할 무렵 B사건이 일어났다. 을과 B사건 사이의 거리가 갑과 B사건 사이의 거리에 절반으로 줄어든 것이다. 이 현상을 이상은 놓치지 않고 정확하게 표현하였다.

車를 놓친 나는 四次元의 展望車

이상은 새 시간방향으로 움직이는 원래 의도했던 "車"는 놓쳤다. 그래서 "운동속도"가 이 "車"보다 느린 "전망차"를 탔다. 그냥 전망차가 아니라 "四次元의 展望車" 곧 옛 시간방향으로 움직이는 전망차이다. 설명의 편의상 전망차가 움직이지 않고 그 자리에 있는 전망대라면 옛 시간방향에서 동일한 공간에 머물게 된다. 두 차 사이에 거리가 바로 사건과 거리 사이를 다르게 만들었다는 뜻이다.

한편 갑과 사건B 사이 거리는 3,360피트이고 반면에 을과 사건B 사이 거리는 1,680피트이므로 을이 갑보다 더 빠르게 B에 도달하게 된다. 가령 1광년 떨어진 별에 을이 광속로켓으로 왕복하는 데에는 2년이 걸리지만 초속 1킬로의 로켓으로 왕복하는 갑에게는 6만 년이 걸린다. 이것은 을에게 시간이 늘어났음을 의미한다. 이것을 설명하기 위하여 이상은 시계를 거울에 비추어 뒤로 가게 만들어 시간을 늘렸다.

거울의 屈折方向 ··· 時計는 左向으로 움직이고 있다. 그것은 무엇을 計算하나.

바로 늘어난 시간을 계산한다. 마이켈슨-몰리 실험 결과의 시적 표현이다.

상식과 직관에 호소하는 이 설명을 마이켈슨-몰리의 실험으로 정확하게 기술해보자. 공간이 얼마나 줄어드는가를 비교적 정확하게 설명하기 위해서는 전편에서 소개한 마이켈슨-몰리 실험의 〈그림 2-21〉과 〈그림 2-22〉의 도움이 필요하다. 그러나 독자의 편의를 위하여 재생한다.

먼저 〈그림 2-22〉의 재생인 〈그림 6-9〉를 본다. 거리=속도×시간의 공식을 생각하자. 유속이 없는 호수에서 수영선수의 속도는 c이고 편도거리는 d이고 왕복거리는 2d이다. 유속이 없으므로 수영시간=왕복거리/수영속도=(d+d)/c=2d/c이다. 수영시간이 1시간이라고 하자. 그러면 유속이 없는 곳에서는 c=2d이다. 이번에는 동일한 거리를 유속이 있는 강에서 동일한 수영선수가 두 번 수영한다. 한 번은 강의 흐름을 따라 상하로 왕복하여 출발점으로 돌아오는 경우이다. 다른 한 번은 강을 가로질러 왕복하여 출발점으로 복귀한다. 두 경우 모두 왕복수영거리 2d가 같다.

먼저 강을 상하로 수영하여 출발지로 돌아오는 경우를 생각한다. 그가 강의 흐름을 타고 하류로 수영할 때의 수영시간은 거리/(수영속도+유속)=d/(c+v)이다. 여기서 v는 강의 유속이다. 반대로 강을 거슬러 상류로 돌아올 때의 수영시간은 거리/(수영속도-유속)=d/(c-v)이다. 당연히 역류의 경우가 순류의 경우보다 오래 걸린다. 왕복시간 t_1은 두 시간의 합이다.

$$t_1 = \frac{d}{c+v} + \frac{d}{c-v} = \frac{1}{1-\left(\dfrac{v}{c}\right)^2}$$

가령 유속 v보다 선수의 속도 c가 10배 빠른 경우 유속의 강에서

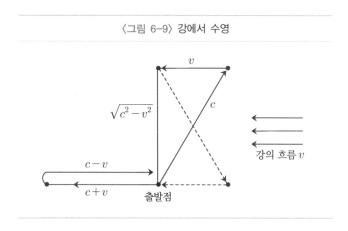

〈그림 6-9〉 강에서 수영

왕복시간은 유속이 없는 호수에 비해 1.01배 오래 걸린다.

이번에는 동일한 수영선수가 강을 가로질러 건너갔다 출발지로 돌아오는 실험을 한다. 그는 건너편에 도달하기 위해서는 유속 때문에 삼각형의 빗변으로 비스듬히 수영을 해야 한다. 그의 수영속도가 c이고 유속이 v이므로 피타고라스 정리에 의해 다음 속도로 비스듬히 수영하게 된다.

$$\sqrt{c^2 - v^2}$$

유속 때문에 수영속도가 감소됨을 볼 수 있다. 여기서 수영속도 c가 강의 유속 v보다 빨라야 이 식이 성립함을 이해할 수 있다. 만일 c<v이면 허수가 되는데 이것은 중도에서 사라짐을 의미한다. 건너갈 때 비스듬히 수영했으니 돌아올 때에도 삼각형의 빗변으로 비스듬히 헤엄쳐야 한다. 그러므로 왕복시간 t_2은 다음과 같다.

$$t_2 = \frac{d}{\sqrt{c^2-v^2}} + \frac{d}{\sqrt{c^2-v^2}} = \frac{1}{\sqrt{1-\left(\frac{v}{c}\right)^2}}$$

수영속도 c가 유속 v보다 10배 빠르다고 하였으니 이 경우에는 유속이 없는 호수에 비해 1.005배 오래 걸린다.

두 경우를 비교해 보면 강을 상하로 왕복하는 수영시간 1.01이 강을 가로질러 수영시간 1.005보다 더 걸린다. 다시 말하면 $t_1 > t_2$ 이다.

이번에는 수영선수 대신 빛의 경우를 생각해 본다. 이 문제를 보기 위하여 다시 전편의 〈그림 2-21〉을 보는데 역시 독자의 편이를 위하여 재생한다.〈그림 6-10〉 참조 이 그림에서 강을 가로질러 왕복 수영하는 경우에 해당하는 것이 거리 BD이고 강을 따라 왕복 수영하는 경우가 거리 BC이다. 그러면 c는 빛의 속도이다.

에테르가 있다면 에테르의 유속 때문에 에테르에 편승하는 BC의 시간이 에테르를 가로지르는 BD의 시간보다 느려야 한다. 그러나 에테르가 없다는 것이 밝혀졌고 에테르 대신 지구가 BC의 방향으로 움직이고 있다. 다시 말하면 거리 BC를 여행하는 빛은 지구의 흐름을 역행하다 순행하게 되고 거리 BD를 여행하는 빛은 지구의 흐름을 가로지르게 된다. 마이켈슨-몰리가 발견한 것은 강에서 수영하는 경우와 달리 거리 BD로 여행하는 광선의 속도와 거리 BC를 여행하는 광선의 속도가 같았다는 점이다. 광선이 BC로 여행하나 BD로 여행하나 시간이 같다. 다시 말하면 $t_1 = t_2$이다. 그렇다면 이

두 종류의 시간인 t_1이 t_2와 일치하게 되는 유일한 설명은 BC의 거리가 $\sqrt{1-\left(\dfrac{v}{c}\right)^2}$ 만큼 짧아져야 한다는 것이다.

$$\frac{\text{BC거리}}{\text{속도}} = \frac{\sqrt{1-\left(\dfrac{v}{c}\right)^2}}{1-\left(\dfrac{v}{c}\right)^2} = t_1 = t_2 = \frac{1}{\sqrt{1-\left(\dfrac{v}{c}\right)^2}} = \frac{\text{BD거리}}{\text{속도}}$$

다시 말하면 단위 시간에 BD의 거리보다 긴 BC의 거리가 짧아져야 두 경우 빛이 여행하는 시간이 같아진다. 참고로 지구의 속도 대신 움직이는 물체의 속도로 대체하여도 된다. 만일 물체의 속도가 빛의 속도와 같아지면 $v=c$이면 BC의 거리는 0이 된다. 만일 $c<v$ 이면 거리는 허수가 되어 과거로 사라진다.

비유하자면 골프공이 날아갈 때 순간 사진을 보면 공기저항으로

〈그림 6-10〉 마이켈슨─몰리의 실험

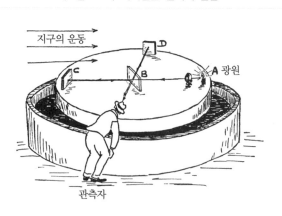

출처: Gamow, G., *One, Two, Three ··· Infinity*, p.93.

앞뒤로 약간 찌그리는 현상을 볼 수 있다. 찌그러지는 정도는 물체의 소재에 따라 다르다. 그러나 우주 공간에는 에테르가 없으니 아무 저항이 없다. 그러나 광속의 독특한 특성으로 물체가 찌그러들기는 마찬가지이지만 물체의 소재와는 상관없다.

이상이 표현한 글을 그림으로 전환한 〈그림 6-4〉는 상대성원리에 대한 이상의 시적 표현이다. 〈그림 6-3〉의 모홀리-나기의 작품 "A19"과 동일하다. 이상과 모홀리-나기는 모두 당시 유행하던 상대성원리의 영향을 받았음이 분명하다. 차이는 모홀리-나기가 그림으로 표현하였는 데 대하여 이상은 글로 표현하였다는 점이다. 그러나 이상이 글로 표현한 것을 거꾸로 그림으로 재생해 보면 〈그림 6-4〉가 된다. 결과적으로 이상과 모홀리-나기는 일치하였다. 이것은 분명 이상의 독창성이다. 그 이유는 다음의 글에 나타난다.

> 현대의 두 번째 요소는 과학기술의 발전과 관계가 있다. ⋯그 가운데 가장 두드러진 예가 아인슈타인의 상대성원리이다. 이것은 시간과 공간에 대한 상식과 충돌된다. ⋯ 예술가와 비평가 모두 과학의 힘과 권위에 엄청나게 놀랐다. ⋯아 그러나 과학은 예술과 다르다.[8]

다시 말하면 예술은 아직 아인슈타인의 시공간을 표현할 방법을 못 찾고 있었던 것이다. 이러한 점에서 모홀리-나기의 그림과 이상

---

8) Gombrich, E.H., *The Story of Art*, Phaidon, 2006, p.478.

의 글은 독창성을 발휘하고 있다. 그러나 모홀리-나기의 〈그림 6-3〉은 아인슈타인의 스승 민코프스키 교수가 처음 제시한 시공간 좌표를 모방한 것이라는 사실을 감안하면 〈그림 6-4〉 대신 같은 내용을 글로 표현한 이상이 독창적이다. 이상은 반복되는 흉내에서 벗어나 아무도 항해하지도 건설하지도 않은 지도의 암실로 떠나 뜻을 이루었다. 흥미로운 점은 모홀리-나기는 세계적으로 인정받았는데 이상은 그렇지 못했다는 점이다. 아무도 이상을 해독하지 못했기 때문이다. 이상의 글을 〈그림 6-4〉가 대신한다는 주장은 이상이 발견했다는 삼차각의 개념에서 힘을 얻는다. 다음이 그것이다.

제2절

삼차각

이상의 독창성은 시공간에서만 머물지 않고 한 걸음 더 나아갔으니 삼차각이라는 용어를 만들고 그 설계까지 하였다는 점이다. 문제는 삼차각이 무엇을 의미하고 그것을 무슨 목적을 위하여 어떠한 방식으로 어떻게 설계하느냐이다. 앞으로 보면 알겠지만 이상의 후기 시는 초기 시와 다르다. 그것을 가르는 것이 『地圖의 暗室』이라 하였지만 이상의 심정이 笑怕怒의 분노로 바뀌는 데 그 근본적인 이유는 전편에서 해독한 대로 「이상한 가역반응」에 있다. "올바른 가역반응"으로 전환되기를 희구하는 상징이 이상의 삼차각 개념이다. 이 문제를 캐보자. 우선 「三次角設計圖」의 연작시에서 몇 개의 도움 되는 글을 모아본다.

三次角設計圖 「線에 關한 覺書 1」 立體에의 絕望에 의한 誕生
運動에의 絕望에 의한 誕生
三次角設計圖 「線에 關한 覺書 2」 1+3
사람은 絕望하라 사람은 誕生
하라
三次角設計圖 「線에 關한 覺書 6」 時間性(通俗思考에 依한 歷史性)

速度와 座標와 速度
數式은光線보다光線보다도빠
르게달아나는사람과에의하여
運算될것
별과 별의 引力圈과 引力圈과의
相殺에 依한 加速度函數의 變化

먼저 "立體"에 "運動"을 더하면 4차원이 된다. "좌표"는 입체 좌표를 가리키니 3차원의 좌표이다. 여기에 "운동"은 시간 차원 곧 "時間性"에서 "速度"를 의미한다. 이것이 "速度와 座標"이다. 입체좌표 곧 공간의 3차원과 시간 차원 1을 합치면 "1+3"이다. 아인슈타인의 시공간이다. "光線보다도빠르게달아나며" "數式을運算"하는 사람이 아인슈타인이다. 한편 "引力圈"은 중력으로 대체할 수 있다. 질량이 크게 차이 나지 않은 항성과 혹성 사이에 중력은 서로 작용하여 혹성이 항성을 공전할 때 항성도 흔들리게 된다. 포환을 돌리는 투포환 선수가 포환과 함께 흔들리는 이치이다. 항성의 가속도에 변화를 가져온다. 항성이 혹성보다 훨씬 질량이 크면 태양과 지구 사이처럼 태양의 흔들림은 거의 없다. 케플러의 법칙에 의하면 지구가 태양을 타원으로 돌 때 가속도는 구간마다 달라진다. 지구와 사과 사이에도 서로 중력이 작용하지만 사과의 중력은 미미하여 지구를 공전하지 못하고 지구를 향하여 가속도로 낙하한다. 승강기의 줄이 끊어져 낙하할 때 그 속의 승객은 무중력 상태가 된다. 관성력과 중력이 상쇄되기 때문인데 이때 낙하하는 가속도는 관성력과 반대방향이다. 아인슈타인은 "낙하하는 상자 속에 중력이 상쇄된다."

는 생각이 생애 최고의 발상이라고 회고하였듯이 이 "등가원리"의
발상은 일반상대성원리의 중요 토대가 되었다.[9] 아인슈타인은 등
속도를 가정하여 특수상대성을 발표하였다가 그 후 그것을 "가속
도"로 대체하여 일반상대성원리를 완성하면서 그 전의 이론을 통합
하여 "중력"에 관한 이론으로 발전시켰다. 뉴턴 이래 설명하지 못했
던 중력이 새롭게 정의되었다. 이것이 "별과 별의 引力圈과 引力圈
과의 相殺에 依한 加速度函數의 變化"의 내용이다.

　이처럼 이상의 「삼차각설계도」의 연작시는 모두 한마디로 3차원
의 공간에 시간 차원을 더한 4차원의 시공간에서 일어나는 현상을
언급하고 있는 것이다. 말을 바꾸면 「삼차각설계도」 연작시는 민코
프스키 시공간을 표현한 〈그림 6-8〉에서 표현할 수 있다는 말이
다. 그렇다면 이 민코프스키 시공간이 이른바 "삼차각의 설계"와 무
슨 관계가 있는가.
　이것을 설명하는 데 이상의 〈그림 6-7〉이 중요한 것은 여기서
이상이 시 「一九三一年」에서 말하는 삼차각의 의미를 유추할 수 있
기 때문이다.

　　三次角의 餘角을 發見하다. 다음에 三次角과 三次角의 餘角과의
　　和는 三次角과 補角이 된다는 것을 發見하다.

---

9) *Newton*, 別册, 3月, 2014, p.122.

이 문장에서 이상은 두 가지를 "발견"했다고 주장한다. 전편에서 밝혔듯이 입체각은 수학 용어이지만 삼차각이라는 말은 없다. 입체 각은 3차원 공간에 놓인 구에서 정의한다. 구sphere의 중심에서 구 의 표면적의 임의의 한 점까지 반경이 r이다. 이 표면적에 이 점을 지나는 원을 그린다. 원의 면적이 S이다. 그러면 입체각은 S/r^2이 다. 표면적 S와 크기가 r^2인 표면적과의 비율이다. 분자가 면적이고 분모도 면적이다. 입체각은 면적과 면적의 비율steradian이다.

전편에서 삼차각을 입체각의 시적 표현이라고 요약하였다. 이상 은 삼차각=운동의 입체각이라고 정의하였다고 추론할 수 있다. 이 내용을 좀 더 자세하게 들여다보자. 이상이 삼차각을 언급한 것은 연작시 「三次角設計圖」의 제목인데 그 의미를 부여한 것은 위 문장 이 유일하다. 이 언급에서 삼차각과 그 설계도의 의미를 추론할 수 밖에 없다. 위 문장은 두 가지 "발견"으로 나누어 생각할 수 있다.

1. 三次角의 餘角을 發見하다.
2. 三次角과 三次角의 餘角과의 和는 三次角과 補角이 된다는 것을 發見하다.

우선 문장 1부터 보면 여각은 어떤 각이 있을 때 그 각과 90도를 이루는 각을 말한다. 다시 말하면 90도에서 이 어떤 각을 빼면 여각 이 된다. 그러므로 문장 1은 삼차각과 그 여각을 합치면 90도가 된 다는 뜻인데 이것을 이상은 "삼차각을 발견했다"고 썼다.

다음 문장 2를 뜯어보면 90도에서 삼차각을 제한 것이 여각이고

180도에서 삼차각을 제한 것이 보각이므로 이상의 문장은 식으로
표현하면 다음과 같다.

삼차각 +   여각   =   보각
삼차각 + (90도−삼차각) = 180도 − 삼차각

이 경우에 삼차각 = 90도임을 알 수 있다. 이것이 이상이 "발견"
했다는 내용이다. 이 발견이 성립하는 경우를 두 가지로 나누어 생
각할 수 있다.

먼저 평면에서 삼각형 내각의 합은 180도이다. 〈그림 6-11〉의 평
면에서 삼각형 내부의 임의의 각을 θ라 표기하면 다음이 성립함을
알 수 있다.

$$\theta + (90도 - \theta) \neq 180도 - \theta$$

평면에서는 θ가 이상이 제시한 위의 삼차각 정의와 일치하지 않
는다. 그러나 입체에서는 문제가 달라진다. 〈그림 6-12〉는 지구이
다. 북극에서 아프리카의 적도까지 직선을 긋고 그곳에서 다시 90
도의 서쪽으로 남미의 적도까지 직선을 긋고 그곳에서 다시 90도의
북극으로 직선을 그으면 지구표면에 거대한 삼각형이 만들어진다.
오늘날 이 삼각형은 비행에 대단히 중요하다. 측지학이다.

그러나 이 입체삼각형 내각의 합은 180도를 넘는다. 그러면 아프
리카 적도의 90도나 남미 적도의 90도에서는 θ+여각=보각이 성립

한다. 이때 θ를 삼차각이라 부르면 이상의 삼차각 개념과 일치할 수 있다. 그러나 북극에서는 이 개념이 맞지 않을 수 있다. 북극에서 출발한 직선과 북극으로 돌아온 직선은 무수히 많으므로 그 내각은 정의되지 않기 때문이다. 또한 북극에서 아프리카를 지나 남극까지 직선을 긋고 그곳에서 90도로 방향을 바꾸어 남아메리카를 거쳐 북극으로 직선을 그어 만든 모형은 삼각형도 아니며 어느 점에서도 이상의 식도 성립하지 않는다. 이상은 이런 의미에서 삼차각을 생각하지 않았을 것이다.

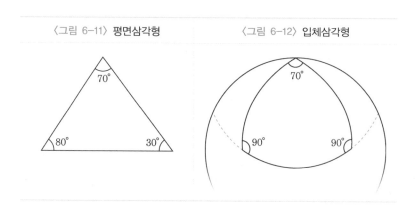

〈그림 6-11〉 평면삼각형　　　　　〈그림 6-12〉 입체삼각형

　그렇다면 이상은 민코프스키의 시공 좌표에서 자신의 삼차각을 생각했을 것이다. 연작 『삼차각설계도』에 포함된 「선에 관한 각서」는 모두 민코프스키의 시공을 읊기 때문이다. 먼저 각의 의미를 점검할 필요가 있다. 일반적으로 2차원 평면에서 정의되는 평면각은 하나의 원circle에서 원점과 원주의 두 점을 연결했을 때 두 점 사이의 원주의 길이와 반경의 비율radian이다. 이때 원주길이와 반경은 모두

선분이다. 선분은 1차원이다. 다시 말하면 평면각은 1차원의 선분(반경)과 1차원의 선분(원주길이) 사이에 2개 線分의 비율이다. 3차원에서 입체각steradian은 이 개념의 연장이다. 하나의 구sphere의 구심이 만드는 원뿔에서 반경의 제곱과 원뿔의 표면적의 비율이다. 제곱은 면적이다. 면적은 2차원이다. 따라서 2개의 2차원 面積의 비율이다. 이제 논리를 확대하여 3차원에 시간차원을 도입하자. 4차원이다. 그러면 논리적으로 이 4차원에서 4차원의 구를 정의할 수 있다. 이 구를 초구超球 hypersphere라 부른다. 그러면 같은 논리로 이 초구가 만드는 초원뿔과 그의 초반경을 정의할 수 있다. 그리고 초반경의 3승과 초원뿔의 체적의 비율을 정의할 수 있다. 초반경의 3승은 3차원이다. 체적도 3차원이다. 따라서 2개의 3차원 體積(부피)의 비율이 된다. 이 비율을 평면각, 입체각에 이어 초입체각이라 부를 수 있겠으나 이상은 이것을 삼차각이라 부르고 자신이 발견했다고 주장하였다. "三次角을 發見하다."[10] 그 이유를 몇 가지 들 수 있다.

첫째, 우선 위의 논리를 정리하면 다음과 같다.

　　　원에서 2차원의 각 = 2개 선분線分의 비율
　　　구에서 3차원의 각 = 2개 면적面積의 비율
　　　초구에서 4차원의 각 = 2개 체적體積의 비율

선의 대수적 표현이 1차 방정식이고 면의 대수적 표현이 2차 방

---

10) 「一九三一年」.

정식이며 체의 대수적 표현이 3차 방정식이다. 간단한 예를 들면
1차 방정식 X=a는 선이고, 2차 방정식 X^2=b는 면이고, 3차 방정식
X^3=c는 체이다. 이때 3차 방정식의 3차는 3차원이라기보다 X의 3
승이라는 뜻이다. 이런 의미에서 이상은 삼차각을 삼승각과 동의어
로 생각한 듯하다. 이런 논리라면 아래와 같이 1승각, 2승각, 3승각
이라는 말을 생각할 수 있다. 물론 1승각, 2승각, 3승각이라는 용어
는 수학에 없다.

> 2차원의 각 = 2개 線分의 비율 ⇒ 1차 방정식 = 1승 방정식 ⇒
> 1승각 = 평면각
> 3차원의 각 = 2개 面積의 비율 ⇒ 2차 방정식 = 2승 방정식 ⇒
> 2승각 = 입체각
> 4차원의 각 = 2개 體積의 비율 ⇒ 3차 방정식 = 3승 방정식 ⇒
> 3승각 = 삼차각(초입체각)

여기서 일부 등호는 반드시 수학적 등호일 필요가 없다. 4차원
초구의 모습은 상상하기 힘들다. 초구의 초표면적과 초입체각도 마
찬가지이다. 다행히 4차원을 2개의 선(시간선과 공간선)으로 압축한
〈그림 6-7〉의 민코프스키 시공좌표에서 4차원의 각은 2개의 선의
비율로 정의할 수 있다. 그 가운데 수평선은 이미 3차원을 내포하
고 있기 때문이다. 이 비율을 이상은 삼차각이라고 불렀다고 추측
된다. 〈그림 6-7〉에서 선분 AC는 동일한 시간에 놓여있다. 선 AB
는 여기에 이상의 표현대로 "시간리듬"을 부여한 것이다. 그러므로
선분 AC와 선분 AB가 만드는 각 θ가 삼차각이다. 즉 3차원 공간이

4차원인 시간을 만나서 이루는 각도이다. 이것이 1번 문장이 말하는 대로 "삼차각의 여각을 발견하다."의 그 삼차각이 된다.

둘째, 이제 전편처럼 삼차각=입체각이라고 하자. 수학에서 입체각은 3차원의 공간 개념이다. 여기에 시간을 가미한 개념이 "운동의 입체각," 곧 이상의 삼차각이다. 그러나 〈그림 6-7〉의 시공 좌표에서 가로, 세로, 높이의 3차원 공간 좌표는 피타고라스 정리에 의해 1차원의 수평선으로 압축되었으므로 입체각은 하나의 점이 되어 사라진다. 여기서 이상은 새로운 발상을 한 것으로 여겨진다. 즉 선분 AB에 시공좌표를 가미하면 삼차각은 2차원의 평면각으로 표현된다. 즉 3차원의 공간 속의 구가 만드는 입체각이 시간 속에서 움직일 때 만들어지는 각도에서 만든다는 의미에서 삼차각이라 명명한 것이라 사료된다. 이에 대한 또 하나의 이유가 다음과 같이 주어진다. 우선 여기에서는 일반적으로 다음이 성립한다.

$$\theta + (90\text{도} - \theta) \neq 180\text{도} - \theta$$

이제 시간방향을 더욱 틀어 시간을 늘리고 이상의 표현대로 "時間方向留任問題를 解決"하여 선분 AB와 평행이 되도록 "삼차각을 설계"하면 〈그림 6-13〉처럼 된다. 그러면 각 θ는 90도가 되고 여각은 0도가 되며 각 θ의 보각이 90도가 되어 문장 2가 말한 대로 "三次角과 三次角의 餘角과의 和는 三次角과 補角이 된다."가 성립한다.

$$\theta + (90\text{도}-\theta) = 180\text{도} - \theta$$

이때 θ를 "이상의 설계된 삼차각"으로 정의하면 이상이 글로 표현한 삼차각은 이 경우뿐이다. 그 이유는 간단하다. 이상의 말을 식으로 옮기면 $\theta+(90\text{도}-\theta)=180\text{도}-\theta$인데 여기서 $\theta=90$도이기 때문이다. 이렇게 되면 매우 특수한 경우이지만 시간은 더욱 길어지고 공간상의 차이가 없어진다. 이 늘어난 시간을 이상은 좌향으로 움직이는 시계로 표현하였다. 전편에서 해독한 대로 공간상의 차이가 없어지면 이상은 올바른 가역반응을 희망할 수 있다. 예를 들어 아일랜드=조선이 되므로 파슨스 천체망원경이 시간이 다른 조선에도 있게 된다. 어차피 파슨스와 이상은 서로 다른 시간의 현상이다. 조선뿐만 아니라 모든 다른 지역도 마찬가지이다. 아일랜드=조선=모든 지역의 등호가 성립한다.

삼차각과 그 설계도에 대한 이러한 해독을 받아들인다면 일반적인 경우의 삼차각은 $\theta+(90-\theta) \neq 180-\theta$에서 $\theta \neq 90$이다. 다시 말하면 일반적인 경우 이상의 삼차각은 〈그림 6-7〉의 민코프스키 시공좌표에서 압축된 3차원 공간이 4차원 시간과 이루는 θ이다. 이 삼차각이 문장 1의 "삼차각을 발견하다."의 그 삼차각이다. 이상은 일반적인 삼차각의 정의를 기계적으로 정의하는 방법을 택하는 대신 자신이 원하는 올바른 가역반응을 설명하는 설계도의 시적변용으로 택하였다.

〈그림 6-13〉이 바로 이상이 꿈꾸는 삼차각 설계도이다. 그 이유는 연작시 「삼차각의 설계도」는 모두 7편의 「선에 관한 각서」로 구

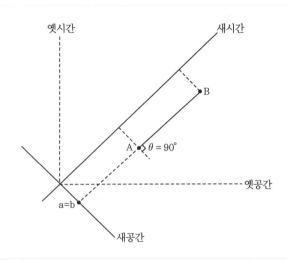

〈그림 6–13〉 이상이 설계한 삼차각과 올바른 가역반응

성되어 있는데 전편에서 해독한 대로 모두 "광선"에 관한 것으로서 자연현상과 인문현상 사이의 가역반응을 주제로 삼기 때문이다. 곧 자연현상=인문현상이다. 여기서는 아일랜드=조선=모든 지역이 성립한다. 그러면 전편에서 해독한 대로 「선에 관한 각서 2」의 A+B+C=A, A+B+C=B, A+B+C=C는 하나로 수렴하는 자연현상을 가리키는데 이상의 삼차각의 설계에 의해 A=아일랜드, B=조선, C=모든 지역이라면 아일랜드=조선=모든 지역이 되는 것을 의미한다. 이러한 경우 다음도 성립한다.

　「線에 關한 覺書 1」의 "태고의 사실이 보여질 것"은 태고의 사실 ＝현대의 사실.

「線에 關한 覺書 5」의 "메퓌스트는 나에게 있는 것도 아니고 나이다."는 메피스트=나.

「線에 關한 覺書 6」의 "사람은 정력학의 현상하지 아니하는 것과 동일하는 것의 영원한 가설"은 사람=동력학 현상.

모두 삼차각이 90도일 때의 현상이다. 이것이 이상이 꿈꾸는 "삼차각 설계도"의 정체이며 이상의 「삼차각설계도」의 7개의 연작시의 해독이 마무리된다. 그 마무리의 절정은 「선에 관한 각서 5」의 마지막 문단에 있다. 다음이 그것이다.

이상이 꿈꾸는 삼차각을 설계할 때 공간이 일치하게 된다는 것을 달리 표현하면 상대성원리에 의해 공간이 줄어드는 위의 식 $\sqrt{1-\left(\dfrac{v}{c}\right)^2}$ 에서 $c = v$ 이다. 이것은 물체의 속도가 빛의 속도와 일치할 때만 가능하다. 이상은 시로써 이 꿈을 표현하였다.[11]

사람은 光線보다도 빠르게 달아나면 사람은 光線을보는가, 사람은光線을본다, 年齡의 眞空에있어서두번結婚한다, 세번結婚하는가, 사람은光線보다도빠르게달아나라.

사람이 광선보다 빠르면 두 번 세 번 결혼도 할 수 있다. 그러나 이상은 이 꿈이 "충족"될 수 없다는 점을 잘 알기에 시를 다음과 같이 끝맺고 있다.

---

11) 「線에 關한 覺書 5」.

사람은한꺼번에한번을달아나라, 最大限달아나라, 사람은두번分娩되기前에xx되기前에祖上의祖上의祖上의星雲의星雲의星雲의太初를未來에있어서보는두려움으로하여사람은빠르게달아나는것을留保한다, 사람은달아난다, 빠르게달아나서永遠에살고過去를愛撫하고過去로부터다시過去에산다, 童心이여, 童心이여, 充足될수야없는永遠의童心이여.

이상은 미래로 날아가서 조상이 되어 조상의 조상을 살해하면 자신의 존재가 없어진다는 유명한 조상의 역설을 알고 있다. 그 증거가 "두 번 분만"이라는 말에 있다. 왜 두 번 분만되어야 하는가. 미래로 날아가서 조상을 살해하면 현재의 자신은 없어져 버리므로 다시 태어나야 한다는 뜻이다. "사람은…xx되기 전에 조상의 조상의 조상의 …태고를 미래에 있어서" 본다. 여기서 xx는 문맥상 살해가 유력하다. 그래서 살해의 "두려움으로 사람은 빠르게 달아나는 것을 유보한다."라고 말한다. 다시 말하면 불가능하다는 것을 안다. 그래서 "童心이여, 童心이여, 充足될수야없는永遠의童心이여"라고 탄식하고 있다. "올바른 가역반응"은 불가능하고 이상은 "이상한 가역반응"에서 탈출할 수 없다. 〈그림 6-13〉은 성립할 수 없다.

"이상한 가역반응"에서 끝내 탈출하지 못한 이상은 자신을 옥죄는 식민지 현실에 대해 시로써 저항해 보지만 엎친데 겹친 격으로 난치의 병인 폐결핵으로 그것마저 여의치 않게 된다. 그는 서서히 침몰해가는 자신을 발견한다. 그러면서 최후로 먼 훗날 자신을 알

아주는 사람을 기다리는 시를 남긴다. 다음이 이상의 저항과 침몰
과 기다림이다. 이상의 후기 시이다.

제7장
저항

지옥

^

1. KL50. 대낮 -어느 ESQUISSE-

출처 : 建築無限六面角體   朝鮮と建築 1934. 7.

ELEVATER FOR AMERICA

○

세 마리의닭은蛇紋石의層階이다. 룸펜과毛布.

○

삘딩이吐해내는新聞配達夫의무리. 都市計劃의暗示.

○

둘쨋번의正午싸이렌

○

비누거품에씻기어가지고있는닭. 개미집에모여서콩크리-트를먹고있다.

○

男子를 輾挪하는石頭 車般挪하는

○

男子는石頭를白丁싫어하드키싫어한다.

　　　　　　　○

얼룩고양이와같은꼴을하고서太陽群의틈사구니를쏘다니는詩人.
꼭끼요 -.

瞬間 磁器와같은太陽이다시또한個솟아올랐다.

[해독] 이 시에는 세 가지 단서가 숨어있다. 첫 번째 단서는 마지
막의 "두 개의 태양이 솟아올랐다"에 있다. 하늘의 태양에 더하여
게양된 일장기를 두 개의 태양이라 보았다. 그래서 이 시는 문장을
나누는 데 태양을 그리는 ○을 사용하였다. 시의 제목도 태양이 있
는 "대낮"인데 하나의 소묘 즉 "어느 ESQUISSE"라는 여운을 남겼
다. 그러나 숨겨진 내용은 단순한 소묘가 아니다.

이상은 일장기를 "磁器와 같은 태양"이라고 표현하였다. 전편에
서 계속 보았듯이 "자기 태양"은 목각 양, 풍향계 닭, 지구의, 간호
부인형, 모조맹장, 잡지 망원경, 잡지 프리즘, 압정 태양에 이어 모
두 가짜다. 그리고 본문의 앞줄로 오면 미국행 승강기 "ELEVATER
FOR AMERICA"가 있다. 그런데 철자가 틀렸다. 가짜 미국행 승강
기다. 해외로 진출하는 문이 모두 닫힌 조선의 모습이다. 빼앗긴
조선. 국가로서는 죽은 가짜 국가. 가짜 태양. 이상은 일장기를 인
정하지 않는다.

이상에 의하면 가짜는 무한대의 모순을 만들어내고 앵무새, 원숭
이, 낙타와 단절처럼 단절만이 그 모순을 해소하는 방법이다. 가짜

국가 조선의 모순을 해결하는 방법도 일제와 단절하는 길뿐임을 암
시한다. 왜 하필이면 하고 많은 소재 가운데 자기와 같은 태양인가.
자기는 깨지기 쉽다. 자기와 같은 태양은 깨지기 쉬운 태양이다.
일제와 단절은 가능하다고 이상은 이 시에서 암시한다.

"세 마리 닭이 사문석 계단에 있다." 사문석은 고급석재지만 무늬
가 뱀의 형상이다. 꼬리가 뱀이고 상반신이 머리가 셋인 닭은 키메
라Chimera이다. 그리스 신화에 지옥을 지키는 짐승으로 원래는 세
마리 개의 머리로 장식된 삼두견Cerberus이지만 무슨 동물이든지 상
관없다. 여기서는 삼두계三頭鷄이다. 단테 신곡의 지옥편에도 키메
라가 등장한다.〈그림 7-1〉참조 이 시는 「건축무한육면각체」 연작시 가

〈그림 7-1〉 키메라

출처: www.soulty.com

운데 하나이다. 전편에서 해독했듯이 이상은 팽창하는 우주를 무한
육면각체로 묘사하였는데, 이 시를 통하여 우주 속에 지옥을 포함
시켰다. 뒤에서 해독할 시에는 천당도 등장한다.

여기서 이상이 키메라의 머리를 개 대신 구태여 닭으로 대체시킨
것은 그 아래 등장하는 石頭 곧 돌대가리와 대조하기 위함이다. 머
리가 나쁜 닭과 대구對句가 된다. 닭은 통각痛覺이 없어서 다른 짐승
이 제 살을 파먹어도 마지막 숨이 끊어지는 순간까지 그를 알지 못
한다. 일본이 전쟁에서 패하는 마지막 순간까지 그를 알지 못했으
니 이상이 닭에 비유한 것은 예언적이다.

뱀 무늬의 고급석재인 사문석을 사용한 조선총독부의 세 닭대가
리. 아마 조선총독, 조선군사령관, 헌병사령관을 지목한 것이리라.
지옥으로 변한 조선에서 빠져나가지 못하게 지키는 세 머리의 키메
라다. 그 지옥에는 "거적을 뒤집어 쓴 룸펜"이 있다. 직업이 없는
조선인들이다. 조선 전체가 암실이다.

두 번째 단서는 "비누거품"이다. 그리스 신화에 키메라는 타이폰
Typhon의 자식이다. 이것을 일본인들은 사이본 또는 샤본이라고 발
음한다. 본문의 "비누거품"은 잘못된 한글번역으로 일어원문은 シ
ヤボン이다. 바로 타이폰이며 일본식 발음으로 샤본이다. 타이폰은
태풍Typoon의 어원이다. 제대로 번역하면 "태풍에 씻기어진 키메라"
이다. 태풍이 이미 지나갔다는 증거이고 그래서 일장기도 다시 올
랐고 태양도 다시 보였다. 그래서 두 개의 태양이다.

시계가 귀한 시절 매일 정오에 사이렌을 불었고 여기에 사람들은
시계를 맞추었다. 정오 사이렌에 이어 대낮에 태풍이 지나갔다는

해제 사이렌이 또 울린다. 두 번째 사이렌이다. 당시에는 기상관측이 발달되지 않았다. 태풍이 지나가자 신문배달부들이 쏟아져 나온다. 가난한 사람들은 외출을 삼가고 개미굴 같은 집에서 콘크리트 같은 점심을 먹었다. "우리는 빵을 달랬는데 저들은 돌을 주었다."

태풍이 지나가자 당국은 안전지대로 몰았던 빈민가의 사람들을 다시 내몬다. 누가? 돌대가리 석두다. 그런데 닭은 머리가 나쁘다. 돌대가리 석두 닭이 내몬다. 조선을 지옥으로 만들고 철통으로 옥죄는 닭대가리 키메라가 하는 짓이다. 사람들이 제일 싫어한다. 백정보다 더 싫어한다. 이 표현은 일본인을 같은 동포 가운데에서도 최하층인 백정보다 더 싫어한다는 의미이다.

태풍에 파괴된 조선인들이 사는 빈민촌을 없애기 위해 "도시계획"이 진행되고 있을지 모르겠다. 삼일운동을 전후하여 소작쟁의가 급증하는데 이것은 다른 한편 서울의 인구유입을 증가시킨다. 동척 東拓에 의한 토지정리사업으로 토지를 빼앗긴 사람들이 서울 근교에 움막을 형성하기 시작하였다. 이상이 여동생에게 보낸 편지 한 구절. "新堂里 버티고개밑 오동나무ㅅ골 貧民窟에는 송장이다되신 할머님과 自由로起動도못하시는 아버지와 五十平生을 苦生으로 늙어쭈그러진 어머니가계시다."[1] 빈민가를 없애기 위하여 일제는 도시계획을 기안하였다.

태풍이 지나가고 고양이(괭이)가 나타나면 닭은 꼬끼오 부르짖으며 날개를 파닥대리라. "닭이 요란스레 울부짖는다. 알을 낳은 것일

---

1) 「동생玉姬보아라」.

게다. 아니라면 꽹일까. 꽹이라면 근사하겠다. 맘속으로 날개가 흩어지는 민첩한 광경을 그려" 보았다.[2]

얼룩고양이 모습의 시인이 "태양군" 사이로 쏘다닌다. 태양군은 태양과 일장기를 숭상하는 일본인들이다. 『태양족』은 전후 일본에서 베스트셀러가 되었던 소설의 제목이다. 그런데 이 시에서는 닭대가리를 가리킨다. 고양이 얼굴의 시인이 나타나자 닭이 파닥대며 울부짖는다. 태양은 닭 울음과 함께 떠오르니 과연 "자기 태양"도 덩달아 뜨지 않는가.

세 번째 단서는 "얼룩고양이"이다. 왜 하필 "얼룩"고양이인가? 이것은 이집트 고양이Egyptian Mau이다. 이집트 얼룩고양이는 뱀의 천적이다. 키메라 꼬리의 천적이다. 비록 닭대가리에 지배를 받고 있지만 이러한 표현은 시인으로서 이상의 자부심이다.

키메라는 페가수스를 타고 나타난 벨레로폰에 의해 죽임을 당했다. 벨레로폰은 시지프스의 손자이다. 존 밀턴의 『실낙원Paradise Lost』에도 나타나며 에드워드 영의 『밤의 명상Night-Thoughts』에도 등장한다. 페가수스는 언제나 시인들에게 봉사했다. 시인 실러는『마구의 페가수스Pegasus in Harness』에서 페가수스가 이름 없는 짐말의 신세에서 벗어나 날개를 펴고 아름답게 비상하는 모습을 그리고 있다. "쟁기에서 괴물의 모습을 벗어놓고 비약하누나.···하나의 정신, 아, 하나의 신, 그는 오른다. 폭풍 속에 펼치며 그의 고귀한 날개를, 지구를 뒤에 두고 ··· 하늘로 사라진다." 이상이 원하는 "날개"이다.

---

2)「어리석은 夕飯」.

한편 타이폰(샤본)이 모든 산과 들을 파괴할 때 올림푸스 산의 모든 신들이 도망쳤으나 오직 제우스만이 대적하였다. 제우스에게 도전한 타이폰은 제우스의 번개에 맞아 화산 지하에 유폐되었다. 이후 제우스가 신들의 왕이 되었다. 진짜 제우스 미국이 나타나면 일본은 번개에 맞아 패할 것이다. 마침내 번개에 맞았으니 놀라운 예언이다.

이상이 남긴 구술소설이 이 시의 내용을 암시적으로 전달하고 있다. 요약하면 다음과 같다.[3] 일본의 동해도선 특급열차의 기관사에게는 어린자식이 있었다. 이 아이가 사고로 죽는다. 슬픔을 이기지 못한 기관사가 특급열차를 운행하지만 정신이 혼미하다. 제대로 운전을 할 수 없는 그로 인해 마침 외국의 특명대사가 탑승한 열차와 충돌하여 특명대사가 죽는다. 일본은 사과하지만 상대국이 받아들이지 않고 전쟁이 일어난다. 마침내 일본이 멸망한다. 다음 시가 그 예언을 추가한다.

2. KL51. 最後

출처 : 遺稿集　　　　　　　　　　　　　　　　　이상전집 1956.

능금한알이 墜落하였다. 地球는부서질程度만큼傷했다. 最後.

---

3) 문종혁, 「심심산천에 묻어주오」, 『여원』, 1969년 4월호. 김유중·김주현 엮음, 『그리운 그 이름, 이상』, 지식산업사, 2004, 124~126쪽에서 재인용.

이미如何한精神도發芽하지아니한다.

[해독] 뉴턴이 사과가 떨어지는 것을 보고 만유인력을 발견했다는 전설. 전편에서 잠깐 소개한 대로 사과 떨어지는 굉음도 듣지 못하는 조선의 지성. 이런 곳에서는 새로운 정신이 발아하지 못한다.

조선의 지성이 굉음도 듣지 못하고 새로운 정신도 발아하지 못하고 있는 동안 서양에서 물리학은 뉴턴의 만유인력의 법칙으로 원자의 세계에서 우주까지 설명할 수 있게 발전하였다. 드디어 뉴턴 이후 250년이 지나 아인슈타인이 나타나서 상대성이론에 의해 에너지가 질량과 같다는 사실을 발견하였다. 여기에 원자를 연쇄반응으로 쪼개니 그 속에 들어있던 어마어마한 에너지가 방출된다는 데에 이르렀다. 원자폭탄의 비밀이 밝혀진 것이다. 능금 한 알의 추락이 250년이 지나 지구에 부서질 정도로 상처를 주게 되었다. 이 시는 "사과 한 알이 떨어져 지구가 부서질 정도의 핵폭탄의 원리가 되었다."로 읽어야 한다. 올림푸스 산의 제우스의 번개가 현실화된 것이다. 그것은 "최후"다. "더 이상 새로운 정신이 발아하지 못할 것이다." 앞의 시의 예언과 함께 무서운 예언이다.

이상이 이 시를 쓰던 당시 물리학은 아직 원자탄의 비밀을 밝히지 못했다. 그 비밀은 이상이 죽고 나서 1년 후에 극소수 물리학자 사이에서만 알려졌다. 그 가운데 독일 과학자가 있음을 알게 된 아인슈타인이 그들이 원자탄을 먼저 만들까 염려하여 프랭클린 루즈벨트 대통령에게 그 유명한 편지를 보내 착수한 것이 맨해튼 계획이고 그 결과 히로시마에 원자탄이 떨어졌다.

그러나 이상은 웰스(H. G. Wells 1866~1946)가 1914년에 쓴 공상과학
소설에서 영감을 받은 것으로 보인다.[4] "조선에는 더 읽을 책이 없
다"던 이상이었기에 매일 저녁 후 산보 끝에 들리는 서점에서 서서
이 책을 읽었을 것이다. 이른바 이상의 유명한 입독立讀이다. 웰스
는 자신의 소설에서 과학자들이 핵분열과 핵융합을 발견하기 전에
이미 핵폭탄을 예언하고 있다.

조선 천지에 이 시와 앞의 시를 이해한 사람이 없어서 이상은 안
전하였다. 「출판법」에서 보여준 그의 보신술이며 자신의 시를 지키
는 방법이다. 조선의 지성인들은 "수 십 년 뒤떨어져서" 이상의 시
에 대해 "에코가 없는 무인지경"인 채이고, 일제 역시 "닭대가리"라
서 그 숨은 뜻을 몰랐다.

3. KL52. 囚人이 만든 小庭園

출처 : 遺稿集   이상전집 1956

이슬을아알지못하는다-리야하고바다를아알지못하는金붕어하
고가수놓여져잇다. 囚人이만들은小庭園이다. 구름은어이하여房속
으로야들어오지아니하는가. 이슬은들窓琉璃에닿아벌써울고잇슬뿐.

季節의順序도끝남이로다. 算盤알의高低는旅費와一致하지아니한

---

4) Wells, *The World Set Free*, New York: Dutton, 1914.

다. 罪를내어버리고싶다. 罪를내어던지고싶다.

[해독] 세 개의 대가리를 가진 조선총독부 키메라 닭이 사문석에 앉아 지키는 지옥. 미국행 가짜 승강기 ELEVATER FOR AMERICA 로 해외로 나가는 문이 닫힌 조선. 주산(산반알)을 아래위로(고저로) 튕겨 여비를 계산하여도 소용없다. 그 속에 갇힌 수인 이상. 마치 벽에 걸린 자수에 있는 이슬을 알지 못하는 다알리아와 바다를 모르는 금붕어 같다. 바깥소식을 전해 줄 구름도 못 들어오고 이슬도 바깥만 적신다. "계절의순서도끝남이로다." 조선은 계절을 잊은 지 오래다. 오직 유폐된 계절뿐. 조선은 이상 같은 수인들의 소정원이다. 나는 결백한 수인이다. 그것은 나의 죄가 아니기 때문이다. 나도 모르는 이 죄에서 풀어나고 싶다.

4. KL53. 普通記念

출처 : 無題　　　　　　　　　　　　　　　　　　이상전집 1956

市街에 戰火가일어나기前
亦是나는「뉴-톤」이 가리키는 物理學에는 퍽 無智하였다.
　나는 거리를 걸었고 店頭에 苹果山을 보며는 每日같이 物理學에 落第하는 腦髓에피가묻은것처럼자그만하다.
　계집을 信用치않는나를 계집은 絶對로 信用하려들지 않는다 나의말이계집에게 落體運動으로 影響되는일이 없었다.

계집은 늘내말을 눈으로들었다 내말한마디가계집의 눈자위에 떨어져 본적이없다.

期於코 市街에는 戰火가일어났다 나는 오래 계집을 잊었었다 내가 나를버렸던까닭이었다.

주제도 더러웠다 때끼인 손톱은길었다

無爲한 日月을 避難所에서 이런일 저런일

「우라끼에시」(裏返) 裁縫에 골몰하였느니라

종이로 만든 푸른솔닢가지에 또한 종이로만든흰 鶴胴體한개가 서있다 쓸쓸하다

火爐가햇볕같이 밝은데는 熱帶의 봄처럼 부드럽다.

그한구석에서 나는地球의 公轉一週를 紀念할줄을 다알았더라

[해독] 앞의 시가 보여준 뉴턴과 사과. 이상은 그것을 학교에서 배워 알고 있다. 그러나 모르는 것이 있었다. 한가위에 사과가 시장에 나오면 상점마다 마치 옛날 둥그런 포탄처럼 쌓아놓는다.〈그림 7-2〉참조 여기도 포탄 무더기 저기도 포탄 무더기. 그래서 "市街에 戰火가 일어"났다. 붉은 사과를 쌓아놓은 모습이 산(평과산) 같다. 그에 비하면 자신의 뇌는 피 묻은 뇌수처럼 자그마하다.

학교에서 뉴턴과 사과를 배운 이상의 자그마한 뇌수로는 사과가 만유인력의 법칙을 발견하게 되는 계기라는 사실을 알고 있었지만 전화를 일으킨다는 사실을 몰랐다. 무슨 전화? 아담은 이브의 말을

〈그림 7-2〉 사과와 포탄

 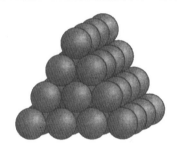

출처: http://m.yeongnam.com〈왼쪽 그림〉
　　　Odifreddi, *The Mathematical Century*, p.89.〈오른쪽 그림〉

믿고 사과를 먹었다가 낙원에서 쫓겨났다. 여자에게는 뉴턴의 낙체운동을 기다리기보다 손으로 따 먹는 일이 더 쉬웠다. 그 이래 여자의 말은 믿지 않으니 전쟁이 아니라 그보다 더한 전화가 그칠 날이 없게 되었다. 트로이가 멸망한 것도 아프로디테의 사과에서 기인하니 이것들은 모두 사과에서 일어난 것이다. 이상은 뉴턴물리학을 반만 알고 있었으니 실상은 뉴턴 물리학에 무지했다는 시적 고백이다.

　전화 끝에 이상에게서 여자가 도망갔다. 전화가 일어나면 어떻게 해야 하는가. 피난가야지. 그래서 "無爲한 日月을 避難所에서 이런일 저런일." 어디로? 화투치는 곳으로. "이런일 저런일"이란? 이상이 머리를 산발한 채 때 묻은 새까만 손으로 화투장을 만지는 일이다. 앞서 해독한 『地圖의 暗室』에서 집을 나서 노름판으로 갈 때 세수하지 않은 바로 그 모습이다. 일월 송학이 쓸쓸하게 서있다. 역시 『地圖의 暗室』에서 손에 쥔 바로 그 광光이다. "종이로 만든 푸른솔닢가지에 종이로만든 흰 학"이 그것이다. 이상 앞에는 뒤집어 (우라끼에시) 놓은 화투장들이 일월송학과 함께 재봉틀 아래에서 나란 히 재봉되었듯이 붙어있다. 그런데 그 모습이 쓸쓸한 것으로 보아 화투에는 별로 재능이 없는가 보다. 아니면 『地圖의 暗室』에서 표 현한 대로 친구 K를 속이기 싫었나 보다. 방안의 화로가 가을 햇살 처럼 밝고 봄처럼 온기를 발산한다. 키메라가 지키는 지옥에서는 따로 할 일이 없다. 지난 1년의 세월을 별다른 일없이 보낸 것을 보통으로 기념하였다. "나는地球의 公轉一週를 紀念할줄을 다알았 더라." 일제가 만들어 놓은 각종 기념일은 몰라도 지구의 공전일주 만은 기념할 만하다!

5. KL54. 破帖

출처 : 無題   자오선 1937. 11.

1

優雅한女賊이 내뒤를밟는다고 想像하라

내門 빗장을 내가지르는 소리는 내心頭의 凍結하는 錄音이거나 그「겹」이거나

– 無情하구나 –

燈불이 침침하니까 女賊 乳白의裸體가 참 魅力있는 汚穢가 아니 면 乾淨이다.

2

市街戰이 끝난 都市步道에 「麻」가어지럽다

當道의 命을받들고 月光이이「麻」어지러운위에 먹을 즐느리라
(色이여 保護色이거라) 나는 이런일을흉내내어 껄껄껄

3

人民이픽죽은모양인데 거의 亡骸를남기지않았다 悽慘한 砲火가
은근히 溫氣를부른다 그런다음에는 世上것이 發芽치 않는다 그러
고夜陰이夜陰에繼續된다

猴는 드디어 깊은 睡眠에빠졌다 空器는 乳白으로 化粧되고
나는?

사람의 屍體를밟고집으로돌아오는 길에 皮膚面에털이솟았다 멀
리 내뒤에서 내讀書소리가들려왔다

4

이 首都에 왜遞信이있나

응? (조용합시다 할머니의下門입니다)

5

쉬-트위에 내稀薄한 輪廓이찍혔다 이런頭蓋骨에는 解剖圖가 參
加하지않는다

내正面은가을이다 丹楓근방에 透明한 洪水가 沈澱한다

睡眠뒤에는 손가락끝이 濃黃의小便으로 차겁더니 기어 방울이져
서 떨어졌다

6

건너다보이는 二層에서 大陸계집이들창을닫아버린다 닫기前에
침을배앝았다

마치 내게射擊하듯이…

室內에 展開될생각하고 나는 嫉妬한다 上氣한四肢를壁에기대어
그 침을 들여다보면 淫亂한 外國語가하고많은 細菌처럼 꿈틀거린다
　나는 홀로 閨房에病身을기른다 病身은가끔窒息하고血液이여기
저기서 망설거린다
　　　　　7
　단추를감춘다 남보는데서「싸인」을하지말고… 어디어디 暗殺이
부엉이처럼 드새는지 ―누구든지모른다
　　　　　8
　… 步道「마이크로폰」은 마지막 發電을 마쳤다
　夜陰을發掘하는月光 ―
　死體는 잃어버린體溫보다 훨씬차다 灰燼위에 서리가 나렸건만

　별안간 波狀鐵板이넘어졌다 頑固한音響에는 餘韻도 없다
　그밑에서 늙은 議員과 늙은 敎授가 번차례로講演한다
　「무엇이 무엇과 와야만되느냐」
　이들의상판은 箇箇 이들의先輩상판을닮았다
　烏有된 驛構內에貨物車가우뚝하다 向하고있다
　　　　　9
　喪章을붙인暗號인가 電流위에올라앉아서 死滅의「가나안」을指
示한다
　都市의 崩落은 아― 風說보다빠르다
　　　　　10
　市廳은法典을감추고 散亂한 處分을 拒絕하였다

　「콩크리-트」田園에는 草根木皮도없다 物體의陰影에生理가없다
　－孤獨한 奇術師「카인」은 都市關門에서 人力車를 내리고 항용
이거리를緩步하리라

———————————————————————————

　[해독] 앞의 시의 연속이다. 번호 3의 溫氣는 원문에는 습기濕氣이
다. 읽어보면 알겠지만 비가 그친 후의 하늘에 보름달이 보이는 정
경이다. 화투를 끝내고 밤에 귀가하는데 한가위 보름달이 도적처럼
소리 없이 따라온다. 달에는 전설의 항아嫦娥가 살고 있다. 항아는
남편 예羿의 몫이었던 서왕모의 불사약까지 훔친 도적이다. 그래서
"優雅한女賊"이고 역시 도적처럼 조용히 내 뒤를 따라오는 모습을
"내뒤를밟는다"고 표현하였다. 집안으로 들어와 달을 밖에 둔 채 빗
장을 지르는 소리가 흡사 들어오라는 인사도 없이 손님을 밖에 둔
채 자신의 마음을 닫는 소리처럼 들리니 "무정하다." 그것도 문과
마음을 함께 닫으니 "겹으로 무정하다." 왜 마음을 닫는가. 희미한
불빛 아래에서 물건을 고르지 않듯이 침침한 불빛 아래에서 본 여
자는 깨끗하게 보이지만 실제로는 지저분할 수 있기 때문이다. "燈
불이 침침하니까 女賊 乳白의裸體가 참 魅力있는 汚穢가 아니면 乾
淨이다." 불빛 아래 여자를 만나지 말라는 옛말은 이를 두고 하는
말이다.
　한가위에 산처럼 쌓였던 사과 포탄이 모두 팔리니 시장은 마치
포탄을 모두 소진하고 끝낸 시가전처럼 마냥 어지럽다. 시장에 모
였던 사람들은 모두 집으로 돌아가서 잠이 들었는지 "인민이 퍽 죽

〈그림 7-3〉 달빛과 먹줄

은 모양으로 거의 그림자(亡骸)"도 보이지도 않는다. 사과 광주리를 포장했던 삼베(麻) 노끈만 길거리에 나뒹군다. 비가 내린 후에 길(當道)에는 여전히 물기가 어려 있다. 바람이 불어 보름달을 일렁이는 모습으로 만드는 물결 주름이 마치 먹줄처럼 보인다. "當道의 命을 받들고 月光이이 「麻」어지러운위에 먹을 즐느리라."〈그림 7-3〉 참조 그곳에 비친 자신의 모습도 물결 주름이 움직일 때마다 먹줄 그은 것처럼 보일 듯 말 듯. 내가 흉내 낸 것인가? 웃음이 나온다.

　사람들이 모두 철수하여 그림자도 보이지 않지만 낮에 떠들썩했던 시장에 어둠이 깊어감에 내일까지는 世上 것이 나타나지 않을 것이다. 비가 왔음에도 "세상 것은 발아하지 않는"다는 것은 이상한 일이다. 일제 치하이기 때문이다. 독서가 없으니 발아할 생각도 없다. 독서가 없는 사람들은 깊은 잠에 빠졌다. 집에 돌아온 나 역시 독서를 그만두고 잠이나 잘 것이다. 그래서 독서가 없는 원숭이처럼 털이 솟을 것이다. 독서가 없는 날은 입에 가시가 난다고 누가 말했던가? 난데없이 똑똑똑. 이상한 독서소리. 아니 모르스 부호의 체신전보인가? 아니면 어디선가 할머니 하문에서 떨어지는 약한 오줌발 소리인가?

방안은 아침에 이불에서 빠져 나온 모습 그대로다. 그런데 엎드려 책을 보며 글을 써서 머리 자국은 없다. 내 正面은 가을이다. 丹楓 근방에 透明한 洪水가 沈澱한다. 睡眠 뒤에는 손가락 끝이 濃黃의 小便으로 차갑더니 방울져서 떨어졌다.

건너다보이는 二層에서 大陸 계집이 들창을 닫아버린다. 닫기 前에 침을 뱉었다. 그 室內에 展開될 일을 상상하고 나는 嫉妬한다. 上氣한 四肢를 壁에 기대어 그 침을 들여다보면 淫亂한 外國語가 하고 많은 細菌처럼 꿈틀 거린다. 중국도 망하여 백성이 타국에서 고통을 당한다.

"단추를 보이지 마라. ··· 암살당한다." 동일한 표현을 다른 글에서 남겼다. "젊은사람은 앞가슴 둘째단초를 빼여노습니다. 누가 暗殺을하면 어떻게 하게."[5] 인천항에 입항하는 젊은 선원이 항구의 아가씨들에게 마음을 빼앗기는 모습이다. 예전에는 총살할 때 단추를 풀어 앞가슴을 풀어헤쳤다. 사수는 심장을 겨냥한다. 앞가슴을 풀어헤치면 마음(심장)을 빼앗긴다. 대륙계집에게 마음 빼앗길 일이

---

5) 「슬픈이야기」.

있겠는가. 여적에게도 무정하게 마음을 닫은 이상이다.

"보도 마이크로폰은 마지막 발전을 마쳤다." 보도를 달리던 노면전차가 하루 운행을 마침을 말한다. 보도의 노면전차 지붕의 집전기bow collector는 다이아몬드 형 파상철판이고 옛날 20년대 구식 마이크로폰도 다이아몬드 형 파상철판이다. 합하여 "보도 마이크로폰"이다.〈그림 7-4〉참조 밤을 밝히는 달빛 아래 인적이 없이 죽은 듯 전화가 남긴 재 같은 서리가 내린 도시가 차다. "夜陰을 發掘하는 月光 － 死體는 잃어버린 體溫보다 훨씬차다 灰燼위에 서리가 나렸건만" 한가위가 지나 이제부터 날은 추워질 것이다.

〈그림 7-4〉 집전기와 마이크

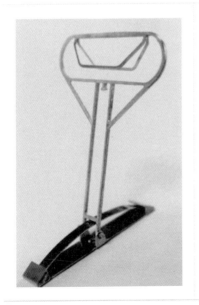

출처 : www.terryruselltrams.co.uk 〈왼쪽 그림〉, http://www.exponaute.com 〈오른쪽 그림〉

별안간 세워졌던 노면전차의 파상절판 집전기를 접는 소리가 요란하다. "마지막 발전을 마치자" 서있던 집전기가 전선에서 이탈하여 전차지붕으로 떨어지는 꿍음이다. 노면전차 옆면에는 일본인 늙은 議員과 일본인 늙은 敎授의 講演 광고가 붙었다. 주제가 「무엇이 무엇과 와야만 되느냐」이다. 제대로 된 표현이 아니다. "이들의 상판은 箇箇 이들의 先輩 상판을 닮았다."

아무도 없는 전차 역구내를 貨物車가 우뚝하니 내려다보고 있으니 죽음을 알리는 喪章의 暗號인가. 電流 위에 올라앉아서 死滅의 「가나안」 곧 서울을 指示한다. 都市의 崩落은 風說보다 빠르다. 시청도 퇴근. 市廳은 法典을감추고 散亂한 업무를 拒絕하였다. 「콩크리-트」田園에는 草根木皮도없다. 物體의 陰影에 生理가 없다. 일제 하 서울은 죽은 도시다. 전투에서 패한 도시다.

아벨은 목부였고 카인은 농부였다. 목축의 시대는 가고 농사의 시대가 와서 아벨이 카인에 의해 죽임을 당했다. 농업의 조선이 공업의 일본에게 능멸 당하니 공업기술사 카인이 都市關門에서 조선인이 끄는 人力車에 내려 이 거리를 여유 있게 緩步하리라.

망한 중국인, 망한 조선인, 활개 치는 일본인. 서울의 모습이다. 일본 다다미는 한자로 疊疊이지만 그것을 세는 접미사는 疊帖이다. 일제가 서울을 다다미처럼 구획된 도시로 찢었으니 "19세기 도덕"의 이상이 보기에 전통의 서울은 "붕락한 도시" 곧 "찢어진 도시"로 전락하였다. 이 시의 제목대로 파첩이다. 일제하 서울의 모습이다. 다음 시가 그 풍경을 추가한다.

6. KL55. 明鏡

출처 : 無題　　　　　　　　　　　　　　　　　　　　　여성 1936. 5.

여기 한페-지 거울이 있으니
잊은季節에서는
얹은머리가 瀑布처럼내리우고

울어도 젖지않고
맞대고 웃어도 휘지않고
薔薇처럼 착착 접힌
귀
디려다보아도 디려다 보아도
조용한世上이 맑기만 하고
코로는 疲勞한 香氣가 오지 않는다.

만적 만적하는대로 愁心이平行하는
부러 그러는것같은 拒絶
右편으로 옮겨앉은 心臟일망정 고동이
없으란법 없으니

설마 그러랴? 觸診 …
하고 손이갈 때 指紋이指紋을 가로막으며
선뜩하는 遮斷뿐이다.

五月이면 하루 한번이고
열번이고 外出하고 싶어하드니
나갔던길에 안돌아오는수도있는법

거울이 책장같으면 한장 넘겨서
맞섰든 季節을맞나렸만
여기있는 한페-지
거울은 페-지의 그냥表紙 -

[해독] 이 시의 제목은 "밝은 거울" 또는 본문대로 "맑은 거울"이
다. 그러나 내용은 우울하다. 거울과 현실의 대조인데 무엇을 말하
려고 하는 것일까?

이 시의 핵심은 첫 문단과 마지막 문단에 있다. 과거 역사의 다른
페이지를 보여주었던 "맞섰던 계절"은 보이지 않고 현재 역사의 한
페이지만 보여주는데 그것마저 첫 문단처럼 "잊은 계절"이다. 건강
하고 패기 넘치던 계절은 지나고 이제 병들고 시들은 계절이다. 희
로애락이 없고 오감도 없다. 머리를 뒤흔드는 각혈로 얹은머리가
폭포처럼 흘러내린다. 거울에 비친 과거의 모습은 유령과 같다. 뭉
크가 그린 〈사춘기〉의 소녀 뒤에 정체모를 검은 그림자. 마치 머리
를 폭포처럼 풀어헤친 모습. 초경을 겪은 소녀의 알 수 없는 두려움
이다.

시야를 확대하면 조선의 운명도 마찬가지이다. 조선의 옛 영화는

없어지고 그나마 현재마저 잊힌 국가다. 가짜 국가이다. 앞서 해독
한 시 「囚人이 만든 小庭園」에서 "계절의 순서가 끝남이로다."의 연
장이다. (잊힌 계절, 현재 페이지) 대 (맞섰던 계절, 과거 페이지)
의 구도이다. 그래서 희로애락도 없다. "울어도 젖지 않고 웃어도
휘지 않으며 향기도 없다." 오감도 없다. "들여다 보아도 들여다 보
아도" 보이지 않고 "촉진하고 손이 갈 때 지문이 지문을 가로막으
며" 차단뿐인데 "장미처럼 접힌 귀"에 "코로는 피로한 향기가 오지
않는다." 살아있다고 할 수 없는 상태이다. 나눌 수 있는 것은 "수
심"인데 그마저 "평행"이다. 그렇다고 "심장"마저 없을 수는 없어
시를 써보지만 가로막는 "차단"뿐이어서 "에-코가 없는 무인지경".
외출하여 돌아오고 싶지 않은 곳. 이전 같으면 화려한 "오월에 하루
한번이고 열 번이고 외출하고 싶어 하더니" 이제는 "마지못해 나갔
던 길에 안 돌아오는 수도 있는" 거울 같은 곳. 조선이다. 책장 같으
면 또 하나의 "맞섰던 계절(역사)의 영화로운 페이지"가 기다릴 텐데
거울은 그냥 "잊힌 계절(역사)의 한 페이지"뿐이라고 말하는 것으로
보아 비관적이다.

　거울의 상은 거울 밖의 실상의 사상寫像, MAPPING이다. 그러나 거
울은 맑은데 거울 밖은 그렇지 않다. 기이한 사상寫像이다. 다른 뜻
이 있을 것이다. 본문처럼 거울 밖의 어두움을 거울 안의 밝음으로
비추는 거울은 어떤 거울인가. 유원지에 가면 표면이 고르지 않은
거울과 마주칠 수 있다. 거울 밖의 사람은 미녀인데 거울 안은 추녀
이다. 반대일 수도 있다. 이보다 더 "기막힌 거울"이 있다.

　이 시는 루이스 캐럴의 『거울나라의 앨리스Through the Looking-

·〈그림 7-5〉 실수와 허수의 세계

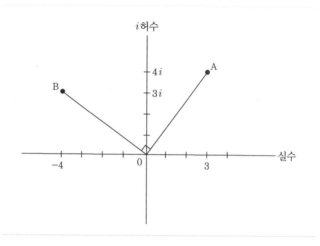

Glass』의 거울을 연상시킨다. 캐럴의 거울나라에서 시간이 거꾸로
간다. 이상의 시에도 거울에 비친 시계가 왼쪽으로 돈다. "時計는
左向으로 움직이고 있다. 그것은 무엇을 計算하나."[6] "거울의 屈折
反射의 法則은 時間方向留任問題를 解決하다."[7] 캐럴의 거울나라
에서는 감옥에 다녀온 다음 죄를 진다. 이상의 시에도 지구가 생긴
다음 태양이 생긴다.[8] 캐럴의 거울나라에서 앨리스는 허상imaginary
figure이다.[9] 이상의 시에서 과거분사의 원을 떠난 직선이 원을 살해
하면 허수imaginary의 세계로 들어간다.[10] 거울의 상image과 허수

6) 「面鏡」.
7) 「一九三一年」.
8) 「斷想」.
9) Carroll, L., *Through the Looking-Glass*.
10) 「이상한 가역반응」.

imaginary는 어원이 같다. 현실이 실수의 세계이듯이 거울나라는 허수의 세계임을 수학자 루이스 캐럴은 소설로 표현하고 있다. 실수의 세계와 허수의 세계를 동시에 표현하는 그림을 보자. 〈그림 7-5〉 참조

수평축은 실수선이고 수직선은 허수선이다. 이 그림을 원점에서 보면 점 A의 실수좌표는 3이고 허수 좌표는 4i이다. 이것을 3+4i라고 표기한다. 여기서 $i=\sqrt{-1}$ 이다. 왼쪽으로 90도로 틀어 실수좌표가 -4가 되고 허수좌표는 3i이 되는 점 B의 표기는 $-4+3i$가된다. 이것은 점 A에 i를 곱한 결과이다. 반대로 점 B에 $-i$를 곱하면 점 A가 된다. 즉 원래의 좌표에 $+i$를 곱하면 직각의 좌측 좌표가되고 $-i$를 곱하면 직각의 우측 좌표가 된다. 다시 말하면 허수의 세계에서 실수는 허수가 되고 허수는 실수가 된다. 실상은 허상이되고 허상은 실상이 된다. 앨리스가 거울나라에서 허상이 된 이치이다. 이때 허수선이 거울이 된다. 이 허수거울이 거울 밖의 어두움을 거울 안의 밝음으로 전환시킨다. 이것이 "기막힌 거울"이다. 『거울나라의 앨리스』의 거울이다. 문제는 거울 밖의 어두움을 거울 안처럼 밝게 하는 방법이 무엇인가.

이 시에서 등장하는 두 쌍의 표현을 생각해 보자. (맞섰던 계절, 과거 페이지)와 (잊힌 계절, 현재 페이지). 역사의 페이지는 3차원의 공간이고 계절은 4차원의 시간이다. 〈그림 7-6〉 참조 그러므로 이 시에는 두 쌍의 시공이 존재한다. 하나는 "맞섰던 옛 시공 좌표"이고 다른 하나는 "잊힌 현재 시공좌표"이다. 〈그림 6-4〉에서 성립하였던 두 쌍의 시공이 여기서도 성립한다. 이 그림이 바로 모홀리-나기의 작품 〈그림 6-3〉과 일치한다.

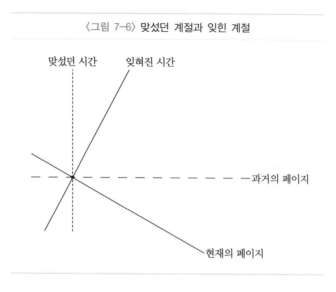

〈그림 7-6〉 맞섰던 계절과 잊힌 계절

앞에서 논의대로 맞섰던 계절의 페이지의 시공 좌표가 더욱 틀어
지면 모든 공간이 일치하여 현실도 거울처럼 밝아진다. 이상은 거
울이 맑은 세상이라고 표현하였다. 다음에도 거울에 관한 시다.

7. KL56. 거울

출처: 無題   여성 1936. 5.

거울 속에는소리가없소
저렇게까지조용한세상은참없을것이오

거울속에도내게귀가있소

내말을못알아듣는딱한귀가두개나있소

거울속의나는 왼손잡이오
내握手를받을줄모르는 - 握手를모르는왼손잡이오.

거울때문에나는거울속의나를만져보지를못하는구료마는
거울아니었던들내가어찌거울속의나를만나보기만이라도했겠소

나는只今거울을안가졌소마는거울속에는늘거울속의내가있소
잘은모르지만외로된事業에골몰할께요

거울속의나는참와는反對요마는
또꽤닮았소
나는거울속의나를근심하고診察할수없으니퍽섭섭하오

[해독] 문단을 다시 ◇로 가른다. 거울이기 때문이다. 이 시는 따로 해독이 필요 없을 것이다. 다만 여기서도 "근심"이 중심이다. 그러나 "진찰"조차 허락되지 않는다. 외쳐보아도 내 말을 알아듣지 못하는 조용하고 들리지 않는 세상. 정상 국가가 아니다. "외로된 사업"만 할 수 있는 곳. 왼손잡이의 시계는 왼쪽으로 "좌향"하여 세상에 역행하며 거꾸로 간다. 역시 미래가 비관적이다.

이 시에서도 이상은 거울이 허수의 세계일 수 있다는 암시를 한다. "나는지금거울을안가졌소마는거울속에는늘거울속의내가있소"
거울 속에는 내가 있는데 거울 밖에는 내가 없다면 현실의 허상이
거울 속에 실상이 되었음을 표현한 것이다. 현실에서 허상인 이상
과 달리 거울에서 실상이 된 이상은 "외로된 사업"인 필생의 시를
쓴다. 육체는 죽어 "직선이 원을 살해하여" 허상이 될지언정 거울
속에서 쓴 "외로된 사업"의 시는 실상으로 영원히 살고 싶은 것이
다. 그것은 "세상과 상관없는 일"이다. 다시 말하면 거울 밖의 일과
무관한 일이다. 이상은 거울에 유폐된 천재이다. 거울 밖의 이상은
거울 안의 이상의 이상한 가역반응이다.

8. KL57. 買春

출처 : 危篤   조선일보 1936. 10.

기억을맡아보는기관이炎天아래생선처럼상해들어가기시작이다.
朝三暮四의싸이폰작용. 감정의忙殺.
나를넘어뜨릴疲勞는오는족족피해야겠지만이런때는대담하게나
서서혼자서도넉넉히雌雄보다별것이어야겠다.
脫身. 신발을벗어버린발이虛天에서실족한다.

[해독] 일제 식민지 기간이 길어지면서 초기의 저항의식이 염천
아래 생선처럼 상해 들어가기 시작한다. 기억이 흐려져 간 탓이다.

1920년대는 일제가 자치라는 빌미로 조선의 지도자와 지식인들을
회유할 때이다. 아일랜드가 자치와 독립으로 치열한 내전을 겪은
뼈아픈 역사가 있다. 그 회유의 압력을 견디기 힘들었던가 보다.

자꾸 무시무시한 壓力으로 밀어닥치고 잇으니 라고 그는 말하면
서 한 발자국 한 발자국 後退해 간다.
그가, 그것에 대해 對抗할 만한 力量도 없지만, 대항하려드는 의
지조차 보이지 않는다.
그는 後退해가고 있는 것에 눈치조차 채지 못하고 있는 것 같
다. 혹은, 事實 전연 그렇지 않을는지도 모른다. 우리가 후퇴해 가
고 있다고 보는 것은, 실은 새로운 평화의 步道를 택한 것인지도
모른다.
어쨌든 그의 시비는 此後에 남겨진 問題지만, 그가 말하는 무시
무시한 壓力에 대하여서는 여러 가지 의미에서, 지금은 그냥 禮讚
해 두자.[11]

여기서 "그"란 누구였을까? 일제의 이러한 "조삼모사" 기만정책
으로 여기서 언급한 "그"처럼 사람들은 점차 감정을 상실해갔다. 때
가 때이니 만치 이상 역시 그러하지만 그에 대해 자웅을 겨루기보
다 별종이 되기로 작정하였다. 그 별종이란 아무도 모르게 고도의
기교를 부리는 저항시이다. "발각 당하는 일은 없는 급수성 소화작
용"의 고도의 수법으로 "자취를 은닉한 증기 속에 몸을 기입"하여
이상은 몸을 빠져나갔다.[12] "탈신"의 방법이다. 그 대가로 시가 너

---

11) 「권두언 12」.

무 어려워져 아무도 이해하는 이 없어서 "千古로蒼天이허방빠져있
는陷穽"[13]과 같은 허천虛天에 빠지는 실족이 되었다. 잊힌 것이다.
　이상은 자웅을 겨루기보다 별것이 되는 데 대한 변명을 그 나름
대로 피력하고 있다.

　　　　敗者는 敗者로서의 生存過程을 形成해가고 있는 중이다. ···轉
　　　位, 變形 말하자면 어느 民族이 滅失 減少했다고 우리는 믿고 있다.
　　　그러나 그것이 生存競爭, 淘汰에 기인한다고 생각한다는 것은 잘
　　　못이다. 그것들은 適應의 原理에 의해 變形, 轉位한데 지나지 않는
　　　다. 生物이 高等하게 되면 될수록, 生存競爭 淘汰는 生物의 進化에
　　　있어 何等 重要性을 갖지 않는다.[14]

　일제의 앞잡이를 賣國奴 더 심하게 賣春婦라 하던 시절. 그렇다
면 일제는 그 상대방인 買國主 또는 買春夫일 것이다. 입장은 상대
적이기에 파는(賣) 이가 있으면 반드시 사는(買) 이가 있어야 한다.
거꾸로 일제가 賣春하면 이상이 買春한다. 한문의 미묘함을 이용한
시로 일제를 교묘하게 제압한다. 제목이 의미하는 바대로 일제를
賣春婦로 모는 이상의 독특한 저항시이다.

---

12) 「出版法」.
13) 「自像」.
14) 「권두언 3」.

9. KL58. 白畵

출처 : 危篤   조선일보 1936. 10. 6.

내두루매기깃에달린貞操뺏지를내어보였더니들어가도좋다고그
런다. 들어가도좋다던女人이바로제게좀더鮮明한貞操가있으니어쩌
냔다. 나더러世上에서얼마짜리貨幣노릇을하는세음이냐는뜻이다.
나는일부러다홍헝겊을흔들었더니窈窕하다던貞操가성을낸다. 그리
고는七面鳥처럼쩔쩔맨다.

[해독] 이 시는 작성한 날짜가 단서이다. 앞의 시에서 언급한 대로
이상은 이 시에서 일제를 賣春婦로 경찰서를 賣淫窟로 등장시킨다.
조선에서 더 읽을 책이 없어진 이상이 동경에 가려고 本町署 高等
係(매음굴)에 현해탄 도항증을 신청한다. 1936년 9월 하순에 경찰서
고등계에서 불허의 통지가 날아왔다. 이상은 다른 방법을 시도하여
결국 10월 중순에 동경에 간다. 이 시는 그 사이에 쓴 것이다.

관공서에서는 일반적으로 사건이나 일을 마무리하면 그 경위를
기록한 白書라는 책자를 발간한다. 書畵라는 말이 있듯이 이상은
시를 쓰기(書)도 하고 그리기(畵)도 한다. 그에게 書와 畵는 별 차이
가 없다. 시로 표현할 수 있는 것은 白書이든 白畵이든 상관없다.
전편에서 보았듯이 이상의 序詩는 사실상 표지도안 3등 작품의 序
畵였다. 그의 대부분의 시도 그림으로 표현할 수 있다. 초신성이
폭발하여 백색왜성으로 쪼그라드는 모습을 표현한 시 「二十二年」

의 그림이 대표적이다. 본문의 제목은 도항증 신청의 전말을 기록
한 白書, 아니 이상의 신조어대로 白畵이니 풀어 쓰면 "도항증 신청
백화"이다.

　이상이 사상적으로 반일의 불령선인이 아니라는 서류(정조뺏지)를
냈다. 그랬더니 고등계 담당 형사 賣春婦가 일제 통치에 대한 일편
단심의 정조를 보여주는 그보다 더 분명한 증거가 필요하다면서 좀
더 친일적인 신원보증인(좀 더 선명한 정조의 賣春婦)을 소개할 수 있는데
어떠냐고 떠본다. 그런데 돈이 필요하다. 이상은 일부러 지폐 대신
일편단심의 색깔인 붉은 다홍헝겊을 보여주었다. 그것은 각혈로 물
들은 피 묻은 손수건이었다. 賣春婦가 화를 내며 얼굴이 칠면조처
럼 붉으락푸르락하는 것은 당연.

　이상의 표현에 의하면 일제 통치 하에서 모든 이에게는 "악보화
된 성적표"가 있었다.[15] 그것이 ABCDEFG(라시도레미화솔)의 7음이다.
칠면조의 7색이다. 매춘부가 모든 성적의 악보소리를 질러댄다. 도
항불가!

10. KL59. 禁制

출처 : 危篤　　　　　　　　　　　　　　　　조선일보 1936. 10.

　내가치던개(狗)는튼튼하대서모조리實驗動物로供養되고그中에
서비타민E를지닌개(狗)는學究의未及과生物다운嫉妬로해서博士에

---

15)「얼마안되는 辨解」.

게흠씬얻어맞는다. 하고싶은말을개짖듯배아놓던歲月은숨었다. 醫
科大學허전한마당에우뚝서서나는必死로禁制를앓는(患)다. 論文에
出席한억울한髑髏에는 千古에氏名이없는法이다.

[해독] 이 시의 핵심은 중간 문장에 있다. "하고싶은말을개짖듯
배아놓던歲月은숨었다." 그 개가 시인이다. 전편에서 우리는 이상
이 자신을 시리우스와 동일시하는 것을 보아왔다. 시리우스는 큰
개자리다. 이상은 개띠다. 자신의 시가 매도당하는 모습을 표현한
것이다.

이상 시에 의하면 이른바 「出版法」에 의해 자유발언 세월은 사라
졌다. 모조리 검열(공양)에 희생되었다. 비타민 E의 원천은 태양이
다. 이상의 시 가운데 태양 광선을 그린 시가 특별히 수난을 당했
다. 이상한 가역반응의 원인이 이제야 드러났으니 몰이해(學究의 未
及)와 무지(生物다운 嫉妬)가 횡포를 부린다. 시인은 금제(검열)라는 희귀
병에 걸렸다. 압수당해(논문에 출석해) 발표되지 않은 시(髑髏)들은 천고
에 이름도 얻지 못했다. 사실 이상의 남아있는 많은 시에 이름(제목)
이 없다. 시인은 마지막으로 시를 죽이기로 한다. 많은 시를 원고
채 "물어 죽이게" 된다. 다음 시가 그렇게 절박하다.

11. KL60. 遺稿 3

출처 : 遺稿集   1932. 11. 15.

役員이 가지고 오는 第三報

- 역시 없습니다 -

役員이 가지고 오는 第四報

- 암만해도 이것만은 이상해요. 역시 있었습니다. 확실해요. 확
실하지만 전연 모를 일입니다 -

地球의 切線과 一致할 수 있는 地球引力의 補角數量을 計算한 飛
艇은 물려 죽은 개의 에스프리를 태운 채 作用하고 있었다 - 速度
를 -

그것은 마이너스에서 0으로 到達하는 級數運動의 時間的 現象이
었다.

絶對에 모일 것. 에스프리가 放射線을 抛棄할 것.

車를 놓친 나는 四次元의 展望車 위에서 눈물을 지으며 餞送의
心境을 보냈다.

人間일 것. (의 사이) 이것은 限定된 整數의 數學의 헐어빠진 習
慣을 0의 整數倍의 役割로 重複하는 일이 아닐까?

나는 自棄적으로 내가 發見한 모든 函數常數의 콤마 以下를 잘라
없앴다 -

- 마침 나의 바른팔에 면도칼을 얹었다? 잘라낸 것처럼 -

나는 深度의 沈思로 빠져 들어갔다. 月亮이 한 장의 캘린더를 公表하고 있다.

나는 고양이의 代理를 보지 않으면 아니된다. 三更 나는 牧場으로 나갔다. 그런데 이것은 또한 나를 깜짝 놀라게 하지 않을 수 없었다.

어느 사이에 돌아온 고양이는 맑은 눈동자를 눈빛에 반짝이면서 熟睡하는 개들을 어머니처럼 지키고 있다. 나는 황홀하게 멈추고 서 있었다.

이튿날 나를 訪問한 役員은 무심한 慌忙스러움으로 다음과 같이 말하였던 것이다.

— 貴下는 반드시 고양이를 잃어버린 슬픔에서 드디어 發狂하였음에 틀림없다고 생각하였습니다. 나는 第五報를 가지고 가려고 三更 以後. 貴下의 문을 두들겼읍니다만 나는 정말 놀랐습니다. 貴下는 數百마리의 개를 물어 죽이고 있는 것을 나는 目擊하고 있었습니다 —

나는 여지껏 여기에 있었습니다. 과연 지금 貴下의 顏面表情으로 보아서 그것은 나의 환타지였던 것일까요?

아뇨 나는 貴下의 居處까지도 의심하였을 정도입니다. 아무쪼록 나쁘게 생각지 마시기를 —

나는 빙긋이 微笑를 지어 보였다. 事實, 나의 軀殼 全面에 개들의 꿈의 放射線의 波長의 直徑을 가진 수없는 穿孔의 痕迹을 나는 느끼지 않을 수 없었다.

- 하기는 第五報는 개의 屍體의 血液은 아무리 加熱을 하여도 마침내 더워 오지 않았다는 것이다. 나는 봉해 온 毒睡의 分析을 서두를 必要를 느꼈다.

毒睡도 마침내 加熱에 反應 없이 더워 오지도 않았다. 이 일은 푸로톤의 暗示였다.

生死의 超越 - 存在한다는 것은 生死 어느 편에 屬하는 것인가. 그것은 푸로톤의 一次方程式보다도 더 幼稚한 運算이었다.

(常數가 붙은 函數方程式)

[해독] 이 시에도 이름이 없다. 그러나 내용으로 보아 "毒睡"가 제목일 수 있다. 이 시의 단서는 四次元, 물려죽은 개, 毒睡 등 3가지이다.

시를 발표했는데 반응(第三報)이 어떠했나. 소식이 없습니다. 다시 물어보니 반응(第四報)이 있었는데 깊은 잠(毒睡)에 빠졌다는 내용이다. 그래서 모르겠어요. 세상이 놀랄 줄 알았는데 조용하다니. 바이런은 하룻밤 사이에 유명해졌다는데. 이에 비해 조선에서는 "에-코가 없는 무인지경이 딱하다." 이상은 시를 더 이상 쓰지 않고 이미 쓴 시마저 버리기로 한다.

이 시를 이해하는 데 전편에서 해독한 시 「一九三一年」의 몇 소절이 도움이 된다.

거울의 屈折反射의 法則은 時間方向留任問題를 解決하다.(軌跡
의 光年運算)

나는 거울의 數量을 빛의 速度에 의해서 計算하였다.

그리고 로켓트의 設計를 中止하였다.

본문의 "地球의 切線과 一致할 수 있는 地球引力의 補角數量"이
란 로켓의 지구탈출각도를 말한다. 시를 어딘가 밖으로 강제추방
해버리기 위해 필요하다. 전편에서 이상은 자신을 시리우스 즉 개
와 동일시하였다. "물려 죽은 개"는 이상의 시를 말한다. 그것을 計
算한 로켓(飛艇)은 추방된 시의 정신(에스프레스)을 태우고 지구탈출속
도로 어디인가로 추방하였다. 전편에서 소개한 대로 미국의 고다드
가 로켓을 처음 쏘아올린 것이 1926년이다. 그런데 전편에서 해독
한 시 「一九三一年」을 보면 이상은 도중에 포기했지만 로켓을 설계
하고 있었다. 그것이 飛艇이다. 그 비정이 "물려 죽은 개의 에스프
리를 태운 채 作用하고 있었다 - 速度를 -." 이상이 비록 중단하였
지만 로켓을 설계한 이유는 시를 추방하려 함이다.

로켓을 발사하는데 카운트다운이 시작된다. 카운트다운은 언제
나 줄어드는 숫자이다. "그것은 마이너스에서 0으로 到達하는 級數
運動의 時間的 現象이었다." 추방하는 시에 대해 미련을 버릴 것(절
대에 모일 것). 시의 흔적을 포기하라.(에스프레스가 방사선을 포기할 것.)

별이 수명을 다하여 폭발하여 죽으면 우주선이 방출된다. 후일
알려진 것이지만 우주에서 날아오는 우주선 입자가 지구 대기권에
서 질소분자와 충돌하여 제2의 우주선이 되는데 여기에 뮤온muon이

포함되어 있다. 지상의 정지 상태에서 수명이 매우 짧은 이 입자는 충돌 후에 빛의 속도로 낙하할 때 수명이 늘어난다. 아인슈타인의 상대성원리의 증거이다. 이상은 인정받지 못한 자신의 시가 수명을 다하여 죽었다고 생각하고 자신의 시의 정신이 더 이상 수명이 늘어나길 원하지 않는다. 그래서 "방사선을 포기하기"를 바란다. 우주선은 방사선의 일종이다.

그 다음 "車를 놓친 나는 四次元의 展望車 위에서 눈물을 지으며 餞送의 心境을 보냈다."는 앞서 부분적으로 해독하였지만 무엇을 어디로 전송했는지를 물어야 한다. 결과부터 말하면 4차원 허수의 세계로 추방당한 시를 전송하였다. 이것을 풀어보자.

우리는 3차원의 공간에서 산다. 1개의 거울에 비친 3차원의 나는 2차원에서 1개의 영상이 된다. 그러나 거울의 위치를 전후좌우 360도의 공으로 무한히 바꾸어 무한개의 영상을 합성하면 3차원의 나의 모습이 된다. 그렇다면 현재 3차원의 나는 4차원의 그림자에 불과하며 무한개의 3차원 나를 합치면 4차원의 나의 모습을 이론적으로 재현할 수 있다. 수많은 3차원의 존재는 4차원에서 유일한 존재가 된다. 다시 말하면 임의의 3차원의 모습은 4차원에서는 언제나 고유한 존재이다.

그러면 4차원의 현상을 어떻게 설명할 수 있을까? 실마리를 찾기 위해 보물섬 우화를 소개한다. [16] 어떤 젊은이가 우연히 해적들의

---

16) Gamow, *One, Two··· Three Infinity*, 1947, p.36: Nahin, An Imaginary Tale of the Story of $\sqrt{-1}$, p.93.

보물섬 지도를 입수하였다. 거기에는 다음과 같은 글이 적혀 있었다.

보물섬에 상륙하면 붉은 돌 R과 흰 돌 W가 있다. 그리고 보물 T를 둘러싼 배반자를 처단하던 교수목 H가 세워져 있다. 그 교수목에서 출발하여 붉은 돌까지 걸어라. 그리고 붉은 돌에서 직각의 왼쪽 방향으로 같은 거리를 걸어서 B라고 표시를 하라. 다음. 이번에는 교수목에서 흰 돌까지 걸어라. 흰 돌에서 직각의 오른쪽 방향으로 같은 거리를 걸어서 A라고 표시하라. A와 B를 직선으로 연결하면 그 정중앙에 보물이 묻혀 있다.

이 젊은이가 섬에 도착하여 보니 과연 검은 돌과 흰 돌이 있었다. 그런데 가장 중요한 배반자의 목을 매달던 교수목은 긴 세월을 견디지 못하고 썩어 흔적도 없이 사라져 버렸다. 어떻게 보물을 찾을 것인가. 단서는 직각으로 방향 전환한다는 표현이다. 앞서 「明鏡」에서 보았듯이 이것은 허수와 실수 세계의 특징 가운데 하나인 변수전환이다. 사라진 것은 허수의 세계로 돌아간 것이다. 앞서 〈그림 6-9〉에서 수영속도 c가 강의 유속 v보다 느리면 $\sqrt{c^2-v^2}$ 은 허수가 되어 수영선수는 목적지에 도착하지 못하고 물속으로 사라지는 것과 같은 이치이다. 마찬가지로 인정받는 목적을 달성하지 못한 이상의 시가 갈 곳도 허수의 세계이다. 〈그림 7-7〉을 보자.

붉은 돌과 흰 돌을 연결하여 직선을 만들면 이것은 실수선 곧 X축이 된다. 두 개의 돌 사이의 정중앙을 원점 0으로 삼으면 붉은 돌의 위치는 +1이 되고 흰 돌의 위치는 −1이 된다. 원점에서 실수선 X축과 직각으로 Y축을 만든다.

이제 사라진 교수목의 위치를 X축과 Y축의 좌표에서 임의로 정한다. 여기에 H 표시를 한다. 사라진 좌표는 허수이다. 따라서 X축은 실수선이고 Y축은 허수선이다. 실수선은 1, 2, 3 … 등으로 표시되지만 허수선은 i, $2i$, $3i$ … 등으로 표시된다. 그런 후에 지도의 지시를 따르면 〈그림 7-7〉에서 T지점에 보물이 묻혀있다. T의 좌표는 $i = \sqrt{-1}$ 이다.[17]

교수목의 위치를 아무렇게나 임의로 정해도 항상 이 지점은 고유하다. 다시 말하면 교수목의 위치와 관계없이 보물의 위치는 부동이다. 그 위치는 허수선 즉 Y축의 허수값 i로서 고유하다. 여기서 교수목의 위치는 문제되지 않는다. 마치 임의의 3차원의 모습에 대해 4차원의 존재가 고유한 것에 비유할 수 있다.

이상의 물려 죽은 시는 로켓에 실려 허수의 세계로 추방되었고 그것은 Y축 즉 허수선의 한 점을 차지한다. 허수의 세계로 발사되는 로켓은 일단 실수선의 원점에 자리 잡아야 한다. 그러기 위해서 2, 1, 0으로 도달해야 한다. 카운트다운이다. 이것이 본문에서 이상이 말하는 "마이너스에서 0으로 到達하는 級數運動의 時間的 現象이었다." 허수선을 찾자는 말이다. 이유는? 앞서 해독한 대로 이상

---

17) 교수목의 좌표를 모르니 일반화하여 a+bi로 정의한다. a와 b의 값을 모르니 교수목의 좌표는 〈그림 7-7〉에서 임의의 위치이다. 이제 -1을 원점으로 삼아 보면 교수목의 위치는 (a+1)+bi이다. 이것을 왼쪽으로 90도 전환하면 -b+(a+1)i가 된다. 이것을 원래의 원점을 중심으로 옮기면 -(b+1)+ (a+1)i가 된다. 이것이 A점의 좌표가 된다. 마찬가지로 원점을 +1로 잡으면 교수목의 위치는 (a-1)+bi이다. 이것을 오른쪽으로 90도 전환하면 b-(a-1)i이다. 이것을 원래의 원점을 중심으로 이동하면 (b+1)-(a-1)i가 된다. 이것이 B점의 좌표가 된다. 이 두 점 정중앙은 평균이다. 곧 [-(b+1)+(a+1)i+(b+1)-(a-1)i]/2 =i가 된다.

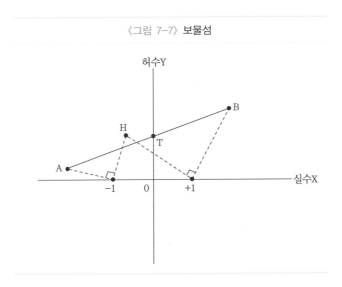

〈그림 7-7〉 보물섬

이 "四次元의 展望車 위에서 눈물을 지으며 餞送의 心境을" 보내기
위함이다. 4차원에 들어가려면 반드시 허수선이 필요하다는 것을
이 보물섬 우화가 말해주고 있으며 이상도 알고 있었다.

4차원에서 하나의 사건을 정의하는 데에는 이처럼 3차원의 공간
과 4차원인 시간이 혼합이 되어야 한다. 이 문제를 다시 새로운 각
도에서 보자. 다시 말하면 〈그림 7-7〉에서 직선 AB의 의미가 무엇
인가. 앞서 소개했지만 이 의미의 실마리를 찾기 위해 일부를 반복
한다.

거울의 屈折反射의 法則은 時間方向留任問題를 解決하다. (軌跡
의 光年運算)

앞서 보여준 예를 따라 3차원 공간에서 사건 A와 B가 동시에 일

어났다고 하자. 그리고 그 공간적인 간격을 측정해보니 가로로 3,200피트 세로로 400피트 높이로 936피트 떨어졌다고 하자. 그러면 이 두 사건이 일어난 3차원 공간상의 거리는 피타고라스 정리에 의하여 다음과 같다.

$$\sqrt{3200^2 + 400^2 + 936^2} = 3,360 피트$$

〈그림 6-6〉의 수평선은 3차원 공간거리를 나타내고 수직선이 시간방향을 나타낸다. 합하여 4차원의 그림이다. 이상의 표현에 의하면 "나는 四次元의 展望車 위에서 눈물을 지으며 餞送의 心境을 보냈다."의 그 4차원이다. 두 점 A와 B를 연결한 직선의 길이가 3,360피트인데 수평선인 까닭은 같은 시간에 일어났기 때문이다. 이것은 앞서 설명과 같다.

이제 두 사건 A와 B가 다른 시간에 발생했다고 하자. 즉 A는 10시에 일어났고 B는 10시 15분에 일어났다. 지구가 가만히 있으면 앞서처럼 3,360피트의 거리에서 일어났지만 15분 사이에 지구가 공전하였으므로 지구에서는 여전히 3,360피트의 거리이지만 우주에서 보았을 때에 A사건과 B사건 사이의 거리는 15분 동안 지구가 이동한 거리를 감안해주어야 한다. 그것이 바로 지구가 궤도를 따라 움직이는 거리를 광년 즉 빛의 속도로 운산해야 한다는 뜻이다. 본문에서 이상은 이것을 다음과 같이 표현하였다.

(軌跡의 光年運算)

이 영향을 감안하면 빛은 1초에 3십만 킬로미터를 달리니 15분 동안 8천억 피트=15분×60초×3십만Km×3300피트를 날아갔다. 따라서 4차원에서 피타고라스의 정리는 다음과 같다.

$$\sqrt{3200^2 + 400^2 + 936^2 - 800,000,000,000^2}$$

이것은 허수이다. 그런데 허수의 정의 $i = \sqrt{-1}$ 를 이용하면 이것은 다음과 같다.

$$\sqrt{(3,360)^2 + (800,000,000,000i)^2}$$

다시 말하면 4차원에서는 8천억 허수만큼 이동했다는 의미이다. 이것은 밑변이 3,360이고 높이가 $800,000,000,000i$ 인 삼각형에서 피타고라스 정리를 의미한다. 일반화하여 공간거리를 L이라 표기하고 시간거리를 t라고 표기하고 빛의 속도를 c로 표기하면 다음이 된다.

$$\sqrt{L^2 + (cti)^2}$$

〈그림 7-8〉의 X축은 실수선이고 Y축은 허수선이다. 삼각형 ABC에서 밑변 AC의 길이가 L이고 높이 BC의 길이가 cti 이다. 그러면 빗변 AB의 길이가 피타고라스의 정리에 의해 구해진다. 그것이 $\sqrt{L^2 + (cti)^2}$ 이다. 이렇게 볼 때 〈그림 7-8〉이 AB가 보물섬의

〈그림 7-7〉의 AB와 동일하다. T점도 동일하다.

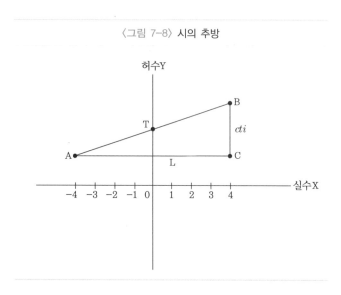

〈그림 7-8〉 시의 추방

〈그림 7-8〉은 이상이 허수의 세계의 T점으로 시를 추방하는 그림이다. 이것은 또한 시간방향이 바뀌었음을 의미한다. 그 이유는 앞서 설명했듯이 새로운 시간방향에서는 공간이 줄어들고 시간이 늘어가기 때문이다. 즉 B사건은 A사건과 다른 시간방향을 타게 된다는 점이다. 이것이 이상이 말한 시간방향을 유임할 것(그대로 둘 것)인지 말 것인지의 문제이다.

時間方向留任問題를 解決하다.

〈그림 6-8〉에서 시간방향이 바뀌었다. 먼저 바뀌기 전의 좌표에

서 보면 A사건과 B사건 사이의 3차원 시간상의 길이는 15분이고 공간상의 길이는 3,360피트이다. 시간방향이 바뀐 후에는 동일한 선분의 길이가 나타내는 공간의 길이가 바뀌기 전보다 짧아지고 시간이 길어짐을 알 수 있다. 이것이 상대성원리이다. 앞서 설명했듯이 이때 삼차각이란 선분 AB가 3차원 공간과 만나서 이루는 각 θ를 가리킨다. 즉 3차원 공간이 4차원인 시간을 만나서 이루는 각도이다.

이제 시간방향이 더욱 틀어져서 선분 AB와 평행이 되면 〈그림 6-13〉처럼 된다. 그러면 삼차각은 90도가 되고 여각은 0도가 되며 삼차각의 보각이 90도가 되어 이상이 말한 대로 "三次角과 三次角의 餘角과의 和는 三次角과 餘角이 된다."가 성립한다. 매우 특수한 경우로서 시간은 더욱 길어지고 공간상의 차이는 없어진다. 전편에서 해독한 대로 공간상의 차이가 없어지면 올바른 가역반응을 희망할 수 있다. 예를 들어 아일랜드의 망원경이 시간이 다른 조선에도 있게 된다.

그러나 앞서 본대로 〈그림 6-13〉은 불가능하다는 사실이 드러났다. 조선은 아일랜드가 아니었다. 자연현상은 인문현상이 아니다. 올바른 가역반응은 일어나지 않는다. 그래서 이상은 여전히 인문현상을 고집한다. 그 이유는 〈그림 7-8〉에서 마이너스에서 0으로 到達하는 級數運動의 時間的 現象이었다. "0에 아무리 수를 곱해보아야 0이 아니겠는가." 인문현상은 살아있는 현상이다. 그러나 반응이 없는 시는 죽은 시다. 시인은 자포자기 심정으로 자신이 쓴 작품 가운데 시를 없애버렸다. 팔을 자르듯이. 추방하였다. 그리하여 "4차원의 전망차 위에서 눈물로 전송하였다".

계속해서 본문을 보면 시를 포기한 시인은 더 이상 시인이 아니다. 앞서 시인은 돌대가리 닭 잡는 얼룩고양이라 하였다. 그래서 "고양이 대리"를 구하지 않으면 안 된다. 목각 양, 풍향계 닭, 목조 뻐꾸기, 간호부인형, 모조맹장, 잡지 망원경, 잡지 프리즘, 압정 태양, 자기 태양에 이어 대리 고양이라고 안 된다는 법이 없다. 그런데 고양이가 돌아와 개들을 돌보고 있다. 시인이 다시 돌아온 것이다.

그러나 그것도 잠시뿐. 시인은 밤새도록 시를 물어 죽이고 있었다. 마침내 시에 대한 반응(第五報)이 도착했다. 그 소식을 가지러 온 사이에도 시인은 수백 편의 시를 죽이고 있었다. 시의 흔적을 없애려 했지만 시인의 몸에는 구멍마다 시가 남긴 방사선의 파장이 남아 있음을 느낀다. 어쩔 수 없이 타고난 시인이다.

제5보 역시 깊은 잠(毒睡)에 들어있어 반응이 없다. 지독한 잠에 취해 아무 반응이 없다. 이상의 표현대로 "에-코가 없는 무인지경"이다. 그만 시를 쓰자. 살리느냐 죽이느냐. 죽이는 것이 살리는 것이고 살리는 것이 죽이는 것이다. 그것은 양성자 방정식보다 쉬웠다.

양자 + 전자 = 중성자 + 에너지

양자는 플러스이고 전자는 마이너스이다. 이 둘이 합쳐지면 상쇄되어 중성이 된다. 양자는 에너지를 얻으면, 이상의 표현대로 "열을 가하면" 중성자로 전환될 수 있으며 역도 성립한다. 그러나 이 방정식의 중성자는 이상이 이 시를 발표하던 해에 발견된다. 그러나 그 존재는 그 이전부터 예상되었다. 이상이 중성자의 존재를 알았든 몰랐든 이상은 "열을 가해도" 중성자처럼 무반응이라는 점을 알고 있었다. 모두 지독한 잠에 취해 있기 때문이다. 깨워도 일어나지 않는 상태이다. 중성자를 알았든 몰랐든 전하가 없이 중성이 되는 것은 마찬가지이다. 당연한 것이 아니겠느냐. 쉬운 일이로다.

"생사를 초월했다는 것은 생일까 사일까." 무반응을 초월했다는 것은 반응일까 무반응일까. 플러스와 마이너스를 초월한 것은 플러스일까 마이너스일까. 아니다. 그 사이에 있는 0이다. 가열하여도 반응도 없고 무반응도 없다. 이상은 자신의 시를 알아주는 반응이 없으므로 그 후 천체에 관한 시에서 주로 상수방정식(수필)으로 돌아섰다. 다음은 시에 매진하였던 지난 1931년의 1년을 돌아본다.

12. KL61. 얼마안되는辨解 (或은 一年이라는 題目)
- 몇 舊友에게 보내는 -

출처 : 遺稿集   1931. 11. 6.

配線工事의 「一年」을 보고하고 눈물의 양초를 적으나마 장식하고 싶다.

曛日의 寒氣에 雲彩는 떨고 있다. 아니 그는 그의 문간 앞에서 外出을 떨고 있다. 여전히 그를 막고 있는 여러 겹의 水門을 앞에 두고 그에게 있어서 그만큼 無力한 그는 없었다.

皮膚에 닿을락 接近함을 느끼는, 그것은 二十三歲때에 죽어간, 지난 날의 여러 사람들의 일을 생각함에서였나.

그는 겨울과 더불어 運命을 回避하고 있다. 한 장의 조그마한 窓유리는 죽음의 發表이었다.

죽음은 그에게 있어서 群衆인양 싶으다. 그는 드디어 방안이 가득하도록 複數되었지만 어느 힘의 滲透를 허락하지 않았다.

그는 一年과 一年의 以前의 얼마 안되는 一年 사이에 퍽이나 稞卒한 詩를 쓰고 있었다.

無意味한 一年이 한심스럽게도 그에게서 詩까지도 追放하였다. 그는 죽어도 떨어지고 싶지 않은 그 무엇을 찾으려고 죽자하고 애를 썼다.

하지만 그에게 있어서의 그것은 詩以外의 무엇에서도 있을 수 없었다.

그의 에스프리는 落書할 수 있는 비좁은 壁面을 棺樋 속에 設計하는 것을 承認했다.

벗이어! 이것은 그라는 풋내기의 最後의 演技이다. 얼마간의 가소로운 小驛에 벗은 눈물지어 주기를!

羊처럼 유순한 惡魔의 假面의 拾得人인 그를 벗이어 記念해야 할 것이다.

그리고 그것은 한 순간 후에는 無理한 數學差押이 되어 벗의 速度를 방해하지는 않는다. 다시 말하자면 地上에는 일찍이 아무 일도 없었다고.

1년 그것은 벗에게는 너무나 속이 환히 들여다보이는 요술이기는 할테지. 허나 그의 無理한 要求가 있다. 들어 주어야 할 것이다.

리벳트와 같은 墓地를 보고 그것이 地球를 表彰하는 勳章이라고 생각하지 않는가. 혹은 같은 意味에서 地球의 시들어간 에로티시즘을 隱匿하는. 그것이 忠實한 단추라고 생각하지 않는가.

知識의 尖銳角度 O도를 나타내는. 그 커다란 建造物은 竣工되었다. 最下級技術者에 屬하는 그는 공손히 그 落成式場에 참석하였다. 그리고 神의 두 팔의 遺骨을 든 司祭한테 最敬禮하였다.

줄지어 늘어선 유니폼 속에서 그는 줄줄 눈물을 흘렸다. 悲哀와 孤獨으로 안절부절 못하면서 그는 그 建造物의 階段을 달음질쳐 내려 갔다. 거기는 훤하게 트인 황폐한 墓地였다. 한 개의 새로 판 구덩이 속에 자기의 軀殼을 드러눕힌 그는 山 하나의 墓를 일부러인 것처럼 만들어 놓았다.

棺樋의 壁面에 設置된 조금밖에 안되는 餘白을 利用해서 그는 屍體가 되어가지고 運命의 微分된 差를 運算하고 있었다.

解答은 어디까지나 그의 基督敎的 殉死의 功勞를 主張하였다. 그는 비로소 墓地의 地位를 定義하였다.

그때에 時間과 空間과는 그에게 何等의 座標를 주지 않고 그냥 지나쳐가는 그 機會를 놓치지 않고 그는 現存과 現在뿐만으로 된 或種의 生活을 製作하였다. 새로운 感情標準에 따라서 그는 新鮮한 요술을 시작하기까지 −

그는 뼈와 살과 가죽으로써 그를 감싸주는 어느 그의 骨格으로 되어 있었다. 그의 賦役을 감하기 위해서 어떤 그는 추위에 떨면서 초겨울의 비 속을 걷고 있었다. 추위와 슬픔이 어떤 그의 뼈 속으로 스며들었다.

비는 地球上의 양철지붕만을 적시고 있었다. 젖은 양철지붕은 하늘보다도 번쩍거리고 있다. 그 밑을 구질구질한 개울이 흐르고 있었다. 그리고 鐵道線路의 堤防이 있고 堤防 저편에 말라빠진 포플라가 地球의 年齡처럼 쓸쓸하게 늘어서 있었다.

어떤 그한테 끌리어서 그라는 骨片의 方向을 거꾸로 걸었다. 그는 一刻을 거두르면서 편안히 쉴 수 있는 宿所를 찾고 있었지만 道路는 삘딩에로 이어지고 삘딩은 또한 가랑비 속으로 이어져 있다.

발가락은 욱신욱신 쑤시기 시작하였다. 이미 그는 한 발자국의 반조차도 前進할 수 없는 가련한 患者로 되어 있었다.

汽笛一聲 北極을 향해서 南極으로 달리는 한 대의 機關車가 堤防 위를 疾驅해 온다.

그는 最後의 몇 방울 피에 젖은 손바닥을 흔들어 올리며 살려 달라고 소리를 질렀다. 다행히 機關車는 정거하고 石炭 같은 機關車는 그의 便乘을 허락해 주었다.

機關車로 생각하고 있었던 그 內部는 素朴하게 設備되어 있는 客車였다.

그는 어디로 가는 것인가. 이 線路는 驛은 고사하고 待避線조차도 안 가지고 있다고 한다.

窄衣를 벗고 위선 따뜻한 火爐에 몸을 쬐었다. 따끈 따끈하게 녹아 오는 氷點의 血球는 비로소 그에게 空氣層에 대한 免疫性을 賦與하였다.

乘客이 한 사람도 없는 車室內에서 그는 自由로운 에스프리의 蘇生을 祝賀하였다. 창밖은 아직까지도 비가 오고 있다. 비는 소박비가 되어 山川草木을 그야말로 적시고 있다. 그는 방긋이 웃었다. 그러자 두 사람의 나 어린 娼妓가 한 대의 엷은 비단 파라솔을 받고 나란히 나란히 비를 피해 가면서 鐵道線路를 건느고 있다. 그 모양은 그에게 어느 彈道를 思想하게 하여 人生을 橫斷하는 壯烈한 方向을 그는 確認하였다. 그와 同時에 소리 없는 放電이 그 파라솔의 尖端에서 번쩍하고 일어났다. 그와 同視에 車室은 삽시간에 棺樋의 內部로 化하고 거기에 있는 조그마한 壁面의 餘白에 古代未開人의 落書의 痕迹이 남아 있다. 日「비의 電線에서 지는 불꽃만은 죽어도 역시 놓쳐 버리고 싶지 않아」「놓치고 싶지 않아」云云.

한 개의 林檎의 껍질을 벗기자 한 개의 배로 되었기 때문에 그 배의 껍질을 벗기자 한 개의 石榴로 되었기 때문에 그 石榴의 껍질을 벗기자 한 개의 네이블로 되었기 때문에 그 네이블의 껍질을 벗기자 이번에는 한 개의 無花果로 되었기 때문에 ……

걷잡을 수 없는 暴虐한 秩序가 그로 하여금 그의 손에 있던 나이프를 내동당이쳐 버리게 하였다.

내동당이쳐진 小刀는 다시 小刀를 낳고 그 小刀가 또 小刀를 낳고 그 小刀가 또 小刀를 낳고 그 小刀가 또 小刀를 낳고 그 小刀가 또 小刀를 분만하고 그 小刀가 또 ……

그는 눈을 크게 떴다. 그 暗黑 속에서 그는 역시 눈을 뜨고 있었다. 그 暗黑 속에서 그는 다시 暝目하였다. 그리고 그 暗黑 속에서 그는 여전히 눈을 뜨고 있었다. 그는 또 눈을 크게 떴지만 역시 그는 그 暗黑 속에서 노상 눈을 뜨고 있거나 한 것처럼 그는 또 눈을…

그는 生物的 二等差級數를 運命당하고 있었다. 腦髓에 피는 꽃 그것은 가령 아름답지는 않을 것이라고 하더라도 그에게 있어서 太陽의 模型처럼 그는 사랑하기 위해서 그는 가지고 있는 것이었다.

어느날 太陽이 七原色을 閉鎖하여 乾燥해진 空氣의 한낮에 그는 한 그루의 樹木을 껴안고 차디찬 呼吸을 그 樹皮에 내어 뿜는다. 그래서 그것이 무엇이란 말인가.

드디어 그는 決然히 그의 第몇번째인가의 肋骨을 더듬어 보았다. 흡사 이브를 創造하려고 하는 神이 아담의 그것을 그다지도 힘들여서 더듬어 보았을 때의 그대로의 모양으로.

그래가지고 그는 그것을 그 樹莖에 揷入하였다. 세상에 다시 없는 아름다운 接木을 實驗하기 위해서.

허나 骨片은 骨片대로 초라하게 매말라 버린 뒤 그 수목의 생리에 하등의 變化조차도 없이 하물며 그 꽃에 變色은 없었다.

子宮擴大模型의 正門에서 그는 父親을 扮裝하고 闖入하였다.

誕生日을 延期하는 目的을 가지고 -

그리하여 그 模型의 正門 뒤에 뒷문이 있었던 것을 누가 알았단 말인가.

그는 뒷문의 열쇠를 놓아 둔 채로 뒷문으로 나왔다. 거기는 渺茫한 最後의 終焉이었다.

그는 後悔하지 않으면 아니되었다. 그러나 여전히도 그 風景이 없는 世界의 風景을 要求하지 않는 不滅의 法律은 그에게 或種의 宗敎的 諦念을 가지고 왔다.

永遠히 連結된 全面의 方向을 그는 오히려 기뻐하였다.

하나의 數學, 퍽으나 짧은 數字가 그를 煩悶케 하는 일은 없을까?

그는 한 장의 거울을 設計하였다. 그리고 物理的 生理手術을 그는 無事히 畢了하였다.

記憶이 關係하지 않는 그리고 意志가 音響하지 않는 그 無限으로 通하는 方丈의 第三軸에 그는 그의 安住를 發見하였다.

「左」라는 公平이 이미 그로 하여금 「부처」와도 絕緣시켰다.

이 가장 文明된 軍備, 거울을 가지고 그는 과연 믿었던 安住를 다행히 享受할 수 있을 것인가?

이미 그것은 子宮擴大模型의 뒷문이 閉鎖된 후의 反響이 없는 問題에 불과한 것이다.

문제의 그 별은 鑛山이라고 한다.

採鑛學이 이미 그 별을 發見하였다.

야만스런 法律 밑에서 開山된 墜道는 細菌같이 빽빽한 人員數의 鑛夫에 의해서 侵蝕되기 시작하였다.

疲困해 빠진 鑛夫들은 採掘用 諸機械로써 逆說的으로 音樂의 系統을 傷하게 하였다.

音樂은 思想을 떨어 버리고 迂曲된 길 위를 秩序 없이 도망쳐 다니고 있었다.

그는 空腹과 疲勞와 함께 문제의 그 별을 쳐다보았다. 별은 그에게 免許狀까지도 拒絕하였던 것이다.

霍亂처럼 들끓는 音樂을 그는 기울어져가는 한 칸의 窓에서 전송하였다. 낡은 모습의 슬픔이 그를 엄습하였다.

樂譜化된 成績表가 그의 消化系를 亂麻와 같이 蹂躪하였다. 重量의 구두의 소리의 體積 –

野蠻스런 法律 밑에서 擧行되는 査閱, 거기에는 역시 한 사람의 落第者를 내놓는 일은 없었다.

그는 아득하였다.

그의 腦髓는 거의 生殖器처럼 興奮하였다. 당장이라도 爆裂할 것만 같은 疼痛이 그의 中軸을 엄습하였다.

이것은 무슨 前兆인가?

그는 조용히 四角진 달의 探鑛을 주워서, 그리고는 知識과 法律의 창문을 내렸다. 探鑛은 그를 싣고 빛나고 있었다.

그의 몇 億의 細胞의 間隙을 通過하는 光線은 그를 붕어와 같이 아름답게 하였다.

瞬間, 그는 제풀로 非常하게 잘 製鍊된 寶石을 교묘하게 分娩하였던 것이다.

그는 月光의 破片 위에 쓰러졌다. 蒸發한 意識이 차디차게 굳어가는 그 軀殼에 닿아도 다시 빗방울로는 되지 않았다.

[해독] 조선총독부에 취직한 지 1년. 배선공사의 1년을 보냈다.

1931년이다. 그런데 "눈물의 양초를 적으나마 장식하고 싶다"니. 전기배선에 양초가 웬 말인가. 모순이다. 양초처럼 꺼져가는 목숨. 폐결핵에 걸린 것이다. 그는 따스한 날임에도 한기로 몸을 떤다. 시인은 수문처럼 감당할 수 없는 절망의 압력에 휩싸인다. 당시 대형 수문으로 인천의 갑문식 도크가 있었고 이상은 인천 월미도에 자주 놀러 갔다.

그는 1년도 못 살 것으로 생각하여 23세가 되는 내년(1932년)이면 죽으리라. 그래서 23세에 죽어간 사람들을 생각하였다. 엑스레이 사진을 판독하는 유리판(view box)은 죽음의 발표였다. "한 장의 조그마한 窓유리는 죽음의 發表이었다." 그 주검을 예고하는 수많은 사진이 방안 가득하다. 그것을 소생시킬 어떠한 힘도 없다. 그것은 흡사 군중에게 버림받은 형국이다.

그는 1년 동안 치졸한 시들을 썼다. "굉장한 창작"이라고 믿었고 "근본적인 문제"를 다루었다고 자부했으나 알고 보니 아니었다. 그럼에도 뒤떨어지고 싶지 않아서 썼다. 자신에게 그렇게 할 수 있는 수단이 시 이외에 무엇이 있겠는가. 그의 주변은 그의 정신이 낙서밖에 할 수 없는 좁은 공간만 허락하였다. 친구여! 이따위 변명은 풋내기 시인의 마지막 몸부림이다. 나는 기차도 멈추지 않는 작은 역에 불과하였다. 아무도 관심을 갖지 않는다. 내가 수학을 시로 변용하였다 하여 세상은 아무 일도 일어나지 않았다. 벗이여! 그것을 속이 보이는 요술이라고 비하할 테지. 그러나 내게도 변명은 있다.

리베트rivet 같은 묘지를 본 적이 있나. 혹시 그것을 지구의 표창이라고 생각지 않나? 혹은 지구의 시들은 젖꼭지라고 생각할지. 아

니면 단추라면 어떨까. 표지도안 1등 당선작이 바로 그렇다.전편의〈그림 2-1〉 참조 아무튼 나는 그것을 설계하였고『朝鮮と建築』잡지 표지 도안에 1등으로 당선되었다. 도안을 단추, 묘지, 젖꼭지라고 불러도 좋다. 그것은 첨단각도 0도의 지식의 결과였다. 그 0도의 수직선이 보이나? 그 커다란 구조물이 낙성되었다(표지가 되었다). 그는 낙성식장에서 1등 표창을 받았다. 그는 눈물을 흘렸다. 비애와 고독의 눈물이다. 왜 하필이면 죽음의 사제로부터 상을 받아야 하나.

나는 식민지의 이등 시민에서 벗어날 수 없는 과거분사 시제이다. 인정받지 못한다는 것은 시체이다. 그로 인해 나는 죽음과 함께 묘지를 늘 생각하였다. 당시 시간과 공간은 그를 외면했지만 그는 그 기회를 놓치지 않고 현존과 현재를 위해 무언가 하기로 마음을 정했다. 그의 뇌수에서 피는 꽃이 아깝기 때문이다. 그래서 시작한 것이 수학을 이용한 요술이다. "외로된 사업"이다.

그 작은 공간에서 시체가 된 그가 할 수 있는 것이라고는 자신과 다른 사람의 운명의 차이를 계산하는 일뿐이다. 자신과 파슨스. 자신과 슬립퍼. 그 차이를 극복하는 해답은 선구적 업적을 남기고 죽는 것이다(기독교적 순사). 그럼으로써 그는 자신의 지위를 정의할 수 있었다. 그래서 그는 시간과 공간이 반응하지 않는 기회를 이용하여 새로운 요술을 시작하였다.

그럼에도 그는 고독을 피할 수 없었다. 아무도 알아주지 않는 사막. 그는 철도를 따라 제방을 걸었다. 이것은 인천 월미도 다리를 연상한다. 그는 다른 사람과 반대방향으로 걸었다. 비가 내리고 다리가 아프다. 마침 기차가 오고 있었다. 그 기차는 북극을 향해 남극으로 가는 기차다. 남극으로 계속 가도 북극에 도달한다. 그러나 시간은 멈춘다. 나는 이렇게 함으로써 세상의 시간과 역행하고 있었다. 그는 각혈의 피로 물든 손을 흔들었다. 기차가 다행히 승차를 허락하여 탈 수 있었다. 마침 동서로 걷는 창기가 철도를 가로지르고 있었다. 그들은 시간을 따라가는 사람들이다. 그들은 인생을 횡단하는 장렬한 사람들이다. 세상에는 일어나는 일도 많다. 그들은 세상과 관계하는 사람들이다. 나는 세상과 관계없는 일을 한다.

번개가 떨어져 시간을 따라가던 "세상과 관계있는" 사람들이 고생한다. "세상과 관계없는" 국외자인 그에게는 관 속 같은 고독뿐이다. 그 관 속에는 자신과 같이 고독했던 불우의 천재들이 남긴 요술 낙서가 있었다. 「비의 電線에서 지는 불꽃만은 죽어도 역시 놓쳐버리고 싶지 않아」「놓치고 싶지 않아」云云. 이 낙서는 지금 "죽어도 떨어지고 싶지 않은 그 무엇을 찾으려고 죽자하고 애를 썼다."는 자신의 심정과 다를 바 없다. 동일한 일이 무한대로 반복되고 있다.

과연 남북으로 달리어 시간이 멈추어 단절된 곳에는 무한대의 모순만 있다. "한 개의 林檎의 껍질을 벗기자 한 개의 배로 되었기 때문에 그 배의 껍질을 벗기자 한 개의 石榴로 되었기 때문에 그 石榴의 껍질을 벗기자 한 개의 네이블로 되었기 때문에 그 네이블의 껍질을 벗기자 이번에는 한 개의 無花果로 되었기 때문에 ……""小刀는 다시 小刀를 낳고 그 小刀가 또 小刀를 낳고 그 小刀가 또 小刀를 낳고 그 小刀가 또 小刀를 낳고 그 小刀가 또 小刀를 분만하고 그 小刀가 또 ……" 그 보순의 무한데 속에 그는 눈을 크게 떴다. 그 속도 무한대였다. "그 暗黑 속에서 그는 역시 눈을 뜨고 있었다. 그

暗黑 속에서 그는 다시 暝目하였다. 그리고 그 暗黑 속에서 그는
여전히 눈을 뜨고 있었다. 그는 또 눈을 크게 떴지만 역시 그는 그
暗黑 속에서 노상 눈을 뜨고 있거나 한 것처럼 그는 또 눈을 ······"
암흑의 무한대. 그는 이등시민이었던 것이다. "生物的 二等差級數
를 運命이다." 그러나 그에게는 일등시민도 갖지 못한 시인의 재능
이 있었다. "腦髓에 피는 꽃 그것은 가령 아름답지는 않을 것이라고
하더라도 그에게 있어서 太陽의 模型처럼 그는 사랑하기 위해서 그
는 가지고 있는 것이었다."

"태양의 모형"은 가짜이다. 앞서 "자기 태양"과 같은 것이다. 가
짜는 역시 무한대의 모순을 일으킨다. 이 무한대를 단절해야만 하
였다. 진짜 "태양이 7원색을 폐쇄하여 건조해진 공기의 한낮에 그
는 한 그루의 수목을 껴안고 차디찬 호흡을 그 수피에 내어 뿜는다.
그래서 그것이 무엇이란 말인가." 그 무엇이란 무한대를 단절하려
는 몸부림이다. 벗이여! 그는 그 뇌수를 시로 표현하였다. 그 내용
을 감추기 위하여 그는 "양처럼 유순한 악마의 가면을 습득"하지 않
으면 아니 되었다.

그러나 태양을 노래한 시인에게 태양마저 문을 닫자 그는 군중
(수목)과 하나가 되려고 하였다. 그들에게 접목하려고 애썼다. 그러
나 골편(시)을 알아주지 않아서 골편은 골편대로 메말라 버리고 수
목에게 아무 영향도 주지 못했다. "終始 제 自身은 樹木의 다음 가
는 것이라고 생각하였다."[18] 이등 시민에게 아무 변화가 일어나지

---

18) 「隻脚」.

않았다.

그는 최후의 시도를 준비하였다. 다시 탄생하는 것이다. "자궁확대모형." 여기서 자궁은 이상의 머리를 말한다. 남자에게 자궁은 그의 작품brainchild을 잉태하는 머리를 가리킨다. "부친을 분장"이란 "나는 나의 아버지이다."[19] 그는 생년월일을 바꾸기로 하였다. 그가 좋아하는 1911년 4월에 탄생하였다. 탄생을 연기한 것이다. 이상은 시리우스이다. 시리우스는 4월에 나타난다. 그는 재탄생의 문에 들어섰다. 들어온 문으로는 다시 나가지 않을 것이다. 배수진이다.

그러나 그곳에 뒷문이 있을 줄이야. 뒷문 밖은 더 황폐하였다. 그곳도 풍경(시)을 요구하지 않는 세상이었다. 다시 앞문으로 나갈 수도 뒷문으로 다시 들어갈 수도 없는 진퇴양난이었다. 그는 종교적으로 체념하였다. 다시 말하면 선구자가 되기를 포기하였다. 끝없이 펼쳐진 세계. 모순의 무한대의 세계. 오히려 기뻐하였다. 무한대의 세계는 최소의 수학으로 표현할 수 있는 희망이 있기 때문이다. 그것은 괴델에 의해 증명된 것이다.

이상은 거울에 기대하였다. 최상의 무기. 자신을 지켜줄 수 있는 "가장 문명된 軍備." 그는 그곳에서 안식을 취하기를 바랐다. 그러나 그곳 역시 기억이 없고 소리도 들을 수 없어서 반향이 없는 폐쇄된 세계임은 마찬가지였다. 거울 속에서 재탄생은 불가능한 것이었다. 시간을 거스르는 좌행으로 종교적 체념(부처)과도 절연하였다. 그것은 영원윤회와 단절이었다. 이상은 거울에 그렇게 기대하였다.

---

19) 「烏瞰圖 詩第二號」.

그곳에서 안주를 희망하였다.

오목거울에 비친 별세계. 이상은 천체망원경으로 그곳을 탐색하였다. 그러나 이상이 찾고자 하는 그곳은 하늘의 별세계가 아니었다. 땅의 세계. 그 가운데에서도 땅속세계. 광산이었다. 조선. 폐쇄된 거울. 그곳은 야만의 법이 지배하는 곳이다. 광부들은 사람이 아니라 기계이다. 삐걱대는 기계음. 그 음이 온갖 생각과 사상을 죽이고 있었다. "여하한 정신도 발아하지 않는다."[20] 그곳은 그에게 시를 쓸 수 있는 면허장도 허락하지 않았다. 그 "곽란"의 음을 피해 기차에서 내렸다. 모든 문서(성적표)가 "소화계를 난마와 같이 유린하여" 그를 토사곽란하게 만들었다. "배가 鳴動하는 것이다. 消化成績은 극히 良好하다고 하던데 벌써 胃주머니 속엔 아무 것도 남았을 리 없는데, 전혀 原因을 알 수 없다. 必是 발, 발이 싸늘해진 때문일 것이다."[21] 그것은 "구두소리." "야만의 법률." "검열." 낙오를 허락하지 않는 사회.

그는 아득하여 뇌수는 터질 것 같았다. 이것은 무슨 전조인가. 그는 지식과 법률을 포기하였다. 조선에서 "태양이 7원색을 폐쇄하였다." 달빛은 있었다. 그러자 그 광선이 그를 아름답게 비추었다. 그는 살아있는 것이다. 그는 달빛에 몸을 던졌다. 그러나 그것은 햇빛만큼 강렬하지 못해 한번 증발한 그의 뇌수의 꽃을 피우지 못하였다. 증발한 빗방울은 무지개가 되지 못하였다. 토사곽란의 세상. 다음 시가 그렇다.

---

20) 「最後」.
21) 「어리석은 夕飯」.

13. KL62. 詩第九號 銃口

출처 : 鳥瞰圖   조선중앙일보 1934. 8.

毎日같이烈風이불더니드디어내허리에큼직한손이와닿는다. 恍惚한指紋골짜기로내땀내가스며드자마자쏘아라. 쏘으리라. 나는내消化器關에묵직한銃身을느끼고내다물은입에매끈매끈한 銃口를느낀다. 그러더니나는銃쏘으드키는을감으며한방銃彈대신에나는참나의입으로무엇을내어배알었더냐.

[해독] 이상은 담배를 많이 피웠다.[22] "長指의 저 露西亞 빵의 등어리 같은 기름진 斑紋."[23] 손가락에 "아롱진 무늬(斑紋)."를 가리킨다. 이것이 "황홀한 지문"이다. 그 지문에 땀이 배도록 참으며 입으로 틀어막는 토사. 소화기관이 묵직하고 입을 열기 무섭게 쏟아내기 직전 상태를 표현한 것이다. 어째서? 매일 검열의 매운바람(烈風)이 매섭게 불더니 큼지막한 검열의 손이 염장을 지르기 때문이다. 그것은 총구를 입에 문 시인의 심경과 다를 바 없다.

---

22) 김유중·김주현 엮음, 『그리운 그 이름, 이상』, 서울: 지식산업사, 2004.
23) 「어리석은 夕飯」.

14. KL63. 詩第十五號

출처 : 烏瞰圖　　　　　　　　　　　　　　　조선중앙일보 1934. 8.

1

나는거울없는室內에있다. 거울속의나는역시外出中이다. 나는只
今거울속의나를무서워하고있다. 거울속의나는어디가서나를어떻게하
려는陰謀를하는중일까.

2

罪를품고식은沈床에서잤다. 確實한내꿈나는缺席하였고義足을담
은軍用長靴가내꿈의白紙를더럽혀놓았다.

3

나는거울있는室內로몰래들어간다. 나를거울에서解放하려고. 그
러나거울속의나는沈鬱한얼굴로同時에꼭들어온다. 거울속의나는내
게 未安한뜻을傳한다. 내가그때문에囹圄되어있드키그도나때문에
囹圄되어떨고있다.

4

내가缺席한나의꿈. 내僞造가登場하지않은내거울. 無能이라도좋
은나의孤獨의渴望者다. 나는드디어거울속의나에게自殺을勸誘하기
로決心하였다. 나는그에게視野도없는들窓을가리키었다. 그들窓은
自殺만을爲한들窓이다. 그러나내가自殺하지아니하며그가自殺할수
없음을내게가르친다. 거울속의나는不死鳥에가깝다.

5

내왼편가슴心臟의位置를防彈金屬으로掩蔽하고나는거울속의내

왼편가슴을겨누어拳銃을發射하였다. 彈丸은그의왼편가슴을貫通
하였으나그의心臟은바른편에있다.

6

模型心臟에서붉은잉크가엎질러졌다. 내가遲刻한내꿈에서나는極
刑을받았다. 내꿈을支配하는자는내가아니다. 握手할수조차없는두
사람을封鎖한巨大한罪가있다.

[해독] 전편의 계속이다. 토사곽란의 세상에서 거울에 갇힌 자신
을 구하는 일이 남았다. 그는 죄를 졌다. 거울로 도망간 죄다. 자신
을 거울에서 구할 수 있는 사람은 자신 밖에 없다. 그는 거울 속에
있는 자신에게 죄를 져서 그가 무섭다. 나에게 어떤 형벌을 가할까.
어떤 음모를 꾸미는 걸까. 꿈속에도 죄가 나타난다. 그 꿈에도 나는
없었다. 갈 수 없었다. 당국의 검열. 꿈에서조차 나를 구할 수 없다.
의족의 군용장화. 가짜 족보에 목록이 또 하나 늘었다. 목각 양, 풍
향계 닭, 목조 뻐꾸기, 잡지 망원경, 잡지 프리즘, 지구의, 간호부
인형, 모조맹장, 압정태양, 자기태양에 이어 의족군용장화. 거울
속 자체가 죄다 가짜. 그러나 이 가짜들이 백지 같이 "순백한" 내
꿈을 더럽힌 건 사실이다. 진짜를 갖지 못하게 하는 세상을 책임질
사람은 나와라.

결국 몰래 거울이 있는 방에 들어간다. 거울이 군용장화를 이길
수 있는 "가장 문명된 軍備"임을 믿고. 그러자 거울 속에 갇힌 내가
다시 나타난다. 영어의 몸을 구할 길 없는 나 역시 영어의 몸이다.

"내가 결석한 꿈." 조이스는 『율리시즈』에서 유명한 글을 남겼다. "역사는 악몽이다. 나는 깨어나려 애쓴다." 아일랜드는 700년 동안 영국의 식민지였다. 이상 역시 악몽 같은 일제 치하 역사의 꿈에서 깨길 바란다. "내 위조가 등장하지 않는 거울." 거울 속의 위조. 또 하나의 가짜다. 나의 시에 대해 반응이 없다. 고독하다. 내 시를 자살시키는 수밖에 없다. 그러나 나의 시만 자살시킬 방법이 없다. 내가 자살하지 않으면 내 시도 자살할 수 없기 때문이다. 내가 죽지 않는 한 거울 속의 나는 불사조다.

결국 내가 내 시를 죽이기로 하였다. 심장을 겨누어 권총을 발사했으나 거울 속의 나는 오른쪽만 부상을 입었다. 거울 속 심장. 모형심장. 가짜심장이다. 또 하나의 가짜다. 붉은 잉크가 엎질러졌다. 가짜 피다. 잉크를 엎어버렸으니 이제 시를 쓰지 않으리. 이것이 나에게 떨어진 극형이다. 그 책임은 나에게 있지 않는다. 내 꿈을 지배하는 자가 내가 아니기 때문이다. 마음대로 시를 쓸 수 없는 조선. 나의 시와 내가 악수할 수 없는 거대한 죄. 그건 나의 죄가 아니다. 다음의 시도 마찬가지다. 마음대로 시를 쓸 수 없는 조선의 현실을 읊고 있다.

15. KL64. 遺稿 1

출처 : 遺稿集 　　　　　　　　　　　　　　　　현대문학 1960. 11.

손가락 같은 女人이 입술로 指紋을 찍으며 간다. 불쌍한 囚人은

永遠의 烙印을 받고 健康을 해쳐 간다.

※

같은 사람이 같은 문으로 속속 들어간다. 이 집에는 뒷문이 있기 때문이다.

※

大理石의 女人이 포오즈를 바꾸기 위해서는 적어도 살을 깎아 내지 않으면 아니된다.

※

한 마리의 뱀은 한 마리의 뱀의 꼬리와 같다. 또는 한 사람의 나는 한 사람의 나의 父親과 같다.

※

피는 뼈에는 스며들지 않으니까 뼈는 언제까지나 희고 體溫이 없다.

※

眼球에 아무리 해도 보이지 않는 것은 眼球뿐이다.

※

故鄕의 山은 털과 같다. 문지르면 언제나 빨갛게 된다.

[해독] 전편에서 소개한 대로 부호※가 가리키는 대로 각 문장이 귀무가설이다. 생략된 반대문장이 대립가설이다. 아래부터 해독한다. 일제 당시 한국의 산은 빨간 민둥산이었다. 전편에서 빨강은 네온과 같은 것으로 그의 방출선은 수염처럼 생겼다. 그래서 고향

의 산은 수염처럼 털과 같다. 산을 문지르면 문지를수록, 다시 말하면 나무를 베면 벨수록, 착취하면 할수록 빨개진다.

이러한 압제의 현장이 다 보여도 정작 봐야 할 것은 보지 못한다. 그것을 쓰는 사람이 시인이다. 보이지 않는 것을 쓰는 시인이다. 골편이 시다. 피에 물들지 않는 뼈처럼 시 또한 시속에 물들지 않으리.

아무리 일제 탄압이 심해도 이상의 시는 물들지 않는다. 일제의 검열 아래 시의 의도를 숨기고 대리석 같은 시를 쓰려면 고도의 기교로 깎아내지 않으면 안 된다. 그 형상은 아무도 모른다.

탄압을 피해 앞문으로 들어가 뒷문으로 나가보니 그곳은 더 삭막한 세상이다. 일제 통치는 앞과 뒤가 맞물린 오로보로스처럼 무한대의 모순과 같다. 조선은 끝을 모르는 땅속 탄광이었다.

나는 조선에 갇힌 수인이 되어 손가락 같은 담배만 피워대며 건강을 해쳐간다. 모든 귀무가설은 기각되지 못한다. 사실이기 때문이다. 그러나 이상은 이런 식으로 더 이상 자신의 시를 지킬 수 없음을 깨닫게 된다.

16. KL65. 絕壁

출처 : 危篤   조선일보 1936. 10. 6.

꼿이보이지않는다. 꼿이香氣롭다. 香氣가滿開한다. 나는거기墓穴을판다. 墓穴도보이지않는다. 보이지않는墓穴속에나는들어앉는

다. 나는눕는다. 또꼿이香氣롭다. 꼿은보이지않는다. 香氣가滿開한
다. 나는잊어버리고再처거기墓穴을판다. 墓穴은보이지않는다. 보
이지않는墓穴로나는꼿을깜빡이저버리고들어간다. 나는정말눕는다.
아아, 꼿이또香氣롭다. 보이지도않는꼿이 - 보이지도않는꼿이.

[해독] 이 시는 「얼마안되는辯解」의 또 다른 표현이다. 그는 낙성
식장에서 1등 표창을 받았다. 그는 눈물을 흘렸다. 비애와 고독의
눈물이다. 왜 하필이면 죽음의 사제로부터 상을 받아야 하나. 줄지
어 늘어선 유니폼 속에서 그는 줄줄 눈물을 흘렸다. 悲哀와 孤獨으
로 안절부절 못하면서 그는 그 建造物의 階段을 달음질쳐 내려갔
다. 거기는 훤하게 트인 황폐한 墓地였다. 한 개의 새로 판 구덩이
속에 자기의 軀殼을 드러눕힌 그는 山 하나의 墓를 일부러인 것처
럼 만들어 놓았다.

그는 식민지 이등 시민에서 벗어날 수 없는 과거분사 시제이다.
그로 인해 그는 죽음을 늘 생각했다. 보이지 않는 묘혈을 판다. 당
시의 시간과 공간은 그를 외면했지만 그는 그 기회를 놓치지 않고
현존과 현재를 위해 무언가 하기로 마음을 정했다. 그의 뇌수에서
피는 꽃이 아깝기 때문이다. 그러나 잠시 시를 깜빡 잊고 보이지
않는 묘혈을 파고 드러눕는다. 그 꽃이 보이지 않기 때문이다. 그러
나 향기가 그를 다시 일깨웠다. 보이지도 않는 꽃이 다시 활기를
가져다준다. 보이지 않는 꽃은 언제 보이게 되는 날은 언제 올까.
그는 절벽에 서서 위독함을 느낀다.

17. KL66. 紙碑

출처 : 無題   조선중앙일보 1935. 9. 15.

내키는커서다리는길고왼다리아프고안해의키는작아서다리는짧
고바른다리가아프니내바른다리와안해왼다리와성한다리끼리한사
람처럼걸어가면아아이夫婦는부축할수없는절름발이가되어버린다
無事한世上이病院이고꼭治療를기다리는無病이끝끝내있다

___

[해독] 돌에 새긴 글이 석비이다. 종이에 남기는 글은 紙碑이다.
곧 일기이다. 동일한 제목의 다른 시에서 일기임을 확인할 수 있다.
"나는 안해의 일기에 만일 안해가 나를 소기려 들었을 때 함즉한
속기를 남편된 자격밖에서 민첩하게 대서한다."[24]

전편에서 이상은 □이고 안해는 △이라고 하였다. 프리즘은 절름
발이다. "무사한" 일제 통치 아래 부부가 절름발이다. "무병"한 일
제 통치 아래 부부만이 치료받아야 한다. 아무리 무사한 세상이라
고 우겨도 병명이 무병인 환자는 꼭 치료를 기다리고 있다. 이건
紙碑에서만 일어날 수 있는 역설이다. "인천 가있다가 어제 왔오.
해변에도 우울밖에는 없오. 어디를 가나 이 영혼은 즐거워 할줄을
모르니 딱하구려. 전원도 병원이 아니라고 형은 그랬지만 바다가
또한 우리들의 약국이 아닙디다."[25] 전원이라는 병원과 바다라는

___

24) 「紙碑 −어디갓는지모르는안해−」.
25) 「私信(四)」.

약국. 여기서도 우울이라는 무병은 고쳐지지 않는다.

18. KL67. 隻脚

출처 : 遺稿集　　　　　　　　　　　　　　　　　이상전집 1956.

목발의길이도歲月과더불어점점길어져갔다.

신어보지못한채山積해가는외짝구두의數爻를보면슬프게걸어온거리가斟酌되었다.

終始제自身은地上의樹木의다음가는것이라고생각하였다.

[해독] 종이에 쓴 역설의 시만 쌓여간다. 紙碑의 세계에서 무병인 절름발이 이상의 외짝구두만 쌓여간다. 무병한 일제 통치이므로 아무도 인정하지 않는다. 발표하지 못한 시를 보니 슬프게 지낸 세월이 묻어있다. 나는 처음부터 끝까지 수목만도 못한 이등시민이라오.

19. KL68. 正式

출처 : 無題

I

海底에가라앉는한개닷처럼小刀가그軀幹속에滅形하여버리더라

完全히닳아없어졌을때完全히死亡한한개小刀가位置에遺棄되어있

더라

II

　나와그알지못할險상궂은사람과나란히안아뒤를보고있으면氣象은다沒收되어없고先祖가늣기든時事의證據가最後의鐵의性質로두사람의交際를禁하고있고가졌던弄談의마지막順序를내어버리는이停頓한暗黑가운데의奮發은참秘密이다그러나오직그알지못할險상궂은사람은나의이런努力의氣色을어떻게살펴알았는지그때문에그사람이아무것도모른다하여도나는또그때문에억지로근심하여야하고地上맨끝整理인데도깨끗이마음놓기참어렵다.

III

　웃을수있는時間가진標本頭蓋骨에筋肉이없다

IV

　너는누구냐그러나門밖에와서門을뚜드리며문을열라고외치니나를찾는一心이아니고또내가너를도무지모른다고한들나는차마그대로내어버려둘수는없어서門을열어주려하나門은안으로만고리가걸린것이아니라밖으로도너는모르게잠겨있으니안에서만열어주면무엇을하느냐너는누구기에구태여닫힌門앞에誕生하였느냐

V

　키가크고愉快한樹木이키작은子息을낳았다軌條가平偏한곳에風媒植物의種子가떨어지지만 冷膽한排斥이한결같아灌木은草葉으로衰弱하고草葉은下向하고그밑에서毒蛇는漸漸瘦瘠하여가고땀이흐르고머지않은곳에서水銀이흔들리고숨어흐르는水脈에말뚝박는소리가들녔다

VI

時計가뻐꾹이처럼뻐꾹거리길래처다보니木造뻐꾹이하나가와서
모으로앉는다그럼저게울었을理도없고제법울까싶지도못하고그럼
아까운뻐꾹이는날아갔나

[해독] 폭풍으로 해저에 가라앉은 배를 본 적이 있는가? 조선은
해저에 가라앉은 소도다. 완전히 닳아 없어질 때까지 그곳에 가라
앉아 있다. 나는 그 알지 못할 험상궂은 일본사람의 감시를 받는
다. 나의 기상은 그 감시 아래 몰수되어 없고 선조가 느끼던 시사
의 증거도 일본의 마지막 무력행사로 두 사람 사이의 교제를 금하
고 있고 가졌던 농담의 마지막 순서를 내어버리는 이 엄연한 암흑
가운데 나의 시의 저항은 참 비밀이다. 그러나 오직 그 알지 못할
험상궂은 사람은 나의 이런 노력의 기색을 어떻게 살펴 알았는지
그 때문에 그 사람이 아무것도 모른다 하여도 나는 또 그 때문에
억지로 근심하여야 하고 지상 맨 끝 정리인데도 깨끗이 마음 놓기
참 어렵다.

　웃을 수 있는 시간에도 두개골에 근육이 없어 웃어도 웃음의 근
육이 움직이지 않는다. 조선은 외부와 단절된 거대한 감옥이다. 조
선총독부의 키메라가 지키는 지옥이다. 그런데 너는 누구냐. 문밖
에 와서 문을 두드리며 문을 열라고 외치니 나를 찾는 일심이 아니
고 또 내가 너를 도무지 모른다고 한들 나는 차마 그대로 내어버려
둘 수는 없어서 문을 열어 주려 하나 문은 안으로만 고리가 걸린

것이 아니라 밖으로도 네가 모르게 잠겨 있으니 안에서만 열어주면 무엇을 하느냐 너는 누구이기에 구태여 닫힌 문 앞에 탄생하였느냐. 저항의 시가 자꾸 문밖에서 탄생하여 내 속으로 들어오려 하는데 문 안의 사정이 심상치 않으니 열어만 주면 무엇 하느냐.

어쨌든 키가 커서 눈에 띄는 나는 남이 알 수 없도록 하기 위하여 어려운 시를 썼다. 탄압의 바람 맞지 않으려고 일부러 키를 작게 만들었다. 그 시는 軌條가 평편한 곳에 풍매 식물의 종자처럼 떨어졌지만 주위의 무관심과 냉담한 배척이 한결같아 그나마 키 작은 자식 관목은 초엽으로 쇠약하고 초엽은 하향하고 그 밑에서 靑蛇는 점점 수척하여가고 땀이 흐르고 멀지 않은 곳에서 水銀이 흔들리고 숨어 흐르는 수맥에 말뚝 박는 소리가 들렸다.

시계가 뻐꾸기처럼 뻐꾹거리기에 쳐다보니 목조뻐꾸기 하나가 와서 모로 앉는다. 그럼 저게 울었을 리도 없고 제법 울까 싶지도 않고 그럼 아까운 뻐꾸기는 날아갔나. 주변은 모두 가짜인데 모처럼 정식으로 진짜를 썼지만 그만 사라지고 말았다. 정식이 통하지 않는 조선. 가짜만이 살 수 있는 조선. 다음 시가 처절하다.

20. KL69. 內部

출처 : 危篤   조선일보 1936. 10.

입안에짠맛이돈다. 血管으로淋漓한墨痕이몰려들어왔나보다. 懺悔로벗어놓은내구긴皮膚는 白紙로도로오고붓지나간자리에피가아롱져맺혔다. 厖大한墨痕의 奔流는온갖合音이리니分揀할길이없고 다물은입안에그득찬序言이캄캄하다. 생각하는無力이이윽고입을 뻐겨젖히지못하니審判받으려야陳述할길이없고溺愛에잠기면버언 져滅形하여버린典故만이罪業이되어이生理속에永遠히氣絕하려나 보다.

　[해독] 김기림이 "이상의 시에는 피가 임리한다"고 썼다. 김기림 이 이 시를 보았나 보다. 이상의 혈관에는 묵흔이 넘쳐난다. 정식으 로 시를 써도 발표할 수 없어 일실하는 죄업을 참회하려고 쓰고 싶 은 욕망을 벗어버려도 소용없다. 이상은 어느덧 다시 백지 앞으로 돌아오고 붓 지나간 자리에 피가 맺혔다. 방대한 시는 2천 편을 넘 는데도 입 안에는 다시 시로 가득 찬다. 입이 시상을 이기지 못해 쏟아내려 하여도 이제는 진술할 곳도 없고 참으면 시상에 익사하여 멸형滅形된 지난날처럼 죄업만 쌓이게 되어 나는 영원히 기절할 수 밖에 없으려나 보다.

소망

1. KL70. 遺稿 4

출처 : 遺稿集   현대문학 1960. 11.

1

故王의 땀…

베수건에 씻기인…

술잔에 넘치는 물이, 콘크리트 下水道를 흐르고 있는 것이 말할
수 없이 그리워, 나는 매일 아침 그 鐵條網 밖을 서성거렸다.

奇怪한 휘파람소리가 아침 이슬을 궁글렸다.

그리고 純白의 유니폼. 그 소프라노의.

나의 散策은 자꾸만 끊이기 쉬웠다.

十步, 혹은 四步, 마지막엔 一步의 半步…

눈을 떴을 때는, 전등불이 마지막 걸치고 있는 옷을 벗어던지고
있는 참이었다.

땀이 꽃속에서 꽃을 피우고 있었다.

문밖을 나섰을 때 烈風이 나의 살갗을 빼앗았다.

기러기의 分列과 나란히 떠나는 落葉의 歸鄕, 散兵들…

夢想하는 일은 유쾌한 일이다.…

祭天의 발자욱 소리를 作曲하며, 혼자 신이 나서 기뻐했다. 차디찬 것이 나의 뺨에…

奇怪한 휘파람소리는 또다시 아궁이에 생나무를 지피고 있다.

눈과 귀가 토끼와 거북이처럼 그 鐵條網을 넘어 수풀을 헤치며 갔다.

第一의 玄塀·녹이 슨 金環·가을을 잊어버린 羊齒類의 눈물·薰蕕來往

아침해는 어스름에 橙汁을 띄운다.

나는 第二의 玄塀에다 차디찬 발바당을 문질렀다.

金環은 千秋의 恨을 돌길에다 물들였다. 돌층계의 刻字는 眼疾을 앓고 있다……白髮老人과 같이……나란히 앉아 있다.

奇怪한 휘파람소리는 눈앞에 있다. 과연 奇怪한 휘파람소리는 눈앞에 있었다.

한 마리의 개가 쇠창살 안에 갇혀 있다.

羊齒類는 先史時代의 萬國旗처럼 쇠창살을 부채질하고 있다. 한가로운 阿房宮의 뒤뜰이다.

문패 – 나는 이 문패를 간신히 발견해 냈다고 하자 – 에 年號

같은 것이 씌어져 있다.

새한테 쪼인 글씨 이외에도 나는 얼마간의 아라비아 數字를 읽을
수 있었다.

[해독] 이 시는 폐허가 된 〈파슨스타운 괴물〉의 천체망원경을 그
린 것이다. 이 천체망원경이 완공되었을 때 아일랜드 대기근이 시
작되었다. 그곳 영주였던 파슨스는 지역주민들을 구휼하느라고 천
체관측을 일단 중지하였다. 그 후 전편에서 소개한 대로 M51 와권
성운 관찰기록을 남기고 죽었다.전편의 〈그림 2-30〉 참조 그 후손 대에 가
서 잠깐 천체관측을 하였으나 방치되었다. 망원경은 남쪽 하늘을
관측할 수 있도록 놓여 있는데 비바람을 막아줄 지붕이 없었다. 그
곳은 지리적으로 호수와 늪지에 가까웠고 바람이 거셌으며 안개와
구름이 많았다. 한마디로 천문대로 좋은 입지가 아니었다. 이것이
교훈이 되어 후일 다른 천문대 건설 선정에 반면교사가 되었다.

본문에서 "고왕의 꿈"은 로시 3세 공작 파슨스의 꿈을 말한다. 그
는 그 전의 천문학자들이 이루지 못한 천체관측의 야심이 있었다.
그러나 M51을 기록하고 그 꿈을 이루지 못했다. "베수건." 반사거
울의 재료는 금속이었다. 쉽게 표면이 광택을 잃는다. 파슨스는 여
러 개의 반사거울을 준비하였다. 하나를 닦을 때 다른 하나가 교체
되었다. 이상은 광택을 내는 것을 베수건이라고 표현하였다. "술잔
에 넘치는 물." 술잔에는 술이 넘쳐야지 물이 넘치다니. 반사경은
표면이 오목하다. 술잔이다. 방치된 거울에 빗물이 고였다. 습도가

높은 지역이라서 반사경이 쉽게 "땀에 젖었다." 게다가 이곳은 늪지
와 호수가 크게 자리 잡고 있다. 그래서 "콘크리트 하수도로 흐른
다."라고 표현하였다. 실제로 망원경 앞에 콘크리트 배수로로 보이
는 구조물이 있었다.〈그림 7-9〉참조 이상이 사진으로 본 이 구조물은
실상 관측받침대의 저장소이다.

"기괴한 휘파람소리." 앞서 말한 대로 이곳은 바람이 세다. 게다
가 오랫동안 방치하여서 그 소리를 마치 듣기나 한 것처럼 기괴하
다고 표현하였다. "백색의 유니폼." 방치된 망원경의 광선 입구를

〈그림 7-9〉 파슨스타운 괴물

출처: ⓒBirr Scientific and Heritage Foundation

〈그림 7-10〉 파슨스타운 괴물의 유니폼

출처: ⓒBirr Scientific and Heritage Foundation

백색의 뚜껑으로 덮었다. 예비망원경까지 합치면 두 대의 망원경에
모두 백색의 옷을 입혔으니 "유니폼"이다.〈그림 7-10〉 참조 실제는 검은
색이다. 사진에는 흰색인 것으로 보아 이상은 사진을 본 것이다.
나의 산책은 자꾸만 끊인다. "10보, 혹은 4보, 마지막엔 1보의 반
보…"거북이와 아킬레스 경주에 관한 제논의 역설처럼 이상은 결코
망원경에 도달하지 못한다. 꿈이었기 때문이다.

가을이다. 기러기의 분열. 낙엽. 이상은 몽상을 한다. 그 몽상에서 파슨스가 하늘을 관측하는 것이 보인다. "제천의식"이다. 그 소리를 작곡하며 신이 났다. 바람은 차다. 철조망을 넘어 방치된 망원경에 드디어 도달하였다. 계단 위에 "제1의 발코니玄墀."〈그림 7-9〉와 〈그림 2-7〉참조 그곳은 망원경의 허리에 해당하며 눈구멍eyepiece이 있어서 반사거울에 1차로 반사된 광선을 사경(斜鏡)이 2차로 굴절한 내용을 들여다보는 구멍이다.〈그림 7-9〉와〈그림 2-7〉참조 "녹이 슨 금환." 방치되어 녹이 슨 반사거울이다. 돌보는 이 없어 계단과 지지대벽을 따라 올라가는 담쟁이와 "양치류." 그들은 가을도 잊었나. 파랗다. 〈그림 7-11〉참조

〈그림 7-11〉 파슨스타운 괴물의 폐허

등잔 같은 아침 해. 제2의 발코니玄墀 계단에 흙 묻은 발바닥을 문질렀다.〈그림 7-9〉와〈그림 2-7〉참조 방치된 반사거울은 천추의 한을 품었다. 그 한이 계단에 미쳤다. 오랜 세월이 지나면서 계단의 글자가 보이지 않게 된 것이다. 이것을 "안질을 앓는다."라고 표현하였다. 눈이 어두운 "백발노인처럼." 두 개의 계단 위에 두 개의 발코니가 나란히 앉아 있다. 그 사이를 기괴한 바람소리가 울며 지나간다. "한 마리에 개가 쇠창살 안에 갇혔다."오래전에 비쳤던 시리우스 별이다. 대리석 벽을 타고 올라가는 양치류는 만국기처럼 바람에 펄럭인다. "한가로운 아방궁"이다. 천문대는 로시 공작의 궁전 앞 뜰에 있다. 그 궁전이 아방궁이다. 천문대 초석(문패)에 설립연도가 보인다. 세월에 마손되고 새가 쪼고 숫자를 간신히 식별할 수 있을까. 다음으로 계속된다.

2. KL71. 猫

출처 : 遺稿集   현대문학 1960. 11.

시계를 보았다. 시계는 서 있다.

······먹이를 주자······나는 단장을 분질렀다 x 아문젠翁의 食事와 같이 말라 있어라 x 瞬間,

······당신은 MADEMOISELLE NASHI를 잘 아십니까, 저는 그녀에게 幽閉당하고 있답니다······나는 숨을 죽였다.

······아냐, 이젠 가망 없다고 생각하네······개는 舊式처럼 보이는

피스톨을 입에 물고 있다. 그것을 내게 내미는 것이다…제발 부탁
이네, 그녀를 죽여다오, 제발 하고 그만 울면서 쓰러진다.

어스름 속을 헤치고 空腹을 운반한다. 나의 안 자루(袋)는 무겁
다……나는 어떻게 하면 좋을까……내일과 다시 또 내일을 위해 나
는 깊은 잠 속에 빠져들었다.

發見의 기쁨은 어찌하여 이다지도 빨리 發見의 두려움으로 또 슬
픔으로 轉換한 것일까, 이에 대해 나는 熟考하기 위해서 나는 나의
꿈까지도 나의 감실(龕)로부터부터 追放했다

우울이 계속되었다. 겨울이 지나고 머지 않아 실(絲)과 같은 봄이
와서 나를 避해 갔다. 나는 피스톨처럼거무스레 수척해진 몸을 내
금침 속에서 일으키는 것은 不可能했다.

꿈은 공공연하게 나를 虐使하였다. 彈丸은 地獄의 乾草모양 시들
었다-健康體인 그대로-

2

나는 개 앞에서 팔뚝을 걷어붙여 보였다. 脈搏의 몬테·크리스트
처럼 뼈를 파헤치고 있었다……나의 墓掘

四月이 絶望에게 MICROBE와 같은 希望을 플러스한데 대해, 개
는 슬프게 이야기했다.

꽃이 賣春婦의 거리를 이루고 있다.

……안심을 하고……

나는 피스톨을 꺼내 보였다. 개는 白髮老人처럼 웃었다……수염
을 단 채 떨어져나간 턱.

개는 솜(綿)을 토했다.

벌의 忠實은 진달래를 흩뿌려 놓았다.

내 日課의 重複과 함께 개는 나에게 따랐다. 돌과 같은 비가 내려
도 나는 개와 만나고 싶었다. …개와 나는 어느새 아주 친한 친구가
되었다.

……죽음을 覺悟하느냐, 이 삶은 그대로 받아들이지 않을 수 없
느니라……이런 값떨어지는 말까지 하는 일이 있다, 그러나 개의
눈은 마르는 법이 없다, 턱은 나날이 길어져 가기만 했다.

3

가엾은 개는 저 미웁기 짝없는 문패 裏面밖에 보지 못한다. 개는
언제나 그 문패 裏面만을 바라보고는 憤懣과 厭世를 느끼는 모양
이다.

개는 내 눈앞에서 그것을 睥睨했다.

……나는 내가 싫다……나는 가슴 속이 막히는 것을 느끼지 않을
수 없었다. 그러나 그렇게 느끼는 그대로 내버려 둘 수도 없었다.

……어디?……

개는 故鄕 얘기를 하듯 말했다. 개의 얼굴은 憂鬱한 表情을 하고
있다.

……東洋사람도 왔었지. 나는 東洋사람을 좋아했다, 나는 東洋사
람을 硏究했다. 나는 東洋사람의 屍體로부터 마침내 東洋文字의 奧
義를 發掘한 것이다……

……자네가 나를 좋아하는 것도 말하자면 내가 東洋사람이라는
단순한 理由이지?… ……얘기는 좀 다르다. 자네, 그 문패에 씌어져

있는 글씨를 가르쳐 주지 않겠나?

······지워져서 잘 모르겠지만, 아마 자네의 生年月日이라도 씌어져 있었겠지.

······아니 그것뿐인가?······

······글세, 또 있는 것 같지만, 어쨌든 자네 故鄕 地名 같기도 하던데, 잘은 모르겠어········

내가 피우고 있는 담배 연기가, 바람과 羊歯類 때문에 樹木과 같이 사라지면서도 좀체로 사라지지 않는다.

······아아, 죽음의 숲이 그립다······개는 안팎을 번갈아가며 뒤채어 보이고 있다. 오렌지빛 구름에 노스탈지를 호소하고 있다.

[해독] 앞의 시의 계속이다. 누런 개. 시리우스는 예로부터 동서를 막론하고 붉은 별이라고 불렀다. 시계가 멈추었다. 개에게 먹이를 줄 시간이다. 아문센은 남극을 탐험할 때 개를 적극 활용하였다. 썰매를 끌 뿐만 아니라 비상식량으로도 적당하였다. 최초의 남극탐험에 대한 노르웨이의 아문센과 영국의 스코트 사이의 경쟁은 세계의 이목을 끌었다. 스코트는 당나귀를 사용했고 아문센은 개를 사용하였다. 스코트의 당나귀는 얼음에 속수무책이었고 식량으로도 적당하지 않았다. 마지막 순간에 식량 저장소를 찾지 못해 아사 동사하였다. 영국인들은 아문센이 개고기를 먹었다고 비난하였다. 당시 아일랜드는 영국 식민지였다. 이상이 파슨스 망원경에 유폐된

개라고 표현한 것은 대단히 복합적인 의미를 지니고 있다. 아문센은 채찍을 사용했지만 이상은 단장마저 분질렀다. 식민지 아일랜드를 편들고 있다. 그때.

개가 말했다. "당신은 MADEMOISELLE NASHI를 잘 아십니까," 전편에서 말했듯이 "로시공작이 소개한 梨孃"이다. 반사거울이다. "저는 그녀에게 幽閉당하고 있답니다." 시리우스가 반사거울에 걸린 것이다. 그리고 오랫동안 백색 유니폼으로 입구를 가려놓았으니 빠져 나갈 수 없었다. 나는 숨을 죽였다. 아냐, 이젠 가망 없다고 생각하네. "개는 舊式처럼 보이는 피스톨을 입에 물고 있다." 시리우스의 이웃에 고물자리(Puppis)는 활을 갖고 있는데 그 화살이 시리우스를 겨냥하고 있다. 이것을 "구식처럼 보이는 피스톨"이라고 표현하였다. "제발 부탁이네, 그녀를 죽여다오, 제발 하고 그만 울면서 쓰러진다." 반사거울을 죽여다오.

꿈이다. "나는 공복을 운반한다." 앞에서 시「空腹」은 새로운 지식에 대한 갈망을 표현한 것이었다. 공복이지만 마음이 무겁다. "안자루가 무겁다." 무언가 알자마자 공복을 채운 기쁨은 잠시뿐 더 넓어진 미지의 세계에 대한 두려움. 그리고 슬픔. 그 때문이다. 생각을 더 하려고 모든 것을 잊고 집중하기로 하였다. 겨울 내내 우울했다.

수척해진 모습. 4월이 되자 약간의 희망이 생겼다. 개의 턱이 떨어져 나갔다. 시리우스A와 시리우스B는 공전을 한다. 그 거리는 가까워졌다가 멀어지기도 한다. 거리가 멀어진 것이다. 봄이 되어 개는 솜 같은 털갈이가 시작되었다. 벌이 부지런히 날아다닌다. 개와 친해졌다. 턱은 나날이 길어졌다.

　백발노인이 된 개는 문패 뒤만 본다. 앞을 볼 수 없는 갇힌 자세다. 개는 더 이상 살기 싫어한다. 염세. 분노. 내버려둘 수 없다. 개는 고향을 말한다. 동양 사람도 말한다. 동양에서 시리우스는 하늘의 늑대라고 부르고 불길한 징조로 여겼다. 등등.

　내가 피우고 있는 담배연기가 바람과 양치류 때문에 수목과 같이 사라지면서도 좀처럼 사라지지 않는다. 이곳은 안개가 유명하다. 개는 여전히 죽고 싶어 한다. 자신의 색깔을 그리워한다. 이상의 꿈은 계속된다. 고왕의 제천의식의 꿈. 나에게도 천체망원경은 아니더라도 프리즘 한 개라도 있었으면 ……. 이 내용은 사실과 다르다. 이상은 사진만 보고 이 글을 썼기 때문이다. 방치된 천체망원경의 핵심인 반사경은 런던 자연사 박물관으로 이관하여 망원경의 몸통만 남겨졌다. 이상은 이 사실을 몰랐던 것에 틀림없다.

3. KL72. 線에關한覺書 5

출처 : 三次角設計圖　　　　　　　　　　　　　　　　　1931. 9. 12.

　사람은 光線보다도 빠르게 달아나면 사람은 光線을보는가, 사람은光線을본다, 年齡의眞空에있어서두번結婚한다, 세번結婚하는가, 사람은光線보다도빠르게달아나라.

　未來로달아나서過去를본다, 過去로달아나서未來를보는가, 未來로달아나는것은過去로달아나는것과同一한것도아니고未來로달아나

는것이過去로달아나는 것이다. 擴大하는宇宙를憂慮하는자여, 過去
에살으라, 光線보다도빠르게未來로달아나라.

　사람은다시한번나를맞이한다, 사람은보다젊은나에게적어도相逢
한다, 사람은세번나를맞이한다, 사람은젊은나에게적어도相逢한다,
사람은適宜하게기다리라, 그리고파우스트를즐기거라, 메퓌스트는
나에게있는것도아니고나이다.

　速度를調節하는날사람은나를모은다, 無數한 나는말(譚)하지아니
한다, 無數한過去를傾聽하는現在를過去로하는것은不遠間이다, 자
꾸만反復되는過去, 無數한過去를傾聽하는無數한過去, 現在는오직
過去만을印刷하고過去는現在와一致하는것은그것들의複數의경우
에있어서도區別될수없는것이다.

　年上은處女로하라, 過去를現在로알라, 사람은옛것을새것으로아
는도다, 健忘이여, 永遠한忘却은忘却을모두求한다.

　來到할나는無意識中에서사람에一致하고사람보다도빠르게나는달
아난다, 새로운未來는새로웁게있다, 사람은빠르게달아난다, 사람
은光線을드디어先行하고未來에있어서過去를待期한다, 우선사람은
하나의나를맞이하라, 사람은全等形에있어서나를죽이라.

　사람은全等形의體操의技術을習得하라, 不然이라면사람은過去의
나의破片을如何히할것인가.

　思考의破片을反芻하라, 不然이라면새로운것은不完全이다, 年上
을죽이라, 하나를아는자는셋을아는것을하나를아는것의다음으로하
는것을그만두어라, 하나를아는것의다음은하나의것을아는것을아는
것을하는것을있게하라.

사람은한꺼번에한번을달아나라, 最大限달아나라, 사람은두번分
娩되기前에xx되기前에祖上의祖上의祖上의星雲의星雲의星雲의太
初를未來에있어서보는두려움으로하여사람은빠르게달아나는것을
留保한다, 사람은달아난다, 빠르게달아나서永遠에살고過去를愛撫
하고過去로부터다시過去에산다, 童心이여, 童心이여, 充足될수야
없는永遠의童心이여.

[해독] 이 시는 앞서 부분적으로 해독하였다. 이상의 이룰 수 없는
소망 보고서다. 앞서 말한 대로 이상은 민코프스키의 시공간을 염
두에 두고 이 시를 썼다.

사람은 光線보다도 빠르게 달아나면 사람은 光線을보는가, 사람
은光線을본다, 年齡의眞空에있어서두번結婚한다, 세번結婚하는
가, 사람은光線보다도빠르게달아나라.
未來로달아나서過去를본다, 過去로달아나서未來를보는가, 未來
로달아나는것은過去로달아는것과同一한것도아니고未來로달아나
는것이過去로달아나는 것이다. 擴大하는宇宙를憂慮하는자여, 過
去에살으라, 光線보다도빠르게未來로달아나라.

광속으로 달리면 사람은 광속을 보겠는가. 광속을 볼 뿐만 아니
라 시간이 멈춘 세월의 진공 속에서 결혼도 여러 번 하며 미래에서
과거를 보고 과거에서 미래를 본다. 흡사 이상이 최근에 상영된 미
국 영화 〈백투더퓨처BACK TO THE FUTURE I II III〉을 모조리 관람하고

쓴 듯하다. 그러면서 여기서 유명한 발언을 한다. "확대하는 우주를 우려하는 자여 과거에 살으라." 이것은 전편에서 해독하였다.

사람은다시한번나를맞이한다, 사람은보다젊은나에게적어도相逢한다, 사람은세번나를맞이한다, 사람은젊은나에게적어도相逢한다, 사람은適宜하게기다리라, 그리고파우스트를즐기거라, 메퓌스트는나에게있는것도아니고나이다.

미래에 가서 과거를 보고 과거에 가서 미래를 보게 되면 젊어진 나를 사람들이 만나주겠지. 두 번, 세 번 나를 맞아주겠지. 조금 기다리게. 그리하면 파우스트도 될 수 있고 메피스트도 될 수 있다네.

速度를調節하는날사람은나를모은다, 無數한 나는말(譚)하지아니한다, 無數한過去를傾聽하는現在를過去로하는것은不遠間이다, 자꾸만反復되는過去, 無數한過去를傾聽하는無數한過去, 現在는오직過去만을印刷하고過去는現在와一致하는것은그것들의複數의경우에있어서도區別될수없는 것이다.

속도를 조절하게 되는 때 내가 미래에서 왔다거나 과거에서 왔다거나 말이 필요 없다. 셀 수 없이 얘기했을 터이니 과거가 현재이고 현재가 과거이다. 과거와 현재를 무수히 반복적으로 왕래하니 다반사가 되어 새롭지 않으리.

年上은處女로하라, 過去를現在로알라, 사람은옛것을새것으로아
는도다, 健忘이여, 永遠한忘却은忘却을모두求한다. 來到할나는無
意識中에사람에一致하고사람보다도빠르게나는달아난다, 새로운
未來는새로웁게있다, 사람은빠르게달아난다, 사람은光線을드디어
先行하고未來에있어서過去를待期한다, 우선사람은하나의나를맞
이하라, 사람은全等形에있어서나를죽이라.

옛 것이 새 것이 되어 노파가 처녀가 되나니 옛 일은 망각한다.
항상 새로움만 존재한다. 그리되면 너와 나의 구별도 없어진다. 광
선보다 빠르게 미래에 가서 뒤따라오는 과거를 본다. 그러나 기억
하라. 시간이동 할 때 중요한 것은 나를 온전한 상태인 전등형으로
맞이하길 바란다. 실수하면 나의 전등형은 죽게 된다.

사람은全等形의體操의技術을習得하라, 不然이라면사람은過去
의나의破片을如何히할것인가.

온전하게 시간을 왕복하는 기술을 습득하라. 그렇지 않으면 실수
가 일어났을 때 파편이 된 나는 어떻게 될 것인가. 이것은 사람의
순간이동을 연상케 한다. 팩스가 때때로 문자를 온전치 못하게 전
송하듯이 사람을 온전치 못하게 시간이동하면 어떻게 되겠는가.

思考의破片을反芻하라, 不然이라면새로운것은不完全이다, 年上
을죽이라, 하나를아는자는셋을아는것을하나를아는것의다음으로
하는것을그만두어라, 하나를아는것의다음은하나의것을아는것을

아는것을하는것을있게하라.

그러니 만일의 경우를 생각해서 자신이 누구인지 모든 기억을 빠짐없이 되새겨라. 그렇지 않으면 내가 온전한 상태로 시간이동 하지 못하게 된다. 나의 늙은 모습을 없애라. 시간 이동으로 얼마 든지 젊게 되리라. 사람은 하나로 수렴하게 되니 하나만 알면 족 하다.

사람은한꺼번에한번을달아나라, 最大限달아나라, 사람은두번分 娩되기前에xx되기前에祖上의祖上의祖上의星雲의星雲의星雲의太 初를未來에있어서보는두려움으로하여사람은빠르게달아나는것을 留保한다, 사람은달아난다, 빠르게달아나서永遠에살고過去를愛撫 하고過去로부터다시過去에산다, 童心이여, 童心이여, 充足될수야 없는永遠의童心이여.

사람은 광속으로 달아나라. 그러나 위의 적은 모든 것은 소용없 는 일이니 조상의 역설 때문이다. 이상은 미래로 날아가서 조상이 되어 조상의 조상을 살해하면 자신의 존재가 없어진다는 유명한 조 상의 역설을 알고 있다. 그 증거가 "두 번 분만"이라는 말에 있다. 왜 두 번 분만되어야 하는가. 미래로 날아가서 조상을 살해하면 현 재의 자신은 없어져 버리므로 다시 태어나야 한다는 뜻이다. "사람 은…xx되기 전에 조상의 조상의 조상의 … 태고를 미래에 있어서" 본다. 여기서 xx는 문맥상 살해가 유력하다. 그래서 "두려움으로 사람은 빠르게 달아나는 것을 유보한다."라고 말한다. 다시 말하면 불가능하다는 것을 안다. 그래서 "童心이여, 童心이여, 充足될수야 없는永遠의童心이여"라고 탄식하고 있다. "올바른 가역반응"은 불가능하고 이상은 "이상한 가역반응"에서 탈출할 수 없다.

침몰

1. KL73. ·素·榮·爲·題·

출처 : 無題   중앙 1934. 9.

1

달빛속에있는네얼굴앞에서내얼굴은한장얇은皮膚가되어너를칭
찬하는내말씀이發言하지아니하고미닫이를간지르는한숨처럼冬柏
꽃밭내음새지니고있는데머리털속으로기어들면서모심드키내설움
을하나하나심어나가네나

2

진흙밭헤매일적에네구두뒤축이눌러놓는자국에비내려가득괴었
으니이는온갖네거짓네弄談에한없이고단한이설움을嗚으로울기전
에따에놓아하늘에부어놓는내억울한술잔에발자국이진흙밭을헤매
이며헤뜨려놓음이냐

3

달빛이내등에묻은거적자국에앉으면내그림자에는실고추같은피
가아물거리고대신血管에는달빛에놀래인冷水가방울방울젖기로니

너는내벽돌씹어삼킨원통하게배고파이지러진헝겊心臟을들여다보
면서魚항이라하느냐

[해독] 이 시의 핵심어는 "동백"이다. 알렉산더 뒤마가 동백꽃 여
인La Dame aux Camelias을 발표한 것은 1848년이다. 이것을 베르디가
오페라La Traviata로 만들었다. 일본은 춘희라고 번역하였다. 여주인
공은 폐결핵환자였는데 창녀였다. 그녀는 거리에 나서 일을 할 수
있을 때에는 흰(素) 옷을 입었고 일을 할 수 없을 때에는 붉은(榮) 옷
을 입었다. 본문 제목의 素는 하얗다는 뜻이고 榮에는 붉은 피라는
뜻이 있다. 그래서 오페라의 여주인공의 이름 비올레타Violetta는 붉
은 계통의 보라색을 뜻한다. 제목이 가리키는 바 여주인공의 희고
붉은 두 가지 옷의 색깔을 나타낸다. 제목의 글자 사이사이에 방점
(·)은 각혈에 의한 핏방울을 의미한다.

오페라가 3막이고 본문도 3절이다. 본문의 각 절의 글자 수는 모
두 96자이다. 이상은 한때 69라는 이름의 다방을 경영한 적이 있다.
이것은 전편에서 해독한 대로 남녀를 상징하는 두 개의 삼각형(프리
즘)이 △▽ → △▽ → 69로 발전한 것이다. "나의 배의 발음은 마침
내 삼각형의 어느 정점을 정직하게 출발하였다."26) 삼각형의 정점
에서 짧은 직선을 가미하여 숫자로 만들어 복화술로 소리지른 것이
다. 다르게 해석하면 듣기 민망하여 아무도 모르게 복화술이다.

---

26) 「獚의 記 作品 第二番」.

그런데 본문에서는 오페라와 달리 남녀의 역할이 바뀌었다. 즉 남자가 폐결핵환자이다. 오페라에서는 남자가 폐병환자 창녀와 동거하는데 본문에서 폐병환자 남자가 창녀와 산다. 따라서 ▽△ → ▽△ → 96으로 역할이 뒤바뀌었다. 이 시에서 이상은 자신의 여인을 창녀로 만들었다. 헝겊심장은 각혈로 피 묻은 헝겊이고 벽돌은 결핵약을 지칭한다. 예로부터 약석藥石이라는 표현을 썼다.

달빛 속에서 펴본 피 묻은 손수건 앞에 내 얼굴은 백지장 같은 창백한 피부. 너를 표현하던 말이 한숨으로 변하여 내 설움을 원고지에 모 심듯 한 자 한 자 써내려간다. 진흙 밭 같은 나의 지나간 과거에 너는 핏자국을 비가 고인 발자국처럼 남기니 치료된다는 거짓말과 농담에 지친 내 설움이 곡이 되기 전에 부어놓은 술잔이 아니더냐. 다음 시에서 의사가 내 병을 모르겠다고 세 번 말한다. 이상은 의사를 믿지 못한다.

달빛이 내 등에 내려앉는 밤이 되면 내 속에 피가 올라오고 식은 땀이 방울방울 맺기로서니 밥 먹듯 결핵약을 씹어 삼킨 나의 원통함이 배고픔 따위가 무언데 피 묻은 손수건을 들여다보며 스펙트럼이 만든 수족관 어항처럼 현란하다고 그르느냐. 이상은 앞에서 아메리카의 유령(스펙트럼)은 수족관처럼 현란하다는 표현을 한 바 있다. 어항의 물고기가 흙을 토하듯이 주인공이 피를 토한다.

2. KL74. 內科

출처 : 遺稿集   이상전집 1956.

-自家用福音 -

-或은 엘리엘리 라마싸박다니 -

하이얀 天使

　　이 鬚髥난天使는큐핏드의祖父님이다.

　　鬚髥이全然(?)나지아니하는天使하고흔히結婚하기도한다.

　나의肋骨은2떠-즈(ㄴ). 그하나하나에녹크하여본다. 그곳에서는
海綿에젖은더운물이끓고있다. 하이얀天使의펜네임은聖피-타-라
고. 고무의電線 똑똑버글버글 열쇠구멍으로盜聽

　(發信) 유다야사람의임금님주무시나요?

　(返信) 찌-따찌-따따찌-(1) 찌-따찌-따따찌-(2) 찌-따찌-따
따찌-(3)

　흰뺑끼로칠한十字架에서내가점점키가커진다. 聖피-타-군이나
에게세번씩이나아알지못한다고그런다. 瞬間 닭이활개를친다 …

　어얼 크 더운물을 엎질러서야 큰일날노릇 --

[해독] 전편에서 보았듯이 이상은 의사를 믿지 않았다. 알아듣기
어려운 말만 지껄인다. 그것은 성경의 "엘리엘리 라마싸박다니"처
럼 알 수 없기는 마찬가지이다. 환자에게 의사의 말은 보통 복음인
데 알아들을 수 없으니 자기들끼리 통하는 "자가용복음"이다. 이름
이 피터라는 수염 난 천사. 수염 나지 않은 천사와 결혼도 한다. 이

천사는 주사바늘로 찌르는 것으로 보아 큐피드의 조부님인가 보다. 큐피드 역시 화살로 여기 저기 찌른다. 이상은 의사를 믿지 않지만 그래도 하얀 천사라고 불러준다.

나의 24개 늑골. 하나하나 두들긴다. 거기엔 가래가 끓는 소리가 난다. 청진기 구멍으로 열심히 듣고 있다. 청진기는 고무전선. 하나님과 통신한다. 하나님의 회신 역시 알아듣기 어렵다. 나의 병은 점점 깊어간다. 하나님과 통신한 피터는 내 병을 알 수 없다고 세 번씩이나 말한다. 하나님이 나를 버렸다. 나의 하나님, 나의 하나님, 어찌하여 나를 버리시나이까. 흰 페인트로 칠한 병원에서 나의 병은 점점 깊어간다. "키가 커진다." 순간 닭이 운다. 피터가 나에게 거짓 증언한 것이다. 기껏 한 소리라곤 "어엌 크 더운물을 엎질러서야 큰 일 날 노릇." 그렇지 말이야 바른 말. 더운 가래가 끓어 목구멍 밖으로 넘치니 큰일이 아닌가. 그러나 이보다 세 번씩이나 무슨 병인지 알지 못하겠다던 피터군의 엉터리 오진이 들통 난 것이 더 큰일이다. 다음 시가 폐결핵의 모습이다.

3. KL75. 구두

출처 : 1935. 7. 23   현대문학 1961. 1.

怨讐같은 저 館의 門을 두드렸다. 殘忍한 靜脈이 壁에 傳해져 ─ 머리가 또 저절로 수그러진다.

바람을 끊듯 하얗고 싸느란 손이 나의 卑屈한 인사말을 쪼각쪼각

찢었다.

그러나 나는 이 門으로 들어가는 것을 自發的으로 勉하기란 죽어도 오히려 不可能할 것이다.

이윽고 憎惡에 핏줄 선 내 눈은 한켜레의 구두를 본다.

구두! 오래도록 내 思念의 저편에 있으면서 뼈처럼 녹쓴 한켜레 구두인 것이다.

內部로 향한 그 콧뿌리엔 荊棘을 밟고 지나 온 亂麻의 자취마저 淋漓하다.

나는 돌아온 것일까, 이미?

아니, 너는 이곳에 囹圄되지 않으면 안되는 것이다.

저 손가락처럼 가늘게 여원 骨片의 堆積아래 그리고 땅을 기어가는 피를 빤(吸) 피의 언덕에

難破한 닻을 내려야만 할 것이다.

有毒한 原始燈의 불빛 아래서 깍여진 材木이 피를 품고 있다.

내 가엾은 姿態 - 이 발을 보라.

시퍼런 것이 間斷 없이 心臟을 못살게 굴고 있다.

모든 Member가 憤怒에 가득 넘쳐 天井은 憎惡보다 어둡다.

壯烈한 合流가 이뤄져 惡臭 풍기는 불꽃이 흩어졌다.

室內의 모든 Member여, 자, 저 구두는 내가(이제부터) 신습니다, 모든 怨望의 言語는 다(이제부터) 내 발에 記錄해 주십시요 - 傳票다.

나의 닻을, 당신 쪽 疼痛의 激烈한 貪慾에. 비끌어 매 주십시요.

陶器 쪼각이 室內에 던져져서 그 尖端이 싸느란 構造의 內部 깊이 물고 들었다.

館은 지금 解冬期인가, 가난한 햇볕 속에서 塵埃를 머금은 氷水가 땀처럼 흘러 내린다.

白髮이 뒤섞인 女人이 저 金屬처럼 冷膽한 窓을 열어 제끼고 부르짖는다.

- 넌 뭘 彷徨하느냐? 빨리 않는가 -

그리고 말할 - 부르짖는 소리는 呼吸에 音響하고, 나무 가지의 새들은 무서워서 떼를 지어 날아 흩어졌다.

暫時동안 저 探照燈의 동그라미 속에서 원숭이처럼 뛰돌아 다녔다.

문득 陶器 破片의 던져지는 氣色이었다.

그렇다, 발이 아픈 것이다. 발이 헐어서, 몹시 아른 것마저 잊었던 것이다.

눈은 누구를 위해 食物以外의 그 어떤 것에도 盲目인가.

銀盤에 四肢를 뻗고서 呼吸이 凶作인 鬚髥을 잘라도, 새들은 날아오지 않는다.

空腹을 中天에 쳐 올리고, 헛된 疝痛이 肉身을 떠나 端坐하고 있었다.

우박이 내리기를 기다리듯이 -

구두! 구두의 애달픈 變慕之情 – 天候보다도 더욱 어두운 氣壓이, 그러나 逃避처럼 숨어 버리듯 구두 속에 있었다. 그리고 홀로 하늘에 사모치도록 아팠다.

冷凍하는 두개에 鯉魚들의 지느라미를 느낀다. 痲藥같은 愛撫 – 烈風은 鐵을 머금고 卑屈한 企劃을 威脅하였다.

구두는 웃듯이 우선 피를 빨아서 赤茶色으로 化해 있었다. 慰撫같은 保護色이 아니냐.

무너져 깨어지듯 일어나 – 나는 구두 속에 섰다.

不思議한 溫氣가 荒凉한 皮膚에 傳해졌다. 코피가 연신 끊어 오른다.

– 速히 할 것이다. 당신쪽에서 命令한대로 速히 할 것이다 –

運搬된 樹木처럼 永訣한 唾液이 逆風을 끊으며 步行을 다시 시작하였다:

[해독] 이 시는 이상이 폐결핵을 치료하러 병원 문을 두드리는 것으로 시작한다. 여기서 구두는 폐를 가리킨다. 〈그림 7-12〉를 보면 구두의 모습이다. 오른쪽이 더 구두처럼 보인다. 결핵균이 폐를 파먹을수록 검정 부분이 하얗게 되어 볼이 더욱 오목하게 되므로 왼쪽 폐도 구두를 닮아간다. 원수 같은 병원 문을 두드리는 손등의 정맥이 잔혹하다. 머리는 별 수 없이 수그러지며, 의사의 하얀 손이 냉정하게 바람을 끊고 다가온다. 나의 비굴한 인사는 제대로 문장이 되지 못한다. 그럼에도 이 굴욕은 어쩔 수 없으니 죽지 않으려면

〈그림 7-12〉 폐＝구두

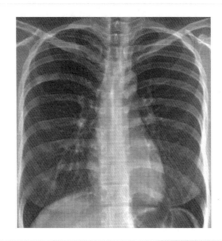

할 수 없다. 나는 한 쌍의 폐(한 켤레의 구두)를 본다. 그러는 내 눈에는 핏발이 섰다. 그 폐는 내 생각보다 더 심하게 녹슬어 있었다.

폐의 코뿌리는 이미 난마처럼 피가 그득하다. 그렇게 되도록 나의 폐(구두)는 형극을 걸어왔다. 나는 회복된 것일까. 아니다 나는 폐결핵에 포로가 된 영어의 몸이 된 것이다. 손가락처럼 가느다란 늑골의 층층(퇴적) 아래 피를 빨아들이는 언덕(폐). 나는 여기에 난파된 배이다. 이상은 경성고공 시절 문예지 "난파선"을 편집한 적이 있다. 엑스선(유독한 원시 등의 불빛) 아래 드러난 숨관가지들이 피를 뿜고 있다. 내 가엾은 폐를 보라. 그 사이에 매달려 있는 심장을 힘들게 하는구나. 모든 기관이 비정상으로(분노에 가득 넘쳐) 온 몸이 어둡다. 이 모든 것이 어우러져 장렬한 불꽃(각혈)으로 흩어졌다. 모든 것은 구두 탓이다. 내 발에 원망하라. 치료비. 나의 (난파선)의 닻을 당신(의사)의 치료비 계산에 비끄러매시오. 약석藥石(도기 조각)이 투하되니 그 까칠한 구조(첨단)가 내부 깊이 스며든다.

식은땀이 흘러내리는 것을 보니 병원은 덥다. 엑스선(은반)에 사지를 수목처럼 벌리고 호흡이 멈추었는데 새가 오지 않는 나는 이상한 나무이다. 숨을 멈추고 가슴(공복)을 들어올리는데 아픔은 육신을 떠났다. 엑스선이 내 몸을 우박처럼 난타하기를 기다리듯이. 폐! 폐의 애달픈 변모지정. 이렇게 변하다니. 숨이 가빠 어두운 기압으로 폐활량이 폐에 숨어 버렸다. 따끔한 주사(열풍의 철)는 그것을 피하려는 나의 비굴함을 제압하였다. 폐는 피를 빨아서 적다색이 되었다. 그것은 보호색이 아니다. 간질간질 애무는 각혈의 징조이다. 불가사의한 열이 나며 코피가 끓어오른다. 속히 터져 나올 것이다. 여기저기 뱉어 놓은 타액이 운반된 수목과 같다. 나는 걷기 시작하였다. 다음 시는 병원의 모습이다.

4. KL76. 街外街傳

출처 : 無題 　　　　　　　　　　　　　　　　시와 소설 1936. 3.

喧噪때문에磨滅되는몸이다. 모두少年이라고들그리는데老爺인氣色이많다. 酷刑에씻기워서算盤알처럼資格너머로튀어오르기쉽다. 그러니까陸橋위에서또하나의편안한大陸을내려다보고僅僅히산다. 동갑네기가시시거리며떼를지어踏橋한다. 그렇지않아도陸橋는또月光으로充分히天秤처럼제무게에끄덱인다. 他人의그림자는위선넓다. 微微한그림자들이얼떨김에모조리앉아버린다. 櫻桃가진다. 種子도湮滅한다. 探偵도흐지부지 −있어야옳을拍手가어째서없느냐. 아마아버지를反逆한가싶다. 黙黙히 − 企圖를封鎖한체하고말을하면사투리리라. 아니 − 이無言이喧噪의사투리리라. 쏟으려는노릇 −날카로운身端이싱싱한陸橋그중甚한구석을診斷하듯어루만지기만한다. 나날이썩으면서사리키는指向으로奇蹟히골목이뚫엿다. 썩는것들이落差나며골목으로몰린다. 골목안에는侈奢스러워보이는門이있다. 門안에는金니가있다. 金니안에는추잡한혀가달린肺患이있다. 오−오−. 들어가면나오지못하는타입깊이가臟腑를닮는다. 그위로짝바뀐구두가비철거린다. 어느菌이어느아랫배를앓게하는 것이다. 질다.

反芻한다. 노파니까. 맞은편平滑한유리위에解消된政體를塗布한졸음오는惠澤이뜬다. 꿈−꿈−꿈을짓밟는虛妄한勞役 − 이世紀의困憊와殺氣가바둑판처럼널리깔렸다. 먹어야사는입술이惡意로꾸긴진창위에서슬몃이食事흉내를낸다. 아들−여러아들−老婆의結婚을걸어차는여러아들의육중한구두−구둣바닥의징이다.

層段을몇번이고아래로내려가면갈수록우물이드물다. 좀遲刻해서는텁텁한바람이불고−하면學生들의地圖가曜日마다彩色을고친다. 客地에서道理없이다수굿하던집웅들이어물어물한다. 卽이聚落은바로여드름돋는계절이래서으쓱거리다잠꼬대위에더운물을붓기도한다. 渴− 이渴때문에견디지못하겠다.

太古의湖水바탕이던地積이짜다. 幕을버티기둥이濕해들어온다. 구름이近境에오지않고오락없는空氣속에서가끔扁桃腺들을앓는

다. 貨幣의스캔달─ 발처럼생긴손이염치없이老婆의痛苦하는손을
잡는다.

　눈에띄우지않는暴君이潛入하였다는所聞이있다. 아기들이번번이
애총이되고되고한다. 어디로避해야저얼은구두와얼은구두가맞부딪
는꼴을안볼수있으랴. 한창急한時刻이면家家戶戶들이한데어우러
져서멀리砲聲과屍班이제법은은하다.

　여기있는것들은모두가그尨大한房을쓸어생긴답답한쓰레기다.
落雷심한그尨大한房안에는어디로선가窒息한비둘기만한까마귀한
마리가날아들어왔다. 그러니꺄剛하던것들이疫馬잡듯픽픽쓰러지면
서房은금시爆發할만큼精潔하다. 反對로여기있는것들은통요사이의
쓰레기다.

　간다. 孫子도搭載한客車가房을避하나보다. 速記를펴놓은床几웋
에알뜰한접시가있고접시위에삶은鷄卵한개─포─크로터뜨린노란자
위겨드랑에서난데없이孵化하는 　勳章型鳥類─푸드덕거리는바람에
方眼紙가찢어지고氷原위에座標잃은符牒떼가亂舞한다. 卷煙에피가
묻고그날밤에遊廓도탔다. 繁殖하고거즛天使들이하늘을가리고溫帶
로걷는다. 그러나여기있는것들은뜨뜻해지면서한꺼번에들떠든다.
尨大한房은속으로곪아서壁紙가가렵다. 쓰레기가막붙ㅅ는다.

────────────

　[해독] 이 시는 「病床以後」를 연상케 한다. 이 시의 핵심어는 "짝
바뀐 구두"와 "손자가 탑재한 객차"이다. "짝 바뀐 구두"는 두 개의
폐를 가리키는데 결핵균이 파먹은 정도가 짝짝이다.〈그림 7–12〉 참조 춘

추전국시대의 손자는 무릎 아래를 손상당하여 바퀴의자wheelchair를 타고 다녔다. "손자가 탑재한 객차"란 바로 바퀴의자에 앉은 환자들을 가리킨다. 바퀴의자를 객차에 비유할 수 있으면 "육교"는 병상을 가리킨다. 객차는 육교 밑을 지나기 때문이다. 바퀴의자(객차)를 탄 환자가 병상(육교) 옆을 지난다.

나이는 청년이지만 폐결핵으로 지친 몸이 노인이다. 주판알 올리듯이 각혈이 튀어나온다. 육교는 이곳에서 저곳으로 이동하는 통로다. 결핵병동의 침상은 건강한 세상에서 병든 세상으로 후에는 이 병실에서 시체실로 이동하는 통로다.

이상이 병든 세상의 침상 위에서 건강한 세상을 바라보며 근근이 산다. 비슷한 나이의 수련의들이 시시덕거리며 침상 주변을 에워싼다. 이상은 「病床 以後」에서 이들을 몹시 싫어한다. 그렇지 않아도 혼자 있기도 제 무게에 힘들다. 그들의 위엄은 대단하다. 미미한 환자들에 절대적이다. 꽃도 지고 씨도 죽어 나가는 마당에 의사는 별말이 없다. "탐정도흐지부지 −있어야옳을박수가어째서없느냐." 병을 알아내야 박수도 칠 것 아닌가. 질문을 하면 가로막는다. 폐병쟁이의 넋두리로 듣는 둥 마는 둥 한다. "기도를봉쇄한체하고말을하면사투리리다. 아니 − 이무언이흰조의사투리리라." 날카로운 촉수가 내 몸을 더듬으며 진단한다. "날카로운신단이싱싱한육교그중심한구석을진단하듯어루만지기만한다." 나날이 썩어가는 육신의 입 속을 들여다본다. 그 목구멍 막다른 골목에 폐병이 도사리고 있다. 한번 걸리면 나오지 않고 깊이 들어앉아 요지부동한 꼴이 오장육부를 닮았다. 그곳에는 구두짝을 닮은 두 개의 폐가 있는데 균이 파먹어 짝짝이다. 짝 바뀐 구두이다. X-레이 사진을 보니 군데군데 비철거린다. 결핵균 때문이다.

옆 병상에 노파. 모든 노인들이 그렇듯이 과거를 반추한다. 맞은 편 평활한 젖빛 유리처럼 희미한 기억 속에 달콤한 졸음이 온다. "맞은편평활한유리위에해소된정체를도포한졸음오는혜택이뜬다." 꿈-꿈-꿈도 마음대로 꿀 수 없다. 이 세기의 피곤과 살기가 바둑판처럼 널리 깔렸기 때문이다. 피곤과 살기? 먹어야 사는 입술이 악의로 꾸긴 진창 위에서 억지로 식사 흉내를 낸다. 악의의 진창이란? 노파의 결혼을 반대하는 여러 아들의 육중한 구두의 징이 바닥을 울리는 소리가 재산싸움처럼 시끄럽다. 돈의 스캔들. 소문이 발처럼 빨라 염치없는 손이 노파의 고통스런 손을 잡는다. 이 대목에는 유사한 사연이 있다. 오랫동안 차이코프스키를 연금으로 후원하던 부유한 미망인 폰 메크가 그 후원을 끊은 것은 1890년이다. 두 가지 이유 때문이다. 첫째, 60세의 이 "노파"가 "폐결핵"에 걸려 병이 깊어진 것이다. 둘째, 그녀의 12명의 자식들이 재산다툼으로 후원을 "반대"한 것이다. 아들 가운데에는 "육중한 구두"를 신은 러시아군 장교도 있었다. 이상은 이 "화폐의 스캔들"을 옮기면서 자신의 문학 활동을 후원하는 사람을 간절히 바란 듯하다. 폰 메크 부인이 폐결핵으로 죽은 것은 그로부터 4년 후인 1894년인데 차이코프스키가 죽고 2개월 후이다. 교향곡 4번은 그녀에게 헌정한 것이다.

몸 속 층계(늑골)를 몇 번이고 아래로 내려가면 갈수록 가래가 끓으며 목이 마르다. 텁텁한 바람이 부는 늦은 여름이 되자 수련의들의 얼굴이 요일마다 바뀐다. 환자들은 객지(병실)에서 도리 없이 지붕처럼 고개 숙이고 다소곳하다. 즉 이 병실은 바로 화농하기 쉬운 여름철이 되어 더운 물을 분 것처럼 가래가 잠꼬대처럼 으쓱거리던 목구멍에서 끓는다. 가래 이 가래 때문에 견디지 못하겠다.

목이 마르고 가래가 끓는 것으로 보아 이 병실은 태고의 호수 바탕이었던지 지적이 짜다. 횡경막을 버틴 기도가 습해 들어온다. 구름이 근경에 오지 않고 오락 없는 공기 속에서 편도선에 가래가 끓는다.

아기들이 위험하다. 전염병균이 돈다는 소문 때문이다. 어디로 피해야 폐와 폐가 마주쳐 전염되는 꼴을 안 볼 수 있으랴. 한창 급한 시각이면 가가호호에 곡성과 시신이 즐비하다.

노파. 아기. 여기 있는 것들은 모두가 그 병실에서 죽어나가고 남은 답답한 쓰레기다. 낙뢰 심한 그 커다란 방안에는 불길한 그림자가 어디선가 질식한 비둘기만한 까마귀처럼 날아 들어왔다. 그러니까 건강하던 것들이 역마 잡듯 픽픽 쓰러지면서 방은 금시 폭발할 만큼 고요하다. 반대로 여기 있는 것들은 요사이의 새 환자들이다.

나간다. 이 방에 들어오면 죽어나간다. 두 무릎 아래가 불구여서 의자에 앉아 전쟁을 지휘하였던 손자처럼 바퀴의자에 앉은 환자도 이 병실은 피한다. 의사의 환자일지를 펴놓은 상 위에 접시가 있고 접시 위에 삶은 계란 한 개가 놓여있다. 폐결핵 환자는 영양섭취가 중요하여 하루 삶은 계란 하나가 제공되었다. 반숙이었는지 포크로 터뜨린 노른자가 환자일지 위에 튀고 차디찬 병실에 사방으로 튀었다.

권련에 피가 묻거나 말거나 그날 밤에 밖의 유곽은 쾌락이 넘친다. 번식하고 거짓 천사들 즉 의사들이 하늘을 가리고 온 대로 도로 가버린다. 유곽으로 가버린다. 유곽은 불에 타듯 번창하다. 그러나 여기 남은 것들은 열에 들떠 의사 찾는 소리로 한꺼번에 떠든다. 커다란 병실은 속으로 곪아서 벽지가 가렵다. 쓰레기가 막 붙는다. 제목 그대로 거리 밖 거리 곧 병실의 전설이다.

5. KL77. 街衢의추위 − 一九三三, 二月十七의室內의件 −

출처 : 遺稿集   이상전집 1956.

네온사인은쌕소폰과같이瘦瘠하여있다.

파릿한靜脈을切斷하니새빨간動脈이었다.

−그것은파란動脈이었기 때문이다 −

−아니!새빨간動脈이라도저렇게皮膚에埋沒되어있으면 …

보라! 네온사인인들저렇게가만−히있는것같아보여도其實은不斷히네온가스가흐르고있는게란다.

−肺病쟁이가쌕소폰을불었더니危險한血液이 檢溫計와같이

−其實은不斷히壽命이흐르고있는게란다.

[해독] 1933년 2월 17일 추운 거리. 입술이 추위에 파랗다. 카페

앞에 붙은 파란 네온사인은 색소폰 모습이다. 그러나 네온가스의 스펙트럼은 붉다. 네온사인 속에는 붉은 네온가스가 흐른다. 파란 정맥에도 붉은 피가 흐른다. 새빨간 동맥이라도 피부에 묻혀 있으면 파랗게 보인다. 정맥과 동맥의 차이가 없으니 파란 동맥이라 부를 만하다. 네온사인도 마찬가지다. 파랗게 보이나 기실 붉은 네온가스가 흐른다. 푸르게 창백한 폐병쟁이가 추위에 파랗게 된 입술로 색소폰을 불어도 그 피는 위험하지만 온도계처럼 붉다. 생명이 흐르기 때문이다. 거리의 푸른 추위 속에 붉은 따스함이 있다.

6. KL78. 無題

출처: 無題   맥 1939. 2.

내 마음의 크기는 한개 卷煙 기러기만하다고 그렇게 보고,
處心은 숫제 성냥을 그어 卷煙을 붙여서는
숫제 내게 自殺을 勸誘하도다.
내 마음은 果然 바지작 바지작 타들어가고 타는대로 작아지고,
한개 卷煙 불이 손가락에 옮겨 붙으렬적에
果然 나는 내 마음의 空間에 마지막 재가 떨어지는 부드러운 音
響을 들었더니라.
處心은 재떨이를 버리듯이 大門 밖으로 나를 쫓고,
完全한 空虛를 試驗하듯이 한마디 노크를 내 옷깃에 남기고
그리고 調印이 끝난듯이 빗장을 미끄러뜨리는 소리

여러번 굽은 골목이 당장 이 左右 못보는 내 아픈마음에 부딪혀 달은 밝은데

그때부터 가까운 길을 일부러 멀리 걷는 버릇을 배웠더니라.

[해독] 마지막 담배를 태우고 새 담배를 사러 나가는 모습이다. 내 마음의 크기는 한 개 권연 길이에 불과하다고 보는 것은 항상 자살을 생각한다는 뜻이다. 그 마음 따라 성냥을 그어 권연을 붙이는 것은 내게 자살을 권유하는 것에 다름없다. 내 마음은 과연 바지직 바지직 타들어가 타는 대로 작아지고 끝내 꽁초가 되어 불이 손가락에 옮겨 붙는 동시에 내 마음은 재가 되어 떨어지는 부드러운 음향을 들었더니라. 마음이 시키는 대로 대문 밖으로 나와 담배가 빈 가슴 호주머니를 가볍게 툭툭 친다. 조인이 끝나면 뒤도 돌아보지 않고 헤어지듯이 빗장을 미끄러뜨리는 소리를 뒤로하여 가까운 길을 두고 담배 가게를 찾아 일부러 멀리 여러 번 굽은 골목길을 걷는다. 달이 밝다.

7. KL79. 沈沒

출처 : 危篤　　　　　　　　　　　　　　　　조선일보 1936. 10.

죽고십흔마음이칼을찾는다. 칼은날이접혀서퍼지지않으니날을怒號하는焦燥가絶壁에끈치려든다. 억지로이것을안에떠밀어놓고또懇

曲히참으면어느결에날이어디를건드렸나보다. 內出血이뻑뻑해온다. 그러나皮膚에傷차기를얻을길이없으니惡靈나갈門이없다. 갇힌自殊로하여體重은점점무겁다.

[해독] 죽으려 해도 문학 때문에 안 된다. 절벽을 끊을 초조함이 칼날보다 더 날카롭다. 칼날을 접어도 일어나는 문학의 내출혈. 문학에 익애된 악령을 떨쳐보려고 애를 쓰지만 끝내 이기지 못한다. 내 몸에서 나가지 못한 악마의 재능이 쓴 시는 많아져서 편수보다 무게로 달 지경이다. 그 무게로 "침몰"할 지경이다.

8. KL80. 行路

출처 : 易斷　　　　　　　　　　가톨닉청년 1936. 2.

기침이난다. 空氣속에空氣를힘들여배앝아놓는다. 답답하게걸어가는길이내스토리요기침해서찍는句讀를심심한空氣가주물러서삭여버린다. 나는한章이나걸어서鐵路를건너지를적에그때누가내經路를디디는이가있다. 아픈것이匕首에베어지면서鐵路와열十字로어울린다. 나는무너지느라고기침을떨어뜨린다. 웃음소리가요란하게나더니自嘲하는表情위에毒한잉크가끼얹힌다. 기침은思念위에그냥주저앉아서떠든다. 기가탁막힌다.

[해독] 기침하면서 원고를 쓴다. 기침도 문장의 구두점을 찍듯이 토막토막 나오는데 공기 속에 흩어진다. 나는 원고지 한 장 또는 한 문단을 마치고 철로처럼 생긴 원고지를 넘길 때 기침도 원고지를 따라온다. 그것이 원고지를 가로막으며 비수처럼 통증을 가져온다. 온몸이 무너질 듯한 기침이 웃음소리처럼 원고지에 피를 뿌린다. 생각할 틈도 주지 않는 기침으로 기가 빠진다.

9. KL81. 아침(역단)

출처 : 易斷   가톨릭청년 1936. 2.

캄캄한空氣를마시면肺에해롭다. 肺壁에끄름이앉는다. 밤새도록 나는몸살을앓는다. 밤은참많기도하더라. 실어내가기도하고실어들여오기도하고하다가잊어버리고새벽이된다. 肺에도아침이켜진다. 밤사이에무엇이없어졌나살펴본다. 習慣이도로와있다. 다만侈奢한 책이여러장찢겼다. 憔悴한結論우에아침햇살이仔細히적힌다. 永遠히그코없는밤은오지않을듯이.

[해독] 앞의 시의 연속이다. 해독이 필요 없을 것이다.

10. KL82. 斷想

출처 :   문학사상 1986. 10.

1

나의 생활은 나의 생활에서 1을 뺀 것이다.

나는 회중전등을 켠다.

나의 생활은 1을 뺀 나의 생활에서 다시 하나 1을 뺀다.

나는 회중전등을 끈다.

감산이 회복된다 – 그러나 나는 그것 때문에 또다른 하나의 생활을 잃어버린다.

나는 회중전등을 포켓 속에 집어넣었다.

동서남북조차 분간할 수 없다. 나는 무엇을 해야 좋을지 알지 못한다.

나는 그저 빈둥빈둥 – 나의 사상마저 빈둥거리게 하기 위해 회중전등이 포켓 속에서 켜졌다.

나는 서둘러야 한다. 무엇을?

나는 죽을 것인가? 그게 아니면 아는 비명의 횡사라도 해야 한단 말인가?

내게는 나의 생활이 보이지 않는다.

나의 생활의 국부를 나는 나의 회중전등으로 비추어 본다.

1이 빼어져 나가는 것을 목전에 똑똑히 보면서 – 나는 나에게도 생활이 있다는 것을 알았을까?

2

병자가 약을 먹고 있다.

병자는 약을 먹지 않아도 죽기 때문이다.

그것은 건강한 사람은 약을 먹어도 건강하기 때문이다.

3

나는 그녀에게 편지를 냈다.

– 이 편지 읽는 대로 곧 답장을 보내 주세요 –

단지 이 한마디만을 써서 –

그러자 답장이 왔다.

– No, 이것을 Yes로 생각하세요 –

No 이것을 번역하면 『아니다』.

Yes 이것을 번역하면 『맞다』.

『아니다』를 『맞다』로 한다면 아무리 『맞다』 『맞다』라고 해본들 이 『맞다』는 『아니다』라는 말밖에 되지 않는다.

따라서 『아니다』나 『맞다』나 매한가지다. 어느 쪽이든 『아니다』 인 것이다.

결국 No는 Yes가 있어서 비로소 No가 되며 Yes는 No가 되는 것 이다.

4

어느 겨울의 한낮 태양은 드디어 은하 깊숙이 빠져버렸다.

장대(長大)한 밤

지구는 아직 봄은 아득하고 빙설은 두껍게 얼어붙어 있다.

태양을 상실한 지구에 봄은 올 것인가.

달빛마저 없는 칠흑의 암야가 한 달이나 계속되어 지구상의 모든 생명은 그저 속수무책으로 죽음을 기다리고 있을 뿐이었다.

그러한 또 어느 겨울 한낮 숲에 달빛이 떠오르기 시작했다. 그리하여 빈사의 지구를 푸르게 비추었다.

빛을 찾은 인류는 전생명체를 대표하여 간신히 삭정이를 긁어모아 - 달빛을 의지하여 - 횃불을 올렸다.

가냘픈 단말마의 함성이 피어올랐다. 그럼에도 불구하고 동사는 폭풍처럼 계속되었다.

그때로부터 달빛은 매일 낮 매일 밤 지지 않았다. 그리고 매일 낮 매일 밤이 만월이었다 (달은 태양을 부담했다).

그리하여 눈은 달빛에 녹기 시작했다. 차가운 물이 황량한 빙원을 정맥(靜脈)처럼 흘러갔다.

그리하여 인류는 생명체를 대표하여 그 지도의 행선을 쫓았다.

봄으로 봄으로

인류는 이미 천국을 탐하지 않는다. 단지 - 봄은 올 것인가.

이러한 중에도 동사는 폭풍처럼 계속되었다. (1933. 2. 5)

5

모조리 가지가 잘리워진 한 그루의 가로수

별안간 한 가닥의 가지가 쑥쑥 자란다.

마술처럼 그 끝 쪽에는 좀더 가는 것이 이것도 쑥쑥 자랐다.

- 이건 지팡이를 들어올려 길을 가리키고 있는 그의 모습이었다.

나는 나의 생명의 북극을 확인하기를 간절히 원하면서도, 그는 입도 떼지 않았다.

그는 별안간 혀끝을 낼름 내보였을 뿐이었다.

혀는 그의 입안 가득히 부어올라 있었다.

애처로운 그 표정에서는 눈물이 땀처럼 흘러내렸다.

나는 바람처럼 그의 옷깃에 스며들어버렸다.

한 자루의 지팡이보다도 더욱 외롭게 그는 지팡이에 기대어 해골 같은 육체를 언제까지나 한자리에 못박은 채 움직이려 하지 않았다. (1933. 2. 5)

6

황성(荒城)은 눈을 밟고 산을 넘고 있다.

낡은 성문은 개방되어 있다. 도회의 입구

석양에 붉게 성내고 있는 성채. 그 앞에서 나는 모자를 벗는다.

백년 전의 주민의 최후의 한 사람까지 죽고 없는 오늘

고적은 해묵었다. 그러나 백년에 한 번 백년을 느끼는 사람에게만은 새롭다.

산까마귀의 수명은 몇 년이나 될까?

나는 또 길가의 소년의 나이를 나의 나이에서 감산해 보기도 한다.

황성은 또 모래와 바위를 밟고 내 쪽으로 산을 넘어온다. (1933. 2. 27)

7

새벽녘 까마귀가 운다

- 저 녀석도 가래를 토하나 보다 -

나의 정수리 한가운데 까마귀의 가래 같은 것이 떨어졌다.

빨갛게 불이 붙나 했더니 납덩이처럼 무겁다.

정수리가 빠개진다. 물론 나는 즉사한다.

체온이 증발한다.

위(胃) 속에 피가 가득 괴어서 내일 아침 토할 준비를 한다.

- 오늘 아침이야말로 정말 죽은 것이 아닐까 -

이상하게도 나는 매일 아침 소생했다. 그리하여 내일 새벽까지의 공기를 마셨다 뱉았다 하는 것이다.

나의 수명은 정확히 매일 일주야밖에 없다.

그것이 반주야(반주야) 혹은 반의 반주야 그 또 반에반까지 줄지 않는 이상 나는 하루의 수명만으로도 좀체로 죽지는 않을 것이다. (1933. 2. 27)

8

수와 복을 수놓은 새 베개를 베고 나는 나의 백(百)을 넘는 맥박을 헤아리기도 하고 여러 가지 일을 생각하기도 했다.

나의 목에 매달려 있는 사지와 동체는 뱀의 꼬리보다도 말라 있다.

나의 목에 꽂혀져 있는 머리만이 수복인 모양이다.

목 위와 목 아래가 서로 명함을 교환한다.

슬픔과 잔인의 향연에서 나온 불결한 공기가 끊임없이 나의 비강으로 들락거린다.

9

여자의 손이 하얗다 그리고 파란줄이 잔뜩 있다.

여자는 그 파란줄 하나를 선택한다. 앞으로 간다 잘라진다.

여자는 그 중의 하나를 선택해서 앞으로 간다. 또 갈라진다.

여자는 그 중 하나를 선택한다 앞으로 간다. 역시 갈라진다.

— 지팡이로 해봐야지 —

물론 지팡이라도 쓰러뜨려 보지 않는 이상 어떤 지식으로 어떤 감정으로 어떤 의지로 길을 선택할 수 있단 말인가.

No와 Yes 두 통의 편지를 써서 지팡이를 쓰러뜨려 봉합에 넣는다. 그리고 또 지팡이를 쓰러뜨려 주소를 쓴다. 그리고 또 지팡이를 쓰러뜨려 —

— 당신은 Yes 라고 말했군요. 고맙습니다 —

— 그치만 그게 정말 Yes 인지 아닌지는 이걸 쓰러뜨려봐야 알지요 —

아 — 아무리 쓰러뜨려 본들 무슨 수로 그것을 알 수 있을까? (1933. 2. 27)

10

누군가가 밥을 먹고 있다. 몹시 더러운 꼴이다.

그렇다 분명히 밥을 먹는다는 것은 더러운 일임에 틀림없다.

그런데

그 누군가가 라고 하는 작자가 바로 내 자신이라면 이걸 어쩐다?
(1933. 2. 27)

11
나는 매일 아침 양치질을 한다.

나는 또 손톱을 깎아 마당 가운데 버린다.

나는 폐의 파편을 토한다.

나는 또 몸뚱이의 도처가 욱신거린다.

나는 서서 오줌을 갈기면 눈이 녹는다는 것도 알고 있다.

나는 또 내가 벙어리가 되어버린 것이 아닌가 하고 소리를 질러
본다.

내일이 오늘이 될 수 없는 이상 불안하다

내일이야말로 정말 미쳐버릴거다 – 나는 항상 생각하며 마음을
들볶기 때문이다.

나는 왜 한쪽 장갑을 잃어버렸을까?

나는 나머지 장갑도 마저 잃어버렸으면 하고 생각한다. 하지만
내가 어떻게 내 마음대로 그것을 없앨 수가 있을까?

나는 욕을 먹는다. 한쪽 장갑을 고수하고 있다는 것 때문에

내일은 내게 편지가 오려나

내일은 좀 풍성해지려나

내일 아침 몇시쯤 나의 최초의 소변을 볼 것인가 (1933. 3.1)

[해독] 제목 그대로 연결되지 않은 생각의 토막이다. 그러나 모두 한결같이 우울하고 비관적이다.

1번. 나의 생활에서 1을 빼면 살 수 있는 날이 하루 줄어든다. 하루하루 줄어드는 생애. 나는 무엇을 해야 좋을지 모른다. 도무지 나의 생활이 보이지 않으므로 그것을 보기 위해서 회중전등이 필요한 것이다. 그러나 그 회중전등도 언젠가는 소진되겠기에 켰다 껐다 한다.

2번. 이것은 반어법이다. "건강한 사람은 약을 먹어도 건강하기 때문이다."의 반대 문장은 "병자는 약을 먹지 않아도 죽기 때문이다."가 된다. "건강한 사람이 약을 먹지 않는다."도 마찬가지이다. 이 문장의 반대는 "병자는 약을 먹는다."이다. 그렇다면 "건강한 사람은 약을 먹지 않아도 건강하다"의 반대는 "병자는 약을 먹어도 죽는다."이다. 이 문제는 전편에 소개했듯이 종이 앞면에 긍정문을 써놓고 뒷면에 부정문을 써놓은 경우에 해당한다. 구체적으로 앞면에 "뒷면의 글은 거짓이다."라고 적혀있고, 뒷면에는 이와 반대로 "앞면의 글은 참이다."라고 적힌 경우와 같은 것이다. 이것은 또 하나의 모순이다. 이상은 이래도 죽고 저래도 죽는다는 것을 알고 있었다. 그래서 이상은 약을 먹지 않았다.[27] "醫師믿기를 하는님같이하는 그가 藥을 전연먹지안는 것은 그무슨 矛盾인지알수없다."[28] 모순이라는 것을 안다는 고백이다.

3번. 이 글에서 핵심은 답장을 보내 달라는 요구에 대하여 "보내

27) 「一九三一年」.
28) 「病床以後」.

지 않겠다는 답장"이 왔다는 점이다. 이 답장을 정리하면 다음과
같다.

　　　이 답장을 보내지 않겠습니다.

　이것이 본문의 "No"이다. 이 답장은 부정문이며 자기언급이다.
전편에서 소개한 "이 명제는 증명할 수 없다"의 구조와 동일하다.
이 문장 전체가 답장이므로 이 답장에 답장을 대입하면 다음이 된다.

　　　「이 답장을 보내지 않겠습니다.」는 답장을 보내지 않겠습니다.

　이것이 본문의 "이것을 Yes로 생각하세요."의 정체이다. 이것은
전편에서 본 대로 무한대에 이를 수 있다. 이 무한대의 문제를 이상
은 인식하고 있었다.

　4번. 이것은 네 가지로 생각할 수 있다. 첫째, 앞서 잠시 소개했
듯이 지구가 태양보다 먼저 생긴 것은 시간이 거꾸로 흐르는 거울
나라에서 가능하다. 거울나라가 실수의 세계라면 현실은 허수의 세
계이다. 당시 조선이 그랬다.

　둘째, 앞서 시「명경」에서 말했듯이 "맞섰던 계절의 한 페이지"로
서 한국의 옛 역사를 떠올리지 않을 수 없다. 주몽의 어머니는 하백
의 딸이었는데 태양이 배를 비추는 태몽을 꾸고 주몽을 낳았다. 한
국의 옛 역사에는 태양숭배 사상이 보인다. 이상이 죽은 후에 발견
된 백제금동대향로의 장닭 상도 태양숭배를 나타낸다. 영화롭던 옛

페이지의 태양은 사라지고 현실의 잊힌 페이지 아래에서 고생하는 조선의 모습이다.

셋째, 이 시를 쓴 1933년 2월은 대공황의 절정기이다. 미국에서는 루즈벨트 대통령이 취임을 앞두고 있다. 일본은 만주 건국을 감행하였다. 암울한 시기이다. 이상은 태양이 없어져 인류가 동사하는 것에 비유하고 있다.

넷째, 허블이 우주팽창을 발견했을 때 지구의 나이와 우주 나이의 계산 착오가 일어났던 사실을 비유하고 있다. 허블은 우주가 팽창한다는 사실을 발견한 직후 우주의 나이를 계산하였는데 지구의 나이보다 젊었다. 이상의 표현에 의하면 "태양이 은하 깊숙이 빠져버렸다." 태양이 없는 것이다. 이상에게 태양이 없어진 것이다. 이 모두를 합쳐서 시로 변용한 것일 것이다.

5번. 이상은 숨관가지가 결핵균에 좀먹어 들어가는 것을 본다. "모조리 가지가 잘리워진 한 그루의 가로수"가 바로 그것이다. 그런데 차도가 보이는 것 같다. "별안간 한 가닥의 가지가 쑥쑥 자란다. 마술처럼 그 끝 쪽에는 좀더 가는 것이 이것도 쑥쑥 자랐다." 그것은 희망의 방향을 가리킨다. "이건 지팡이를 들어올려 길을 가리키고 있는 그의 모습이었다." 그는 거울을 보며 거울의 자신과 생명이 소생하기를 간절히 원하는 대화를 기획한다. "나는 나의 생명의 북극을 확인하기를 간절히 원하면서도, 그는 입도 떼지 않았다." 그러나 거울 속의 이상은 입도 떼지 않고 "별안간 혀끝을 낼름 내보였을 뿐이었다." 삐쭉 혀를 내밀었다. 그의 입안은 각혈로 가득 차 있었기 때문이다. "혀는 그의 입안 가득히 부어올라 있었다." 그는 "애처로운 그 표정에서는 눈물이 땀처럼 흘러내렸다." 거울 밖의 이상 역시 거울 속의 이상과 똑같은 표정이다. 왜? 이상은 거울을 통해 "바람처럼 그의 옷깃에 스며들어버렸기" 때문이다. 희망을 가리키던 "한 자루의 지팡이보다도 더욱 외롭게 그는 지팡이에 기대어 해골 같은 육체를 언제까지나 한자리에 못박은 채 움직이려 하지 않았다." 거울 앞에서 떠날 줄을 몰랐다.

6번. 이상은 세대를 뛰어넘어 생각을 하고 있다. 그는 자신의 작품이 "고적"이 되어 오랫동안 여러 세대에게 새롭게 남기를 바란다.

7번. 새벽에 칵칵 각혈을 한다. 정수리까지 울리는 심한 각혈이다. 오늘은 정말 죽을 것 같다. 그럼에도 그는 매일 소생한다. 그는 죽지 않을 것이다. 그가 믿는 것은 시위를 떠난 화살은 결코 과녁에 도달하지 못한다는 그리스 궤변이 제시하는 또 하나의 모순이다. 시위와 과녁 사이의 길이를 10이라 하면 화살은 5를 통과할 것이다. 그것은 다시 7.5를 통과할 것이다. 다시 8.75를 지나야 하며 9.375를 지나야 한다. 이런 식으로 화살은 결코 과녁에 도달하지 못한다. 이상의 표현에 의하면 "반주야 혹은 반의 반주야 그 또 반에 반까지 줄지 않"으니 좀처럼 죽지 않을 것이다. 1번에서는 자꾸 하나씩 빼면 "나는 죽을 것인가? 그게 아니면 아는 비명의 횡사라도 해야 한단 말인가?"라고 비관적인데 여기서는 무한대의 궤변으로 죽지 않을 것이라 자문자답한다. 그러나 이것이 궤변임을 그도 안다. 그 이유는 무한대 수열의 합에 있다. 화살이 시위를 떠나 각각의 중간지점을 지날 때 남은 거리를 합쳐 보면 $5+2.5+1.25+\cdots=10$이 되어 화살은 과녁에 꽂힌다.

8번. 결핵으로 마른 형상이다.

9번. 꽃잎을 하나씩 뜯어내며 "그이가 나를 사랑한다, 아니다"를 반복하여 마지막 잎에서 "사랑한다"로 끝나면 사랑한다고 믿고 싶었던 미신 장난을 이상은 지팡이로 대신한다. 그러나 지팡이를 아무리 쓰러뜨린들 무한대로 확대될 뿐 끝장나지 않는다. 어쨌든 이상은 지팡이를 쓰러뜨려 YES 편지와 NO 편지 가운데 어느 것을 보낼까 결정한다. 그런데 쓰러지는 방향에 대해서 아무 언급이 없다. 선을 두 개 그어놓고 지팡이를 쓰러뜨리면 선 사이에 놓일 확률과 선에 걸칠 확률이 있다. 후자의 경우가 확률이 높은 것으로 알려졌다. 이상은 확률이 높은 경우에 YES 편지를 보낼 것이다(반대일 수 있다.).

이것은 뷔퐁(Comte de Buffon)의 원주율 문제로 알려졌다. 뷔퐁은 지팡이 대신 바늘을 사용하였다. 어떤 사람은 성냥개비로 실험한다. 이상의 예는 지팡이다. 지팡이 길이와 선 사이의 길이가 일치하는 경우 접선의 수:시도의 수의 비율은 뷔퐁의 공식에 의하면 $2:\pi$ 이다. 다시 말하면 확률$=2/\pi=2/$원주율이다. 여기서 원주율$=2/$확률$=2\times($시도의 수$/$접선의 수$)$가 된다. 이탈리아의 라자리니(Mario Lazzarini)가 3408번을 시도하여 2169번 선에 놓이는 것을 확인하였다. 뷔퐁의 공식에 따라 원주율 $= 2\times3408/2169=3.141529$를 얻었다. 이상은 이 같은 원주율 계산법을 알고 있었을 것이다.

10번. 죽어가는 몸이라도 살아있는 한 먹어야 하는 운명이 더럽다.

11번. 그의 몸이 부서져 가는 모습이다. 엎친 데 덮친 격으로 그는 오른손을 빼앗겼다. 이상은 "왜 한쪽 장갑을 잃어버렸을까?" 그 이유를 모른다. 생각해보니 이상을 거울 앞에 데리고 간 늙은 악성의 질타가 생각났다. "나의 비밀을 언감생심히 그대는 누설하였도다. 罪는 무겁다. 내 그대의 右를 빼앗고 終生의 左를 賦役하니 그리 알지어라"[29] 오른손으로 시를 썼는데 그만 시를 쓰라는 명령이다. 이상은 절필하고 싶다. "나는 나머지 장갑도 마저 잃어버렸으면 하고 생각한다. 하지만 내가 어떻게 내 마음대로 그것을 없앨 수가 있을까?" 이 때문에 그는 "욕을 먹는다. 한쪽 장갑을 고수하고 있다는 것 때문에." 한쪽 장갑을 고수하는 것은 외로된 사업이다. 그는 거울 속에서 세상과 상관없는 "외로된 사업에만 골몰"하고 있다. 그래서 세상과 상관있는 일을 하는 사람들로부터 욕을 먹는다. 그러나 그에게 내일이 올지조차 불안하다.

제목 그대로 단상이지만 전체적으로 지병을 비관한 토막글의 모음이다.

---

29) 「遺稿2」.

제4절

역단

1. KL83. 易斷

출처 : 易斷   가톨닉청년 1936. 2.

그이는白紙위에다鉛筆로한사람의運命을흐릿하게草를잡아놓았다. 이렇게홀홀한가. 돈과過去를거기다가놓아두고雜踏속으로몸을記入하여본다. 그러나거기는他人과約束된握手가있을뿐, 多幸히空欄을입어보면長廣도맞지않고않드린다. 어떤빈터전을찾아가서실컷잠자코있어본다. 배가아파들어온다. 苦로운發音을다삼켜버린까닭이다. 奸邪한文書를때려주고또멱살을잡고끌고와보면그이도돈도없어지고疲困한過去가멀거니앉아있다. 여기다座席을두어서는안된다고그사람은이로位置를파헤쳐놓는다. 비켜서는惡臭에虛妄과復讐를느낀다. 그이는앉은자리에서그사람이平生을살아보는것을보고는살짝달아나버렸다.

[해독] 전편은 이상의 운명론에서 시작하였다(전편 제2장제2절). 그것은 1931년 6월에 쓰여졌다. 원과 직선으로 상징하는 "두 종류의 존

재의 시간적 영향성." 운명은 정해진 것이다. 과거분사의 시제. 이 시가 그것을 다시 확인해준다. 易斷은 역술을 말하는데 정해진 운명을 풀이하는 것이다. 점쟁이의 일이다. 본문에서 핵심은 "배가 아파 들어온다."와 "苦로운 발음을 다 삼켜 버린 까닭이다." 이 시는 1936년 2월에 발표되었다. 시종일관 동일한 운명론이다.

돈을 놓고 사주를 말하면 역술인이 연필로 초를 잡는다. 이것저것 잡담 속에 과거를 기입한다. 미래를 말할 차례에서 장광설이 맞지 않고 받아들여지지 않는다. 가만히 들여다본다. 운명을 피하는 방법을 말한다. "여기다좌석을두어서는안된다고그사람은이로위치를파헤쳐놓는다." 이건 "苦로운 발음" 즉 엉터리다. 그래서 "배가 아파 들어온다." 운명은 정해져 있는 것이다. 억지로 꿰어 맞출 수 없는 노릇이다.

간사한 엉터리에 돈만 날리고 피곤한 과거는 그대로다. 남의 과거만 들여다 본 점쟁이는 변명을 늘어놓고 도망가 버린다. 말에 책임 없이 살짝 비켜서는 그에게 허망과 복수를 느낀다. 이상에게 운명이란 정해져 있는 것이다. "불행한 운명 가운데서 난 사람은 끝끝내 불행한 운명 가운데서 울어야만 한다. …이것은 지나간 나의 반생의 전부요 총결산이다."[30] 1931년의 시와 1936년의 시가 起承轉結이요 首尾雙關이다.

---

30) 「十二月十二日」.

2. KL84. 꼍作쇼우윈도우數點

출처:遺稿集 1932. 11. 14.　　　　　　　　　文學思想 1976. 6.

北을 向하여 南으로 걷는 바람 속에 멈춰 선 婦人

영원의 젊은 處女

地球는 그와 서로 스칠듯이 自轉한다.

　　　　(O)

運命이란

人間들은 一萬年 후의 어느 해 달력조차 만들어낼 수 있다.

太陽아 달아 한 장으로 된 달력아

　　　　(O)

달밤의 氣圈은 冷藏한다.

肉體가 식을 대로 식는다 靈魂만이 달의 光度로써 충분히 燃燒한
다. (1932년 11월 14일 밤)

[해독] 문단을 (O)로 갈랐다. 여기서 그란 달을 뜻한다. 달은 자전
하지 않으니 자오선이 없는 지구 같다. 그래서 동서의 시간을 멈추
게 한다. 그것은 흡사 북과 남 사이에 시간이 동일한 이치와 같다.
이래서 달은 늙지 않는 영원의 젊은 처녀. 먼 우주에서 볼 때 지
구는 자전하지 않는 달과 스칠 듯 동서로 자전하니 흡사 달을 자오
선 삼아 시간이 흐른다. 시간이 멈춰 정해진 운명의 달. 시간이 흐
르는 지구. 전편 제2장 제2절에서 이상이 제시한 원과 직선의 관계

다. 그 관계처럼 운명은 역시 1만 년 후의 어느 1년에도 정해져 있
다. 운명이 정해졌으니 태양력 태음력 모두 종이에 불과하다. 달밤
은 차고 육체도 차다. 그러나 달빛만으로도 정신은 뜨겁다. 정신만
은 시간이 멈춰 영원하니 운명에서 빗겨 서 있다. 그래서 이등 시민
이라도 뇌수에서 꽃이 핀다. 제목. 우주에서 볼 때 지구와 달은 쇼
우윈도우의 진열물에 불과하다.

3. KL85. 門閥

출처 : 危篤   조선일보 1936. 10.

墳塚에게신白骨까지가내게血淸의原價償還을强請하고잇다. 天下
에달이밝아서나는오들오들떨면서到處에서들킨다. 당신의印鑑이이
미失效된지오랜줄은꿈에도생각하지안으시나요 – 하고나는으젓이
대꾸를해야겟는데나는이러케실은決算의函數를내몸에진인내圖章
처럼쉽사리끌러버릴수가참업다.

[해독] 전편의 제2장 제2절에서 이상이 원과 직선으로 "두 종류의
존재"를 운명으로 설명하였다. 그때 두 종류의 존재가 음수陰數였
다. 우리의 생명은 "문벌"의 조상에게 진 빚이다. 그 조상이 "혈청의
상환"을 강청한다고 이상은 말한다. 이상은 상환을 거부한다. 그래
서 이상이 보기에 원과 직선이 어떻게 음수를 양수로 변경하는가

묻고 있다.

이상은 동생에게 보낸 편지에서 "내게는 집안보다 더 중요한 일이 있다."고 말했다. 그것은 문학이다. 뿐만 아니라 다른 시에서 변명도 내세운다. "7년이면 모든 세포가 바뀜으로" 더 이상 빚은 없다.

이상은 조상을 피하여 오들 오들 떨면서 숨으려 해도 도처에서 들킨다. "당신의 인감이 이미 실효된 지 오랜 줄은 꿈에도 생각하지 않으시나요."라고 항의를 하고 싶은데 그러지를 못한다. "나는 이렇게 싫은 결산의 함수를 내 몸에 지닌 내 도장처럼 쉽사리 끌러버릴 수가 참 없다." 끝내 이상은 "그 중요하다는 일"을 하러 동경으로 떠났다. 그리고 "그 중요하다는 일"을 시작도 못하고 한을 품은 채 동경에서 죽었다.

4. KL86. 肉親

출처 : 異常ᄒᆞᆫ可逆反應 1931. 6. 5.   조선과건축 1931. 7.

크리스트에酷似ᄒᆞᆫ襤褸ᄒᆞᆫ사나이가잇스니이이는그의終生과殞命까지도내게떠맛기랴는사나운마음씨다. 내時時刻刻에늘어서서한時代나訥辯인트집으로나를威脅ᄒᆞᆫ다. 恩愛- 나의着實ᄒᆞᆫ經營이늘새파랏케질린다. 나는이육중ᄒᆞᆫ크리스트의別身을暗殺하지안코는내門閥과내陰謀를掠奪당할까참걱정이다. 그러나내新鮮ᄒᆞᆫ逃亡이그끈적끈적ᄒᆞᆫ聽覺을벗어버릴수가업다.

[해독] 앞의 시의 후편이다. 이상을 양자로 입적한 백부모는 기독교 신자였나 보다. 백부가 세상을 뜨고 백모가 노년을 이상에게 의탁하려는 기미가 보인다. 이상은 백모와 친하지 않았다. 은애를 입었으니 갚으란다. 세상 물정 모르는 이 시대에 뒤떨어진 나를 트집잡아 같이 살려고 한다. 여기서 벗어나지 않고는 내 文閥이 위험해진다. 내 음모도 발각될지 모른다. 음모? "집안보다 중요하다"는 일이다. 그러나 도망을 하여도 완전히 벗어날 수 없었다. "육친"이기 때문이다.

5. KL87. 肉親의 章

출처 : 危篤   조선일보 1936. 10.

나는 24歲. 어머니는바로이낫새에나를낳은 것이다. 聖세바스티앙과같이아름다운동생. 로자룩셈불크의木像을닮은막내누이. 어머니는우리들三人에게孕胎分娩의苦樂을말해주었다. 나는三人을代表하여 -드디어-

어머니우린좀더형제가있었음싶었답니다.

-드디어어머니는동생버금으로孕胎하자六個月로서流産한顚末을고했다.

그녀석은사내였는데올해는19(어머니의한숨)

三人은서로들아알지못하는兄弟의幻影을그려보았다. 이만큼이나컸지-하고形容하는어머니의팔목과주먹은瘦瘠하여있다. 두번씩이

나喀血을한내가冷淸을極하고있는家族을위하여빨리안해를맞아야
겠다고焦燥하는마음이었다. 나는24歲나도어머니가나를낳으시드키
무엇인가를낳아야겠다고생각하는것이었다.

[해독] 이 시는 해독이 따로 필요 없다. 다만 핵심은 마지막 문장
"무엇인가를 낳아야겠다."에 있다. 아들 또는 딸을 낳겠다는 것이
아니라 무엇인가를 낳겠다는 것은 이상이 아우에게 보낸 편지에서
밝힌 대로 "집안보다 더 중요한 일"이라는 것과 상통한다. 그는 문
학을 말하고 있는 것이다. 또 시 「少女」에서 "내子宮가운데 소녀는
무엇인지를 낳아 놓았으니"의 표현대로 낳아야겠다는 그 무엇이다.
남자의 자궁은 그의 두뇌이고 두뇌가 낳은 자식이 작품brianchild이
다. 이상은 각혈을 해서 육체적인 자식보다 정신적인 자식을 원하
며 육체적인 자식을 낳기 위해서 여자가 필요하듯이 정신적인 자식
을 생산하기 위하여 "소녀"가 필요한 것이다. 다음 시가 「少女」이
다. 이것이 그의 운명이고 역단이다.

參商

1. KL88. 少女

출처 : 실낙원

少女는 確實히 누구의 寫眞인가보다. 언제든지 잠잫고있다.

少女는 때때로 腹痛이난다. 누가 鉛筆로 작난을한 까닭이다. 鉛筆은 有毒하다. 그럴 때마다 少女는 彈丸을 삼킨사람처럼 蒼白하고는 한다.

少女는 또 때때로 喀血한다. 그것은 負傷한 나븨가와서 앉는까닭이다. 그거미줄같은 나뭇가지는 나븨의 體重에도 견데지 못한다. 나뭇가지는 부러지고만다.

少女는 短艇 가운데 있었다 ─ 群衆과 나븨를 피하야. 冷却된 水壓이 ─ 冷却된 유리의 氣壓이 少女에게 視覺만을 남겨주었다. 그리고 許多한 讀書가 始作된다. 덮은 冊 속에 或은 書齋어떤틈에 곳잘

한장의 「얇다란것」이되여버려서는 숨ㅅ고한다. 내活字에少女의 살결내음새가 섞여있다. 내製本에少女의인두자죽이 남아있다. 이것만은 어떤强烈한 香水로도 햇갈나게 하는수는없을 -

사람들은 그少女를 내妻라고해서 非難하였다. 듣기싫다. 거짓말이다. 정말이少女를 본 놈은 하나도없다.

그러나 少女는 누구든지의 妻가아니면 안된다. 내子宮가운데 少女는 무엇인지를 낳아 놓았으니 - 그러나 나는 아즉그것을 分娩하지는 않았다. 이런소름끼치는 智識을 내여버리지않고야 - 그렇다는것이 - 體內에 먹어들어오는 鉛彈처럼 나를 腐蝕시켜 버리고야 말것이다.

나는 이少女를 火葬해버리고 그민두었다. 내鼻孔으로 조희탈 때 나는 그런 내음새가 어느때까지라도 低徊하면서 살아지려들지 않았다.

[해독] 이 시의 단서는 "내 자궁 가운데 소녀는 무엇인지를 낳아 놓았으니"라는 표현이다. 남자에게 자궁이 있을 수 없다. 그런데 이상의 자궁에 소녀가 무엇인가 낳았다는 표현은 소녀가 영감을 주어 이상이 시를 썼다는 뜻이다. 사람에게 육체적인 자식이 있듯이 정신의 자식 곧 두뇌의 산물brainchild이 있다. 그러므로 여기서 이상의 자궁이란 그의 두뇌를 가리키고 소녀는 변광성을 가리킨다. 변

광성은 빛의 광도가 변하는 별을 말한다. 변광성이 이상의 시상詩想을 일으킨다. 두 가지 종류가 있다. 하나는 주성主星의 주위를 공전할 때 우리 눈으로부터 멀어지면 광도가 약해져 창백해지고 가까워지면 광도가 강해져 붉어지는 경우이다. 또 하나는 별이 스스로 광도가 변하는 경우이다. 여기서는 첫 번째에 해당한다.

소녀(변광성)가 "때때로" 멀어져서 빛이 희미해지면 "탄환을 삼킨 사람처럼 창백하고는 한다." 그 이유는 "누가 연필로 작난을 하여" "복통"이 나기 때문이라고 비유하였다. 한편 소녀가 가까워지면 밝아지는데 그것을 이상은 소녀가 붉은 피를 토하여 밝아지는 것으로 묘사하였다. "소녀는 또 때때로 객혈한다." 광도가 창백함과 붉음이 교차되는 변광성이다. 그 이유가 "부상한 나븨가와서 앉는까닭이다. 그거미줄같은 나뭇가지는 나븨의 체중에도 견데지 못한다. 나뭇가지는 부러지고만다." 앞에서 폐를 구두에 비유했지만 의학계에서는 나비에 비유한다. "부상한 나비"는 폐결핵이다. 〈그림 7-13〉 참조 풀어쓰면 "그 거미줄 같은 숨관가지(나뭇가지)는 폐결핵의 무게에 견디지 못한다. 숨관가지는 부상하여 파열되고 만다." 폐결핵에 걸린 소녀는 창백한 얼굴에 때때로 붉은 피를 토하는 변광성이다.

"소녀는 단정 가운데 있었다 – 군중과 나븨를 피하야." 소녀는 주성 주변을 떠도는 단정이다. 이집트 신화에서 태양의 신 라Ra는 두 척의 단정을 타고 하늘을 여행한다고 한다. 아침 단정과 저녁 단정이다. 소녀 역시 두 척의 단정을 타고 다닌다. 창백할 때에는 각혈(붉음)을 피하려고 또 붉을 때에는 창백(나비)을 피하려고.

그런데 이상은 소녀(변광성)의 사진만 갖고 있다. 천체망원경이 없

〈그림 7-13〉 부상한 나비

는 탓이다. "냉각된 수압이 - 냉각된 유리의 기압이 소녀에게 시각
만을 남겨주었다." 그래서 변광성에 관한 책을 모조리 읽는다. "허
다한 독서가 시작된다." 그 소녀는 "덮은 책 속에 혹은 서재어떤틈
에 곳잘한장의 얇다란것이되여버려서는 숨ㅅ고한다. 내활자에소녀
의 살결내음새가 섞여있다. 내제본에소녀의인두자죽이 남아있다."
사진이지만 이상은 소녀의 향내를 맡는다. "이것만은 어떤강렬한
향수로도 햇갈나게 하는수는없을 -." 그리고 이상의 시가 되어 활
자에 소녀의 살 냄새가 배기를 바란다. 책의 표지에도 인두 자국으
로 남기를. 옛날에 전통적인 책표지를 만들 때 인두가 필요하였다.
　"사람들은 그소녀를 내처라고해서 비난하였다." 이상의 여자도
변광성처럼 매일 집을 나갔다 돌아온다. 이상을 중심으로 도는 변
광성이다. "듣기싫다. 거짓말이다. 정말이소녀를 본 놈은 하나도없
다." 이상 주변에 변광성을 본 사람은 없다.

"그러나 소녀는 누구든지의 처가아니면 안된다."어째서? 소녀는 나에게 시적 영감을 주기 때문이다. 내 두뇌 주변을 돌면서 나의 자궁에 두뇌의 산물brainchild을 낳아주기 때문이다. "내자궁가운데 소녀는 무엇인지를 낳어 놓았으니"그러나 이상은 아직 그것을 시로 만들어내지 못했다. "아즉그것을 분만하지는 않었다."전편에서 온갖 천체현상을 시로 읊은 이상이 변광성에 대해서는 한 편의 시도 쓰지 않은 이유가 있다. 왜냐? "이런소름끼치는 지식을 내여버리지않고야 – 그렇다는것이 – 체내에 먹어들어오는 연탄처럼 나를 부식시켜 버리고야 말것이다."그는 변광성처럼 변덕스러운 여자를 연탄처럼 혐오한다. 변광성 같은 여자가 이상에게 입맞춤을 하고 이상을 배신하여 떠나버리기 때문이다. 이상은 변광성의 사진을 태워버렸다. "나는 이소녀를 화장해버리고 그만두었다. 내鼻孔으로 조희탈 때 나는 그런 내음새가 어느때까지라도 저회하면서 살아지려들지 않았다."이상은 자신을 알아주는 붙박이 별 같은 여자를 기다리고 있다.

2. KL89. 失樂園

출처 : 異常한可逆反應　　　　　　　　　　　　　　　　　조광 1939. 2.

天使는 아모데도 없다. 『파라다이스』는 빈터다.

나는 때때로 二三人의 天使를 만나는 수가 있다. 제各各 다쉽사리 내게 「키쓰」하야준다. 그러나 忽然히 그당장에서 죽어버린다.

마치 雄蜂처럼 -

天使는 天使끼리 싸홈을 하였다는 所聞도 잇다.

나는B 군에게 내가 享有하고있는 天使의屍體를 處分하야버릴 趣
旨를 니야기할작정이다. 여러사람을 웃길수도 있을 것이다. 事實S
君 같은 사람은 깔깔웃을것이다. 그것은 S君은 五尺이나넘는 훌륭
한天使의 屍體를 十年동안이나 忠實하게 保管하야온 經驗이있는
사람이니까 -

天使를 다시 불러서 돌아오게하는 應援旗같은 旗는 없을까.

天使는 왜그렇게 地獄을 좋아하는지 모르겠다. 地獄의 魅力이 天
使에게도 차차 알녀진것도 같다.

天使의 「키쓰」에는 色色이 毒이들어있다. 「키쓰」를 당한사람은
꼭무슨病이든지 앓다가 그만 죽어버리는것이 例事이다.

[해독] 이 시의 첫째 단서는 이 시가 『이상한 가역반응』의 연작이
라는 데 있다. 전편에서 이상은 샤플리가 되지 못하는 이상한 가역
반응을 읊었다. 따라서 본문에서 증거가 제시되겠지만 "S君은 五尺
이나넘는 훌륭한天使의 屍體를 十年동안이나 忠實하게 保管하야온

經驗이있는 사람이니까"라는 문장에서 S군이 샤플리 박사를 칭한다. 그리고 여기서 천사는 별을 가리킨다. 둘째 단서는 "키쓰"이다. 별의 분류에 O, B, A, F, G, K, M, N의 문자를 사용한다.전편의 〈그림 2-29〉 참조 밝기 기준이다. 이것을 문장으로 만들면 Oh, Be A Fine Girl, Kiss Me, Now! 이다. 이 문장대로 천사(별)가 이상에게 입 맞춘다. 앞의 시에서도 변광성을 소녀에 비교하였던 만큼 상징적이다. "나는 때때로 이삼인의 천사를 만나는 수가 있다. 제각각 다쉽사리 내게 키스하야준다." 앞서 변광성 같은 여자가 2-3인 있었다는 말이다. 그리고 배신하고 떠나버렸다. 그러나 홀로 남은 이상은 그 사진을 불태운다. "홀연히 그당장에서 죽어버린다." 앞서 소녀도 불태워졌다. 이들은 이상의 자궁(두뇌)에 아무 영향brainchild을 남기지 않았다.

우주에서는 때때로 하나의 별이 다른 별을 삼키기는 일이 일어난다. "천사는 천사끼리 싸홈을 하였다는 소문도 잇다." 본문에서 B군은 전편에서 소개한 바데(William Baade) 박사이다. 그는 이상 생전에 7개의 소행성을 발견했다. 그는 또 변광성에는 두 종류가 있다는 사실을 발견하고 우주의 크기가 허블이 계산한 것보다 두 배 더 크다는 사실도 증명하였다. "나는B 군에게 내가 향유하고있는 천사의 시체를 처분하야버릴 취지를 니야기할작정이다." 이상은 자신의 자궁에 무언가 낳아주는 소녀 이외에 다른 것들을 향유하고 있었고 그것을 소재로 많은 시를 썼는데 아무도 알아주는 사람이 없어서 이제 천체에 관한 시는 그만 쓰려고 한다. 또 본문에서 S군은 역시 전편에서 소개한 샤플리Shapley 박사이다. 샤플리 박사는 1921년 하버드 대학 천문대 책임자가 되었는데 그의 제자가 여자로서는 최초의 천문학박사가 되었다. 그녀는 1927년부터 1937년까지 10년 동안 샤플리 박사의 지도로 3,250,000개의 변광성을 관측하였다. 그 사진만 하여도 높이가 5척이나 되었다. 이것을 이상은 "사실S군 같은 사람은 깔깔웃을것이다. 그것은 S군은 오척이나넘는 훌륭한천사의 시체를 십년동안이나 충실하게 보관하야온 경험이있는 사람이니까"라고 개수와 기간을 정확하게 기술하고 있다.

변광성을 발견한 천문학자 가운데 요절한 사람이 많다. "천사의 키스에는 색색이 독이들어있다. 키스를 당한사람은 꼭무슨병이든지 앓다가 그만 죽어버리는것이 例事이다." 이상은 변광성을 발견하지는 않았지만 키스를 당했기 때문에 요절할 것을 예감한다. 이것 또한 전체제목이 의미하는 바처럼 "이상한 가역반응"이다. 그 후라도 자신을 알아주는 사람이 나타나기를 바라는 간절한 심정이 다음 시에 묻어있다.

3. KL90. 作品第三番

출처: 문학사상 1976. 7.

구강의 색채를 알지 못한다 – 새빨간 사과의 빛깔을 –
미래의 끝남은 면도칼을 쥔채 잘려 떨어진 나의 팔에 있다.
이것은 시작됨인 『미래의 끝남』이다. 과거의 시작됨은 잘라 버려진 나의 손톱의 발아에 있다. 이것은 끝남인 『과거의 시작됨』이다.

1

나 같은 불모지를 지구로 삼은 나의 모발을 나는 측은해한다

나의 살갗에 발라진 향기 높은 향수 나의 태양욕

용수처럼 나는 끈기 있게 지구에 뿌리를 박고 싶다 사나토리움의 한 그루 팔손이나무보다도 나는 가난하다

나의 살갗이 나의 모발에 이러 함과 같이 지구는 나에게 불모지라곤 나는 생각지 않는다.

2

유치장에서 즈로오스의 끈마저 빼앗긴 양가집 규수는 한 자루 가위를 경관에게 요구했다

— 저는 무기를 생산하는 거예요

이윽고 자라나는 규수의 단발한 모발

신은 사람에게 자살을 암시하고 있다 ……고 독두옹이여 생각지 않습니까?

나의 눈은 둘 있는데 별은 하나 밖에 없다 폐허에 선 눈물마저 하오의 것인가 불행한 나무들과 함께 나는 우두커니 서 있다

폐허는 봄 봄은 나의 고독을 쫓아버린다

나는 어디로 갈까? 나의 희망은 과거분사가 되어 사라져버린다

폐허에서 나는 나의 고독을 주어 모았다

봄은 나의 추억을 무지로 만든다 나머지를 눈물이 씻어버린다

낮 지난 별은 이제 곧 사라진다
낮 지난 별은 사라져야만 한다
나는 이제 발을 떼어놓지 아니하면 아니되는 것이다
바람은 봄을 뒤흔든다 그럴 때마다 겨울이 겨울에 포개진다
바람 사이사이로 녹색 바람이 새어 나온다 그것은 바람 아닌 향기다 나는 나의 모든 것을 묻어버리지 아니하면 아니된다 나는 흙을 판다

흙속에는 봄의 식자가 있다

지상에 봄이 만재될 때 내가 묻은 것은 광맥이 되는 것이다
이미 바람이 아니불게 될 때 나는 나의 행복만을 파내게 된다
봄이 아주 와버렸을 때에는 나는 나의 광굴의 문을 굳게 닫을까 한다

남자의 수염이 자수처럼 아름답다
얼굴이 수염 투성이가 되었을 때 모근은 뼈에까지 다달아 있었다

[해독] 구강의 색채는 사과처럼 빨갛다. 객혈 때문이다. 이상은 결핵요양소에 있다. "사나토리움의 한 그루 팔손이나무보다도 나는 가난하다." 전편에서 이상은 면도칼로 두 팔을 자른다. 천체에 관한 시를 그만 쓰기로 한 것이다. 여기서 "미래의 끝남"이란 천체의 관

한 초기 시의 끝을 가리킨다. 이 미래의 끝남에서 새로운 시작이 움튼다. "이것은 시작됨인 『미래의 끝남』이다." 후기 시와 산문의 시작이다. 과거에서 시작된 것이 끝난 것이 『과거의 시작됨』의 끝이다. 그런데 과거의 시작됨은 잘라 버려진 나의 손톱의 발아에 있다. 여기서 손톱은 자신의 신체의 일부분으로 봄을 기다리며 "식목"한 것이다. 앞서 시 「단상」에서 본대로 손톱은 양치질, 폐의 파편, 오줌, 소리, 장갑 등과 함께 매장 아니 식목되어 봄을 기다리는 것들이다.

번호 1. 봄을 위해 식목하는 것 가운데 모발이 있다. 삼손의 힘이 모발에서 나오듯이 이상의 창작정신 역시 모발에 있다. 그런데 알아주는 이 없는 척박한 땅(지구)이므로 나의 모발(정신)이 불쌍하다. 다행인 것은 나를 살찌우는 것은 태양이다. 그가 태양에 대한 시를 쓰는 이유이다. 태양욕을 자신에 바르는 향수라고 표현하였다. 태양의 향수의 도움으로 지구(척박한 땅한 불모지)에 뿌리를 박고 싶다. 그렇게 하면 지구는 더 이상 나에게 불모지가 아니다.

번호 2. 그러나 다른 방해꾼이 있다. 일제의 탄압이다. 흡사 "유치장에서 즈로오스의 끈마저 빼앗긴 양가집 규수"의 모습이다. 그는 가위가 필요했다. 미래를 위해 모발을 잘라 땅에 식목하는 것이다. "저는 무기를 생산하는 거예요." 자라나면 또 잘라서 식목할 것이다. "이윽고 자라나는 규수의 단발한 모발." 이러한 것은 모발이 없는 독두옹은 모르는 일이다. "독두옹이여 생각지 않습니까?" 이것마저 좌절되면 "신은 사람에게 자살을 암시하고 있다." 여기서 독두옹은 아마도 우가키(宇垣-成) 총독을 말할 것이다.

모든 희망은 사라지고 단 하나의 희망(별)은 미래를 위해 모발을 심는 것이다. "나의 눈은 둘 있는데 별은 하나 밖에 없다" 그러나 두 눈에서 흐르는 눈물은 "폐허에 선 눈물마저 하오의 것인가 불행한 나무들과 함께 나는 우두커니 서 있다." 오후는 모든 희망이 사라지는 시간이다. 다시는 기회가 없다. 이미 기회가 사라진 불행한 나무들과 함께 우두커니 서 있을 수밖에 없다. 누가 미래에 오는 이가 있어 내가 심어놓은 광맥을 열어볼까? 다음 문장들이 그것을 그리고 있다.

이상화의 "빼앗긴 들에도 봄은 오는가." 폐허에도 봄은 오리라. 봄이 오면 그가 심어놓은 모발이 자란다. "봄은 나의 고독을 쫓아버린다." 그러나 당장 "나는 어디로 갈까?" 당장 갈 곳이 없는 "나의 희망은 과거분사가 되어 사라져버린다."

"폐허에서 나는 나의 고독을 주어 모았다." 그 고독이 이상의 시이다. 그러면서 봄을 기다린다. "봄은 나의 추억을 무지로 만든다 나머지를 눈물이 씻어버린다." 그러나 오후가 지나면 희망은 사라진다. "낮 지난 별은 이제 곧 사라진다 낮 지난 별은 사라져야만 한다." 이제 나는 사라질 때가 된 것이다. "나는 이제 발을 떼어놓지 아니하면 아니되는 것이다." 다음 봄을 기다리며. 그러나 그 봄은 몇 번 지나야 하는가. "바람은 봄을 뒤흔든다 그럴 때마다 겨울이 겨울에 포개진다." 고통의 바람 속에서도 봄을 알리는 녹색은 새어 나온다. "바람 사이사이로 녹색 바람이 새어 나온다 그것은 바람 아닌 향기다." 이상은 그때를 위해 모발을 식목한다. "나는 나의 모든 것을 묻어버리지 아니하면 아니된다 나는 흙을 판다." 어째서? "흙

속에는 봄의 식자"가 있기 때문이다. 그러면서 이상은 자신을 알아주는 사람을 기다린다.

> 지상에 봄이 만재될 때 내가 묻은 것은 광맥이 되는 것이다
> 이미 바람이 아니불게 될 때 나는 나의 행복만을 파내게 된다
> 봄이 아주 와버렸을 때에는 나는 나의 광굴의 문을 굳게 닫을까
> 한다

이상이 미래를 기다리면서 심는 모발과 수염은 이래서 의미가 있다.

> 남자의 수염이 자수처럼 아름답다
> 얼굴이 수염 투성이가 되었을 때 모근은 뼈에까지 다달아 있었다

이상의 세포 하나하나까지 시로 묻어나온다. 다음 시가 자신을 알아주는 사람과 삼상參商을 기다리는 기원이다.

4. KL91. 面鏡

출처 : 실낙원 　　　　　　　　　　　　　　　　　　　　조광 1939. 2.

철필달닌 펜축이하나, 잉크병, 글자가적혀있는지편(모도가 한사람치)

부근에는 아모도 없는것같다. 그리고 그것은 읽을수없는 학문인

가싶다. 남어있는 체취를 유리의냉담한것이 덕하지아니하니 그비장한 최후의 학자는 어떤 사람이였는지 조사할길이없다. 이간단한 장치의 정물은 쓰당카아멘처럼 적적하고 기쁨을 보히지 않는다.

피(혈)만 있으면 최후의 혈구하나가 죽지만않았으면 생명은 어떻게라도 보존되어있을것이다.

피가있을가. 혈흔을 본사람이있나. 그러나 그난해한학문의 끄트머리에 싸인이 없다. 그사람은 -만일 그사람이라는 사람이 그사람이라는 사람이라면 - 아마 돌아오리라.

죽지는않았을까 - 최후의 한사람의 병사의 - 논공조차 행하지 않을 - 영예를 일신에지고 지루하다. 그는 필시돌아올것인가. 그래서는 피신에 가늘어진 손가락을 늘녀서는 저정물을 운반할것인가.

그러면서도 결코 기뻐하는 기색을 보히지은 아니하리라. 짖거리지도 않을것이다. 문학이 되어버리는 잉크에 냉담하리라. 그러나 지금은 한없는 정밀이다. 기뻐하는것을거절하는 투박한정물이다.

정물은 부득부득 피곤하리라. 유리는 창백하다. 정물은 골편까지도 노출한다.

시계는 좌향으로 움즉이고있다. 그것은 무엇을 계산하는메터일까. 그러나 그사람이라는 사람은 피곤하였을것도같다. 저캐로리의 삭감 - 모든 기구는 연한이다. 거진거진 - 잔인한정물이다. 그강의 불굴하는 시인은 왜돌아오지 아니할까. 과연 전사하였을까.

정물가운데 정물이 정물가운데 정물을 점여내이고있다. 잔인하지 아니하냐.

초침을 포위하는 유리덩어리에 남긴 지문은 갱생하지아니하면 안될것이다 – 그비장한 학자의 주의를 환기하기 위하야.

[해독] 이 시는 이상이 미래의 어느 날 자신의 시를 해독하는 사람을 기다리는 모습이다. 이육사의 말대로 "백마 타고 오는 이"를 기다린다. 이상이 남긴 "철필달닌 펜축이하나, 잉크병, 글자가적혀있는지편(모도가 한사람치)." 실제로는 지편만 남겼다. "부근에는 아모도 없는것갓다." 그 이유는 "그것은 읽을수없는 학문인가" 싶기 때문이다. 이상 자신도 자신의 시가 어렵다는 점을 안다. "남어있는 체취" 마저 유리처럼 차서 "유리의냉담한것"이 도움이 되지 않으니 "덕하지아니하니" 그것은 거울에 비친 것이다. 후세에게 "그비장한 최후의 학자"는 과연 어떤 사람이었는지 알 길이 없다. "조사할길이없다." 이상의 시가 거울에 비친 것 같은 "이 간단한 장치의 정물"처럼 그대로 해독되지 않고 있으니 아무도 몰랐던 "투탕카멘"의 존재처럼 "적적하고 기쁨을 보히진 않는다."

작은 단서라도 발견된다면 어떻게 해서라도 해독이 되었을 것을, 다시 말하면 "피(혈)만 있으면 최후의 혈구하나가 죽지만않았으면 생명은 어떻게라도 보존되어있을것이다."

그 로제타스톤 같은 작은 단서를 본 사람이 과연 나타날 것인가.

"피가있을가. 혈흔을 본사람이있나." 이상 시의 난해함을 뛰어넘을
수 있는 단서를 발견한 사람이 있을까. "그난해한학문의 끄트머리
에 싸인이 없다." 그럼에도 언젠가는 올바르게 해독하는 사람이 나
타나리라. 그러한 후세인이 나타나면 이상은 부활하여 돌아오리라.
"그사람은 -만일 그사람이라는 사람이 그사람이라는 사람이라면 -
아마 돌아오리라."

그 사람은 "죽지는않았을까 - 최후의 한사람의 병사의 - 논공조
차 행하지 않을 - 영예를 일신에지고 지루하다. 그는 필시돌아올것
인가. 그래서는 피신에 가늘어진 손가락을 늘녀서는 저정물을 운반
할것인가." 후세에 의하여 해독이 되는 날 이상의 시들(저장물)은 냉
담한 거울에서 나와 운반될 것인가.

그렇게 되는 날 "결코 기뻐하는 기색을 보히지은 아니하리라. 짖
거리지도 않을것이다. 문학이 되어버리는 잉크에 냉담하리라." 그
러나 지금은 거울에 갇혀 "한없는 靜謐이다." 아직은 제 시간이 되
지 않아서 "기뻐하는것을거절하는 투박한정물이다." 오라, "정물은
부득부득 피곤하리라. 유리는 창백하다. 정물은 골편까지도 노출한
다." 거울에서 "시계는 좌향으로 움즉이고있다. 그것은 무엇을 계
산하는메터일까." 그러나 이상은 시간이 너무 흘러 자신의 시가 잊
히는 것을 두려워한다. 모든 것은 피곤해지는 연한이 있기 때문이
다. "그사람이라는 사람은 피곤하였을것도같다. 저캐로리의삭감 -
모든 기구는 연한이다." 이상의 시가 거울에 유폐된 것은 "잔인한정
물이다." 언제 정물에서 풀려 거울 밖으로 운반될까? 아직도 거울
속에 있는 것으로 보아 "그强毅不屈하는 시인은 왜돌아오지 아니할

까. 果然 戰死하였을까." 아까운 시간만 자꾸 흘러 정물은 점점 "캐
로리가 삭감"되고 "골편까지 노출"되도록 "정물가운데 정물이 정물
가운데 정물을 점여내이고있다." 그것은 너무 "잔인하지 아니하냐."
누가 빨리 나의 시를 해독해 다오. 시간은 흐르고 "초침을 포위하는
유리덩어리에 남긴 지문은 갱생하지아니하면 안될것이다" 거울에
유폐된 나의 시를 다시 갱생하지 않으면 안 된다. "그비장한 학자의
주의를 환기하기 위하야."

KL92. 休業과 事情

지금까지 보아온 대로 이상의 시는 커다랗게 두 형태로 구분된다. 초기 시와 후기 시이다. 초기 시는 천체망원경에서 시작하여 프리즘, 태양, 은하계, 은하, 유성, 초신성을 노래하였다. 『삼차각설계도』 연작과 『건축무한육면각체』 연작 그리고 『오감도』 연작 등의 내용이다. 그것은 『이상한 가역반응』에 대한 이상의 절규이다. 이상한 가역반응의 원인은 가짜, 모조, 모순의 조선이었다. 이상은 이것을 괴델의 불완전성과 일치시켰다. 후기 시는 이 책에서 본 대로 이에 대해 이상이 저항하다 침몰하는 내용이다.

이것들이 불충분하지만 조금씩 녹아있는 창작이 있다. 그것이 소설 『休業과 事情』이다. 여기에는 세 사람이 등장한다. 보산, SS, 그리고 SS의 부인이다. 보산은 이상의 아호이다. 그런데 SS의 부인은 한 번도 모습을 나타내지 않는다. 무슨 사정이 있을까? SS는 이상처럼 출근하지 않는다. 휴업 중이다. 무슨 사정이 있을까? 그 내용이 『휴업과 사정』이다. 그런데 끝에 이르기까지 그 이유를 전혀 알 수 없도록 소설이 짜여 있다. 이 글은 두 가지 의미를 내포한다.

첫째, 표현방식을 보면 SS 표기가 눈에 띈다. 이상의 글에서 두 개의 철자로 표현된 이름은 여기밖에 없다. 한글로 옮기면 쓰이다.

이러한 성씨는 없다. 이것을 괴델의 표기법으로 해독하면 SS=T이다. 그런데 흥미로운 것은 우연의 일치인지 모르겠으나 오늘날 한영 혼용자판에서도 ㅆ=T이다. 곧 SS=ㅆ=T이다. 소설『十二月 十二日』의 등장인물의 성씨도 T이다. 물론 다른 인물일 수 있고 동일 인물일 수도 있다. 어쨌든 그 관계는 우호적이지 않다. 두 소설에서 공히 이상은 독신이지만 T는 부인과 자식이 있다.

둘째, 이 글은 하나의 공간이 둘로 나뉜 이웃 사이의 이상과 T 사이에 비우호적인 관계로 시작된다. 조이스의『율리시즈』도 그 시작이 한 지붕 아래 이웃인 조이스와 멀리건 사이의 다툼에서 시작된다.

셋째, 이상과 T. 두 등장인물 사이의 이 비우호적인 관계를 비유 측면에서 보면 더욱 흥미롭다. SS=S+S라고 풀이할 수 있다. 시리우스A와 시리우스B의 쌍둥이이다. 전편에서 누누이 밝혔듯이 이상은 개띠이며 스스로를 시리우스B에 비유하였다. 이 책에서 해독한 시에서도 시리우스에 비유하였다.『휴업과 사정』에도 간접적인 비유가 등장한다. "인사도업시그날그날을살아가는보산과 SS 두사람의 삶이엇더케하다 가는갓가워젓다. 엇더케하다가는 멀어젓다이러는것이 퍽자미잇섯다." 시리우스가 그렇다. 시리우스A와 시리우스B는 서로 공전하는데 가까워졌다 멀어졌다 반복한다. 또 "보산의 그림자는 보산을 닮지안이하고 대단히키가적고 뚱뚱하다는이보다도 뚱뚱한것이 거의 SS를 닮았구나."라고 기록하는 것으로 보아 전편에서 충분히 설명하였듯이 시리우스B인 이상에 대해 SS가 시리우스A에 비유되고 있다. 그 이유에 대해 이상은 "세상에서땅바닥에

달나부터뜨더먹고사는 천하인간들의쓰는시와는운소로차가나는훌
륭한시를 보산은몃편이나몃편이나써놋는것이건만 그대신세상사람
들은 그의시를리해하야줄리가업는대망상으로밧게는볼수업는것이
엿다. 이것을보산혼자만이설어하고잇스니 누가보산이이것을설어
하고잇다는것조차알아줄이가잇슬가.”라고 자신이 외로운 천재라고
칭하는 것으로 보아 시리우스B이다. 원래는 시리우스A였는데 전편
에서 보았듯이 날 수 없고 보이지 않게 뚝 떨어져 낙상한 시리우스B
백색왜성이다. 그리고 시리우스B가 시리우스A의 중력에 붙들려 그
에게서 벗어나지 못하는 것처럼 이 글에서 보산은 SS에 대한 집착
에서 벗어나지 못하고 있다. 두 사람의 사이를 시리우스A와 시리우
스B 사이의 관계로 비유하는 것이 이 글의 첫 번째 의의이다.

넷째, 다시 제목으로 돌아가서 SS가 “휴업”하게 된 “사정”은 무엇
인가. SS의 부인이 아들을 출산한 사연이다. SS는 부인의 순산을
돕기 위해 직장을 잠시 쉰다. 진통이 시작되면 뱃속의 태아가 세상
으로 순조롭게 나오도록 산파나 장모가 유도 가락을 부른다.[1] 때로
는 무당이 주문으로 나쁜 악을 물리쳐서 분만을 유도한다.[2] 드물게
손목이 먼저 밖으로 나온 태아의 손목에 아버지의 이름을 쓴 종이
를 걸어주며 세상으로 인도하는 주문을 부르는 것도 무당이다.[3] 이
소설에 여러 가지 목소리의 노래가 등장하는 배경이다. 그래도 아

---

[1] 출사의례, 전남 화순군. www.hwasun.go.kr
[2] Ludlow, "Medical Experiences in Korea," *Cleveland Medical Journal*, Vol.13, 1914, pp.476~481.
[3] Ludlow, "Medical Experiences in Korea," *Cleveland Medical Journal*, Vol.13, 1914, pp.476~481.

이가 나오지 않으면 가족들이 산모의 배를 눌러 분만을 유도한다.4) 또 남편이 흐르는 물을 입에 채워 산모의 입에 넣어준다.5) 깨끗한 물을 산모에게 먹이려면 남편이 먼저 입안을 깨끗이 헹군 다음 침과 함께 뱉어야 한다. 이 소설에서 침 뱉는 장면이 자주 나오는 배경이다. 이상은 이러한 휴업의 사정을 여러 겹으로 감추고 처음에는 낮은 단계의 일상의 공상에서 시작하여 점점 온갖 엉뚱하고 점증되는 공상의 방향으로 독자를 몰고 가다가 마지막의 최절정에 가서야 독자들에게 깜짝 놀랄 단서를 살짝 보여주고 갑자기 마무리한다. 이제 전문을 놓고 해독한다.

삼년전이보산과SS와 두사람사이에 끼워들어안저잇섯다 보산에게달은갈길이쪽을가르쳐주엇스며 SS에게달은 갈길저쪽을가르쳐주엇다 이제담하나를막아노코이편과저편에서 인사도업시그날그날을살아가는보산과 SS두사람의 삶이엇더케하다 가는갓가우엇다. 엇더케하다가는 멀어젓다이러는것이 퍽자미잇섯다.

보산이마당을 둘러싼담엇던점에서 부터수직선을 끌어노으면그전우에SS의방에들창이잇고그들창은 그담의 매앤꼭딱이보다도 오히려한자와가웃을 더놉히나잇스닛가SS가들창에서 내여다보면보산의다망이환이다들여다보이는것을 보산은 적지안이화를내이며 보아지내왓든것이다.

4) Ludlow, "Medical Experiences in Korea," *Cleveland Medical Journal*, Vol.13, 1914, pp.476~481.
5) 출사의례, 전남 화순군. www.hwasun.go.kr

이 글은 1932년에 썼다. 삼 년 전의 일이라니 1929년의 일이다. 그렇다면 이 글의 주인공의 성이 이상의 첫 소설 『十二月 十二日』의 주인공의 성과 같다. 앞서 해독했듯이 괴델의 표기방식에 의하면 SS=T이기 때문이다. 보산은 이상이다. 보산과 T는 서로 다른 인생을 산다. 담 하나로 나누어져 보산과 SS는 떨어 질레야 떨어질 수 없고 둘 사이가 가까웠다 멀었다 하는 것을 비유하여 시리우스의 쌍성을 의미하는 S+S=SS로 표현하였다고 여겨진다. T의 들창이 보산의 담보다 한 자 정도 높다는 것은 시리우스B가 시리우스A에서 뚝 떨어져 낙상한 모습에 어울린다. 그래서 보산의 마당이 훤히 보인다.

SS는 때때로 저의들창에매여달려서는 보산의마당의임의의한점에 춤을배앗는버릇을 한두번안이내애는것을 보산은SS가들키는것을 본적도잇고 못본적도잇지만본적만서처 헤여도쾌만타. 엇째서 남의집기지에다 대이고 함부로 춤을 배앗느냐 대체생각이엇더케 들어가야 남의집마당에다 대이고춤을배앗고십흔 생각이 먹휠가를 보산은 알아내기가퍽어려워서엇던때에는 그럼내가 어듸한번 저방저들창에가 매여달려볼가그러면 끗끗내는 나도이마뎅에다대이고 춤을배앗고십흔생각이떠올으고야 말것인가 이럿케까지생각하고 하고는하얏지만보산은 아즉한번도실제로 그들창에가매여달려본적은업다고하야도 보산의SS의그런추잡스러운행동에대한악감이 나분노는 조곰도덜어지지는안은 채로이전이나 맛찬가지다.

문제는 T가 보산의 마당에 침을 뱉는다는 것이다. 보산은 그 사정을 아직 모른다. 이로 인해 보산은 엉뚱한 생각이 구름처럼 핀다. T는 입을 헹구어 새로운 물을 입에 담아 임산부인 아내의 입에 흘려 넣어준다. 이것은 고대부터 전해 내려오는 풍습이다. 이것을 알길이 없는 보산은 자신도 T처럼 들창 너머로 침을 뱉어볼까 생각하지만 실행은 하지 못한다.

아츰오후두시 – 보산의아츰기상시간은대개오후에 들어가서야 잇는데그러면아츰이라고 할수는업지만 그날로서는제일척번닐어나는것이닛가아츰이라고하는것이조타 –에닐어나서 투스부라쉬를 닙에물고 뒤이지를손아귀에꽉쥐이고마당에나려스면 보산은 보자마자기다렷다는듯이 춤을큼직하게한입뿌듯이그러모아서이쪽보산의조름든어깨인얼골로머뭇거리는근처를견양대여서한번에배앗는다. 그소리는퍽완전한것으로처음SS의입을떠날때대로부터보산의다당정해진어는한군데땅 –흙우에떨어저약간의여운진동을내이며흔들니다가머물너주저안저버릴때까지거의교묘한사격이완료된것과갓흔 모양으로듯(고보)는사람으로하여금부족한감이업슬만하게 얌전한 것이다. 단번에보산은 얼이 빠아저버려서버엉하니장승모양으로섯다가는다시정신을 자알가다듬어가지고증오와모욕의가득찬눈초리로 그무례한침략자SS의춤갓가이로 가만가만이닥아스는것이다. 빗갈은거의SS의소화작용의일부분을담당하는 타액선의분피물이라고는 볼수업슬만치주제가람루하며 거의춤이라는 체면을유지하지못하고잇는꼴이보산의마음을비록잠시동안이나마 몹시센치멘탈하게한다.
  SS는그의귀중한춤으로하야 나의압헤이다지사나운주제를로출식혀스사로의 명예의몃부분을회손식히는 딱한일이무엇이SS에게

깃븜이되는것일가 보산은 때마츰탄식하얏다.

보산이 오후 2시에 일어나서 마당에 나가 양치를 한다. 보산의 마당에 수도가 있거나 양수장치가 있다는 암시이다. 다시 말하면 흐르는 물이다. 그때 T가 침을 탁 뱉는다. 보산은 어쩔 줄을 모른다. 험한 표정으로 T에게 항의하지만 침은 보산의 관찰에 의하면 "약간의 여운 진동을 내며 흔들리다가 머물러 주저앉는다." 이건 정상적인 침의 모습이 아니다. 그래서 보산이 침을 자세히 들여다보니 "침이라고 볼 수 없을 만치 남루하다." 이것은 T가 단순히 침을 뱉은 것이 아니라 물에 희석하여 뱉은 것을 의미한다. 다시 말하면 산모에게 깨끗한 물을 먹이기 위해 그 전에 자신의 입을 헹군 물인 것이다. 그래서 침보다 묽은 것이다. 그것을 이상은 "빗갈은거의SS의소화작용의일부분을담당하는 타액선의분퓌물이라고는 볼수업슬만치 주제가람루하며 거의춤이라는 체면을유지하지못하고잇는꼴"이라고 독자에게 단서를 제공한다. 각혈을 하는 이상이 보기에 이 정도라면 오히려 측은하게 생각할 정도로 묽은 액체이다. 그래서 "보산의마음을비록잠시동안이나마 몹시센치멘탈하게한다." 그럼에도 보산은 침의 사정과 정체를 눈치채지 못한다.

변소에서보산의압헤막혀잇는 느얼담벼락은 보산에게잇서서는 조희를엇는시간이느얼이엇는시간보다도 훨신더만흘만치의례히변소에 들어온보산에게서맛겨서는조희노릇을하는 것이다. 조희노릇을하노라면 보산은여지업시 여러 가지글을썻다가여지업시여러번

지잇고 말아버린다. 엇던때에는사람된체면으로서는 도저히적을수
업는끔찍끔찍한사건을만들어서단년히 그우에다적어놋코차국차국
나려눍는다. 그리고난다음에는 또진는다.

보산은 변소에 앉아 변소 널판지벽에 글을 쓴다. 어떤 때에는 체
면상 도저히 적을 수 없는 상상의 일을 만들어서 적고 지우고를 반
복한다. T의 침에 집착하느라고 마음이 복잡하다. 이것이 보산으로
하여금 엉뚱한 상상을 하게 만든다.

　　보산은SS의그런나날이의조치못한도전적태도에대하야서생각
하야본다. 결코SS에게는보산에게는보산에대하야악의가업는것을
보산이알기는쉬웟스나 그러나그러면외그들창에서압흐로 일백팔
십도의널은 전개를가젓스면서도 구타여이마당을향하야 춤을배앗
느냐 그리고도아천연스러운시침이를딱떼운얼골로 압전망을내야
다보거나들창을닷거나하는것은 누가보든지혹은도전적태도에라고
오해하기쉽지안은가를SS는알만한데도 모르는가모른체하는가 그
것을물어보고십지만 나는그까짓풍풍보갓흔자와는말을주고밧기는
실으닛가 그러면나는 그대로내여버려두겟느냐 날마다똑갓흔일이
똑갓흔정도로게속되는것은인생을심심하게하는것이닛가 나에게잇
서서 그보다도더무서운일은 다시업겟스니하로밧비 그것을물니처
야할것인데그러면나는SS의부인에게 편지를쓰리라SS군에게.

　T의 침 뱉는 일이 반복되자 그에 대하여 어떻게 대처해보려고 이
궁리 저 궁리를 한다. 그러나 근거도 없이 T의 지성을 낮게 보는
자신의 자존심에 그에게 말하기조차 싫다. 그래서 생각해낸 것이

그의 부인에게 편지를 쓰는 것이다. 이상은 그의 부인이 만삭이라는 것을 모른다. 보산은 T와 이웃이지만 인사조차 나누지 않은 것이다. 부인도 본 적이 없는 것 같다. 보았다 하여도 오래전의 일인지 모른다. 아무튼 부인이 산월이 가깝다는 사실을 모르는 보산은 T의 침 뱉는 못된 행위를 멈추게 하려고 부인에게 편지로 고자질하려고 한다.

군은그사이안녕한지에대하야 소생은임의다즘작하얏노라그것은 날마다때때로 그들창에낫하나는 군의얼골의산문어와갓흔붉은빗과 그리고나날이자악아들어가는 군의눈이속히속히나에군의건강상태의 일진월장을 증명하며보여주는 것이다. 나의건강상태에대하야 서는말할것업고다만한가지항의하는것은 다른것이안이라 군은대체엇지하야그들창에매여달닌즉은반듯이나의집마당에다대이고 – 그것도반듯이나의 똑바로보고섯는 압헤서 – 춤을배앗는가. 군은도모지가 외면에낫나하서 사람의 심리를지배하지안이치못하는미관이라는 데대하야한번이라도고려하야 본일이잇는가. 또는위생이라는관렴에서 불결하여하히사람의 육체뿐만안이라정신적으로도사람에게 해를끼치는가를아는가 모르는가. 바라건댄군은속히 그비신사적근성을 버리는동시에춤배앗는즛을근신하라. 이만 –

여기서 보산이 관찰한 T의 건강은 좋은 것 같지 않다. "산 문어와 같은 붉은빛과 나날이 작아진다는 눈"이 그것이다. T의 외모도 형편없다. "군은 도모지가외면에낫하나서 사람의심리를지배하지안이치못하는미관이라는 데대하야한번이라도고려하야 본일이잇는가.” 부인이 만삭이니 남편을 잘 챙기지 못했을 것이다. 보산은 T에 대한 자신의 관찰이 일취월장한다고 자부한다. 자신의 머리가 좋다는 뜻을 은근히 비친다. 뿐만 아니라 “자신의 건강은 말할 것도 없다.”라고 애써 병기를 감춘다. 그러면서 건강에 대하여 말하려고 하는 것이 아니라 침 뱉는 행위에 대해 비신사적인 근성을 버리고 침 뱉는 일을 멈추라고 주문한다. 이러한 편지를 쓰고 그 결과에 대해 혼자 멋대로 상상을 한다.

　이런편지를써서는 떡SS의부인에게몬저전하야주면SS의부인은 반듯이 이것을 닑으리라 닑고난다음에는 마음가운데에이니는분노와모욕의념을이기지못하야 반듯이남편SS에게 늇박하리라 – 여보 대체이런창피를 외당하고잇단말이요당신은 도야지만도못한사람이오 하고드리대며이면뚱뚱보SS는반듯이황겁하야 아아그런가 그 럿타면오늘부터라도그춤매앗는것만은고만두지배앗흘지라도보산의집마당에다대이고애앗지만안으면 고만이지창피할것이야무엇잇나이러면SS의부인은 화가막법곡까지츼바처서편지를 짝짝찌저버리고 그만울고말것이닛가 SS는그러면내다시는춤배앗지안으리라 그래가면서드듸여항복하고말것이다. 아아그러면된다보산은깃분생각이 아츰의 기분을상쾌히한것을조와하면서 변소를나스면 삼십분이라는적지아니한시간이업서젓다.

　부인이 남편을 제어할 것이라고 멋대로 낙관적 기대를 하면서 변소를 나서는 보산은 기분이 좋다. 이 일 때문에 삼십 분이 없어졌지만 그것이 문제가 아니다. 이제 T가 침을 내뱉는 몰상식한 일 따위는 더 이상 하지 않으리라. 그런데 이것이 웬일이냐.

　나와보면아즉도SS는들창에 매여달녀잇스며 보산이이리로어슬
넝어슬넝거리오면서싱글싱글 웃는것을보자마자또춤을큼직하게
한번탁뱃텃다. 역시이번에도보산의마당의앗가운한점에가래가떨
어진다. 그것을보는보산은다시화가치뻣처서 엇지할길을몰으고투
스부러쉬를빼서던지고 물을한입문다음움질움질하야가지고SS의
들창쪽을향하야 확붐어본다. 이러하기를서너번이나하다가 나종에
는목젓에다넘겨가지고 그렁그렁해가지고는 여러번해매내이면SS
도견딜수 업다는듯이마즈막으로 춤을한번탁배앗흔다음에들창을
홱다처버리고 SS의그보산의두갑절이나 되는큰대가리는자최를감
초아버리고야말엇다.

　변소에서 웃으며 나오는 보산의 면전에 T가 침을 탁 뱉었다. 보
산은 화가 나서 물무질을 하였다. T도 여기에 반응하여 다시 침을
뱉었다. 아마 이번 침은 입을 깨끗이 헹군 것과 상관없는 것이리라.
T의 눈에 보산 따위는 보이지도 않는다. 보산이 보이지도 않는 시
리우스B이기 때문이다. 여기서 T의 체격이 보산보다 크다는 점이
드러났다. T는 시리우스A임에 틀림없다.

　보산은세수대야에다손을꼬자담그고는 오늘싸홈에는 대체누가
이겻나자칫하면 저뚱뚱보SS가 이긴것인지도모른다그러치만십생
팔구는내가이긴 것이다 그럿케생각하야버리면 상쾌하기는하나 도
모지한구석에 꺼림칙한생각이남아잇서씻겨나가지를안어서 보산
은세수를하는동안에 몹시도고생을한다.

시리우스A와 시리우스B 사이에 거리는 점점 멀어져 간다. 사이가 나빠지는 것이다. 과연 이 다툼에서 누가 이긴 것일까. 이상은 자신이 이겼다고 또 혼자 상상을 한다. 이때 난데없이 노랫소리가 들려온다.

　　노래소리가들려온다SS의오지뚝빡이극는소리갓흔껄껄한목소리다. 아하그러면SS가 이긴모양이다 그러치안코야 저럿케유쾌한목소리로상규를일한놉고소란한목소리로유유히노래불을수야 잇슬수가잇슬가 보산은사지가별안간저상하야초최한얼골빗을참아남에게보혀줄수가 업서서뜨거운물에다야단스럽게문즐러대인다. 문득 보산을깃부게할수잇는죽어가는 보산을살녀내일수잇는 생각하나가보산의머리속에떠올은다.　올타되엿다나도저럿케노래를부르면고만이안인가나도개선가를불으면
　　삭풍은나무끗헤불고　명월은눈우에찬데
　　만리변성에일장검집고서서
　　수파람한큰소리에 거칠것이업서라.

　보산은 그 노랫소리가 T의 승전가라고 생각한다. 아뿔싸, 낭패로다. 그러나 그것은 태아 보고 세상에 빨리 나오라고 부르는 유도가락일지 모른다. 아니면 아들을 보았기 때문에 저도 모르게 나오는 흥겨운 가락일지 모른다. "오지뚝빡이 극는 껄껄한" 소리이다. 이 글에서 보산은 T의 목소리를 들었다는 기록이 없다. 그러니 이 소리가 무당의 주문인지 모른다. 여하튼 보산은 낭패라고 스스로 생각하고 이 낭패를 가리려고 뜨거운 물로 세수한다. 수증기가 낭

패한 얼굴을 가린다. 체면을 차리기 위해 보산도 개선가를 부른다.
이 가락은 최영의 시조로 노래라고 할 수 없지만 보산은 하여간 노
래라고 생각하는 것 같다. 이것은 T의 노래도 기실은 노래가 아니
라 그냥 무당의 가락일지 모른다는 점을 가리킨다.

　꼭한시간만자고 니러날가그러면네시 또조곰잇다가는밥을먹어
야지아니지다섯시 외그러냐하면 소화가안되닛가한시간은 안젓다
가 네시에들어누흐면안이지여섯시 외그러냐하면 얼는잠이들지안
이하고 적어도 다섯까지 한시간을끄을것이닛가 여섯시여섯시에닐
어나서야 전기불이모도들어와잇슬것이고 해도저서도롤밤이되여
잇슬터이고 저녁밤끼도벌서지낫슬것이니 그래서야낫에이러낫다
는의외가어느곳에잇는가 공원으로산보를가자 나무도보고바위도
보고소학교아해들도보고빨내하는사람도보고 산도보고 시가지를
나려다도보고 매우 효과적이고 의미심장한일이안인가보산은곳니
러나서 문깐을나슨다.
　공원은갓가히바로산밋헤서 산과다어잇스니 시가지에서차즐수
업는 신선한공기와청등한경치가늘사람을기다리고잇는곳으로 보
산은그러한훌륭한장소가자기집바로갓가히잇다는것을퍽깃버하야
미덤즉하게녁이여오는 것이다. 가지는안치만언제라도가고십흐면
곳갈수잇지안으냐 이다지불결한공기속에서살간다고하지만신선한
공기가필요한때에는늘곗헤잇다는것을생각할수잇스며 또곳가서충
분히마시고올수가잇지안이하냐 마시지안는다하야도벌서심리적으
로는마신것과마찬가지안이냐 사람에게는생리적으로보다도심리적
으로위생이더필요한것이안일가 그런고로보산은늘건강지대에서살
고잇는것과 조곰도달음이업는것이안일가 안이차라리더한층나는

것이안일가. 때로는비록보산일망정이럿케신선한공기를마시러공
원으로산보를가고잇지안이하냐. 보산의마음은깃버젓다.

보산은 자신의 집 주변을 소개한다. 공원이 가까이 있으므로 신
선한 공기를 마실 수 있다. 그 공원에서는 여러 가지를 할 수 있는
데 그 가운데 하나가 빨래를 할 수 있다. 이것은 산에서 내려오는
냇물이 있다는 뜻이다. 사람들은 여기에서 흐르는 물을 마실 수 있
다. 보산의 마음이 가벼워졌다. 그렇지 않아도 T와 신경전을 하느
라고 정신을 소모했는데 공원이야말로 쉼터이다.

문간을나스자보산은SS를맛낫다. 는이보다도SS가SS의집문간
에나와잇는것을보지안을수업섯다. SS는그바위만한가슴과배사이
처내로치면 횡격막의위치부근에다 SS의딸어린아해를안고나와서
잇다. 는이보다도어린아해는바위우에열넛거나올녀노혀안저잇거
나 달나부터매여잇거나의어는하나이엿다.
– 에끔쯕끔쯕이도흉한분장이로군 저것이가면이라면?
엣 엣 에엣 –

보산은 공원 산책을 위해 문간을 나섰다. 공교롭게도 문 앞에서
T를 만난다. T는 어린 딸을 안고 있었다. 아마 잠시 쉬러 나왔는지
모른다. 아니면 출산 현장을 피하여 산모를 산파와 장모에게 맡기
고 나왔는지 알 수 없다. 아니면 산모에게 먹일 흐르는 물을 뜨러
가는 길인지 모른다. 보산이 묘사한 가까운 공원은 필자인 이상의
집 근처의 사직공원을 말할 것이다. 그곳이라면 북한산 계곡의 흐

르는 물을 얻기 쉬운 곳이다. 당시 이상의 집 앞에 냇가가 있었을지
모른다. 이 배경을 설명하려고 이상은 장황하게 공원 얘기를 늘어
놓았는지 모른다. 그런데 작중 인물인 보산은 T의 사정을 모르니
어린 딸을 안은 T의 모습을 "끔찍한 분장 혹은 가면"이라고 표현한
다. 마땅치가 않은 것이다. 여기서 보산은 다시 한 번 T의 체격이
크다는 것을 암시한다. "SS는그바위만한가슴과배"라던가 "어린아
해는바위우에열넛거나올녀노혀안저"라는 표현이다. 시리우스A의
모습이다.

　　뚱뚱보SS의뇌는대단히낫불것은정한리치다. 그러치아이하고야
그런혹은이런추태를평연히로출식히지는대개안이할것이닛가. 보
산은이럿케생각하며 못내그딸어린아해를불상이녁이느라고 한참
이나애를쓴리유는 어린아해도딸아서뇌가낫부리라 장래어린아해
의시대가돌아왓슬때에는 뇌가낫분사람은 오늘의뇌가낫분사람보
다도훨신더불행할것이틀님엇슬것이닛가. SS는어린아해의장래갓
흔것은 꿈에도생각할줄모르는가 외스스사로뇌를개량치를안는가
안이그것은임의할수업는일이라고하자하야도 웨퍼임법을써서불해
함에틀님업슬딸아해흥낫키를미연에막지안엇는가 그것도SS가 뇌
가나쁜까닭이겠지만 참으로딱하고도한심한일이라고볼수밧게업슬
것이다. SS의딸아해는벌서세살딸어린아해의시대도머지안이하얏
스니 SS나 나이나그어린아해의얼마나불행한가를눈으로바로볼것이
니 그것은 견댈수업는일이다. 차라리 SS에게자살을권할가 그러
치만뇌가낫뿐SS로서는 이것을나의살인행위로밧게는해석 치안이
할것이니 SS가자살할수잇슬가는십지도안은일이다. 보산은다시는
SS의딸어린아해흥안고문깐에나와슨 사나운모양은보지안이하리

라결심하야하얏스나 그것은도저히보산의마음대로되는일은안일터
이닛가 고결심하랴하얏스나 될 수잇스면피할도리를강구할것을깁
히마음가운대에먹어두기로하얏다. 또하나올타 그러면SS에게 그
럿치안이하면SS의부인에게피임법에관한비결을멧가지만적어서보
낼가 그럿케하자면 나는흥미도업는피임법에관한책을적어도멧권
은읽어야할터이니 그것도도모지귀찬은일이다고만두자그러자니참
으로SS의부부와딸어린아해는불행고 나를 생각하면 보산은또한번
마음이 센치멘탈하여들어오는것을늣기지안이할수는업섯다.

보산은 참으로 엉뚱하고 쓸데없는 걱정을 한다. T의 머리가 아무
근거 없이 나쁘다고 단정한다. 그리고 어린 딸의 장래까지 걱정하
고 있다. 별걱정을 다 한다. 상상은 비약하여 남의 가정사인 피임까
지 권장하겠다고 나선다. 그리고 이러한 걱정이 자신의 "센치멘탈"
이라고 여기며 스스로 만족한다. 거기에는 이유가 있다.

밤이이슥히보산의한낮이다달와잇섯다. 얼마잇스면보산의오정
이친다. 보산은고인의말대로보산이얼마나음양에관한리치를잘리
해하야정신수양을하고잇는것인가를 다른사람들은하나도몰으는것
이섭섭하기도하얏스며 또는통쾌하기도하얏다. 보산은보산의정신
상태가 얼마나훌륭히수양되여잇는것인가 몬른다는것을마음속에
굿게 미더오고잇는것이엇다. 양의성한때를잠자며 음의성한때를깨
워잇서 학문하는것이얼마나리치에맛는일인가 세상사람들아외몰
으느냐 도탄에무친현대도시의시민들이 완전히구조되기에는 그들
이빠저잇는불행의깁히가너무나깁허버리고만것이로구나 보산은가
엽시녁인다.

보산은 낮에 자고 밤에 글을 쓴다. 자신의 생활 방식을 찬양하고 합리화한다. 그것이 음양의 이치에 합당하다는 것이다. 다른 사람들은 이 이치를 모르니 섭섭하지만 반대로 이것을 아는 나는 그들보다 우수하니 통쾌하다고 자부한다. 나의 머리는 좋다. T의 머리는 나쁘다. 그러니 그의 어린 딸의 장래가 걱정된다. 보산의 우월감은 엉뚱하게 비약한다. 세상 사람들아 이런 이치도 모르다니. 바보가 아니냐. 너희들이 도탄에 빠진 것은 이러한 이치를 모르기 때문이다. 그들이 불쌍해서 보산은 또다시 "센치멘탈"해진다. 그러는 한편 스스로 자부심에 넘친다.

낡든책을덥흐며 그는조희를내여노하시를쓴다. 세상에서땅바닥에달나부터뜨더먹고사는 천하인간들의쓰는시와는운소로차가나는 훌륭한시를 보산은멧편이나멧편이나써놋는것이건만그대신세상사람들은 그의시를리해하야줄리가업는과대망상으로밧게는볼수업는것이엿다. 이것을보산혼자만이설어하고잇스니 누가보산이이것을설어하고잇다는것조차알아줄이가잇슬가. 보산은보산이야말로외로운사람이라고 그럿케정하야 노코잇노라면 눈물나는한구고인의글이그의 머리에떠올은다 보산을위로한답시고보산아 보산아들어보아라

德 不 孤　必 有 隣

나는 시인이다. 나의 시는 다른 시와 하늘과 땅 차이가 날만큼 다르다. 내 시를 이해할 사람은 아직 없다. 그래서 세상에서는 나를 과대망상의 인간이라고 손가락질한다. 보산은 이것이 서러운 것이

다. 그러나 보산이 서러워하고 있다는 자체를 이해할 사람이 있을
까? 보산은 외로운 사람이다. 그러나 덕이 있는 사람은 외롭지 않
으니 이웃이 있기 때문이라는 논어의 구절. 보산아 눈물 나는 이
구절을 듣고 위로를 받아라.

    보산의방안에걸린여러가지 그림틀들은똑바로걸려서잇지안이
하면안된다. 보산은곳니러나서 똑바로서잇지안이한것을 똑바로세
워놋는다. 보산은보산의방안에잇는무엇이든지이고는반듯이 보산
을본바더야할것이라고생각하자마자 고단한몸불편한몸을비드슴이
담벼락에기이대고잇든것을얼른놀난듯키고처서는 똑바로안는다.
그리고는 그림틀들은다보산을본받느것이안이냐 라고생각하며 흔
연히깃버하는것이엿다.

    보산은 자신의 지성을 시에서 확대하여 회화에까지 뽐낸다. 그림
조차 보산 자신을 본받아야 한다고 그림의 걸려있는 자세까지 참견
한다. 모름지기 방안에 있는 것은 무엇이든지 그래야 한다. 그림의
자세를 똑바로 놓고 그림이 자신을 본받는다고 기뻐한다. 보산은
자신에 대해서 자화자찬한다. T에 너무 집착하여 마치 시리우스A
의 중력에 사로 잡혀 날래야 날 수 없는 시리우스B의 처지와 같다.

    시계가세시를첫다. 보산의오후가탓다. 밤은너무가고요하야서
때때로는시계도젝걱어리기를끄리는듯이 그네지를자고고만두려고
만드는것갓핫다. 보산은피곤한몸을자리우에그대로잠감눕혀본다.
이제부터누흐면 잠이들수잇슬가를시험하야보기위하야 그러나잠

은보산에게서는 아즉도머언 것으로 도모지가보산에게올가십지는
안앗다. 보산은다시몸을니르키여 책상머리에기대이면 가만가만히
들러오는 노래소리는분명이SS의노래소리에틀님이업는데 아마SS
도저럿케밤을낫으로삼어서지 내는가 그러면SS도 음양의조흔리치
를터득하얏다말인가안이다. 그따위뚱뚱보SS의낫뿐뇌를가지고는
도저히 그런것을깨달아내일수가잇다고는추측되지안는일이다. 저
것은분명히SS의불섭생으로말미암아닐어나는불면증이다. 병이다
잠이안이오닛가 저럿케청승스럽게니러나안자서 가장신비로운것
을보기나하듯키노래를부르고잇는것이다.

시계가 그네질을 한다. 70년대에 와서 이연실이 시「목로주점」
에서 "삼십촉 백열등이 그네를 탄다."라고 표현을 한 그 그네질이
다. 밤이 너무 깊고 조용하여 시계의 그네질도 멈출 것 같은데 보
산은 야행성의 이른바 "천재"라서 잠을 자지 못하여 그네질을 멈추
지 못한다. 잠을 들지 못한다. 그때. 노랫소리가 들린다. 아니 그
머리 나쁜 T가 이 밤중에 잠을 자지 않다니! 그도 음양의 이치를
터득했단 말인가. 도저히 이해할 수 없는 일이다. 아니다. 그럴 리
가 없다. 뚱뚱보 T의 머리가 그렇게 좋다는 말인가. 저건 분명히
최근에 섭생이 좋지 않아서 생긴 불면증임에 틀림없다. 여기서 보
산은 T의 영양상태가 좋지 않다는 것을 알지만 그것이 부인의 임신
때문이라는 사실은 아직 눈치채지 못한다. 이것은 휴업 사정의 암
시이다.

그러나그것은그럿타고하야두겠지만 앗가낫에들니든개선가의

SS의목소리를들을수업슬만치 가장흉한것이엿슴에반대로 이밤중의SS의목소리의무엇이라고 저럿케아름다움이여 하고보산은감탄하지안이할수업섯슬만치 가늘고 기일고 떨니고 흔들니고 얇고 머얼고 얏고한것을듯고 안자잇는보산은금시로모든것을다안이저버릴수밧게업슬슬만치 멍하니 안자서듯기는듯고잇지만 그것이 과연 SS의목소리일가 뚱뚱보SS의낫뿐뇌로서 저만치고흔목소리를 자아내일만한홀륭한소질이어느구석에박혀잇섯든가

보산은 낮에 들은 노랫소리와 다른 소리라서 이것이 T의 노랫소리인가 의심을 한다. 이것은 보산이 T의 노랫소리를 들은 적이 없다는 앞서 설명에 부합되며 최소한 T의 방에는 다른 목소리를 가진 사람이 있음을 의미한다. 산파일 수 있고 장모일 수 있고 무당일 수도 있다. 보산은 혼돈상태이다. 그럴 수밖에 없는 것이 보산은 휴업의 사정을 모른다. 그저 할 수 있는 일이라는 것은 엉뚱한 공상 뿐이다. 그리고 그 공상은 점점 커진다. 독자들도 어리둥절할 수밖에 없다. 어찌 되었든 보산은 의심스러운 가운데 그 노랫소리의 주인공이 T라고 아직 생각한다.

그러타면 뚱뚱보SS는그다지업수히녁일수는업는 뚱뚱보SS가안일가 목소리가저만하면사람을감동식흴만한자격이 넉넉히잇지만 그까짓것쯤두려울것은업다하야 버리드라도하여간에SS가이한밤중에 저만콤아름다운목소리를 내일수잇다는것은 참신기한일이라고안이칠수업지만 그러타고이보산이그에게경의를 별안간표하기 시작하게된다거나 할일이야천부당만부당에잇슬법한일도안이렷

만 보산이그래도SS의노래소리에 이러케도감격하고잇는것은공연
히엿태까지가지고오든 SS에대한경멸감과우월감을일시에허문허
트려버리는것이되고말지나안을가 그것이퍽불안하면서도 보산은
가만히SS의노래소리에 귀를기우리고안자잇다.

T에 대한 보산의 태도는 크게 바뀌었지만 경의를 표하기에는 아
직 어림없다. 아직 불안하고 의심스러운 구석이 있다. 정말 저것이
T의 노랫소리인가. 저런 노랫소리가 나올 정도로 T의 뇌가 우수한
가. 보산은 아직 믿지 못하겠다는 투이다.

오늘은대체음력으로 며츤날쯤이나되나 안이양력으로물어도조
타 달은음력으로만뜨는것이안이고 양력으로뜨는것이안이냐 하여
간날짜가엇더케되여 잇길래이럿케달이밝을가세시가지내엿는데
하늘거의한복판에그대로남아잇슬가 보산의그림자는보산을닮지안
이하고 대단히키가적고 뚱뚱하다는이보다도 뚱뚱한것이 거의SS를
닮앗구나불유쾌한일이로구나 외하필그까짓뇌가 낫뿐뚱뚱보를닮
는단말이냐 그럿치만뚱뚱한것과뚱뚱한것은대단히달은것이닛가
하필닮앗다고 말할것도안이닛가

달빛에 비친 보산의 그림자가 보산을 닮지 않고 T를 닮았다? 불
쾌하다고 보산은 말한다. 어찌하여 뇌가 나쁜 T를 닮는다 말인가.
이것이야말로 보산이 시리우스B이고 T가 시리우스A라는 얘기이
다. 그리고 둘 사이가 지금 멀어지고 있다는 암시이다. 시리우스B
는 시리우스A를 믿지 못하겠다! 그래서 담 밑으로 가서 노랫소리를

확인하려 한다.

　그까짓것은아모래도조치안으냐하드라도 웬일로이럿케SS의목
소리가아름다울가하고 보산은그SS가매여달니기만하면 반듯이이
마당에다대이고 춤을배앗는 불결한들창이잇는 담밋흐로갓가히가
서가만히 그쪽SS의방노래소리가흘너오는것이 과연여기인가안
인가하고 자세히엿들어보아도 분명히노래소리가나오는곳은 여기
인데그러타면 그노래는SS의노래소리에는틀님이없을것을생각하
니 더욱더욱이상하다는생각만이 보산의여러가지생각의 압흘스는
것이엿다. 그러나보산은 또다시생각하야보면 그노래소리는SS의
부인의노래소리가안인지도몰으지만 그럿타고SS와 SS의부인은한
방에잇는지 그럿타면딸어린아가세살먹엇는데피곤한어머니의몸이
엿때껏잠이들지안앗다고는이야 생각할수는업는사정이안이냐 잠
이안들엇다하야도 어린아해가잠에서 깨울가봐결코노래를부르거
나 할리는업지만 또누가남의속을안으냐 혹은어린아해가도모지잠
이들지안이함으로 자장가를불으는것이나안일가하지만 보산이아
모리아모것도모른다한대야불리우는노래가 자장가이고 안인것쯤
이야 구별하야내일수잇슨즉한데 그래도누가아나 때가때인만콤 그
러치만보산에귀에는 분명히일본야스기부시에틀님업섯다. 설마SS
의부인이일본야스기부시를한밤중에불느냐하야도 그런것들은하여
간SS와 SS의부인이한방에잇다는것은 대단이물란한일이라고생각
한다. 더욱이둘이한방에잇다는것은 보산에게알린다는것은다시업
시 말들을만한물란한일이다 보산은이러케여러가지로생각하며 그
담밋헤서노래소리에귀를기우리고잇다.

보산은 이제 비로소 그 노랫소리의 주인공에 대해 의심이 든다.

그것은 아마 T의 부인의 노래 아니면 자장가일 것이다. 밤 3시에 자장가? 그것도 아니다. 그렇다면 밤 3시에 어린 딸이 깨는 것도 아랑곳하지 않고 노래를 부르다니. 그래서 이제 비로소 말한다. "누가 그 속을 아느냐." 그러나 보산은 다시 한 번 천재들이 늘 그렇듯이 자신의 귀를 의심하기보다 자신을 믿는다. 그것은 부인의 노래인데 자장가가 아니고 일본 노래 야스기 부시라고 단정한다. 야스기 부시는 허리에 소쿠리를 차고 손에 키를 들고 실개천에서 미꾸라지를 잡는 타령이다. 발로 꾹꾹 물속의 흙을 쑤셔 미꾸라지를 빼내어 키로 떠서 소쿠리에 담는다. 그 모습이 산파가 난산의 어린애를 받아내는 것과 비슷하다. 20세기 초 한국에서 의학을 가르치던 한 서양의사는 가족들이 산모의 배를 꾹꾹 눌러 해산을 도왔다고 기록하였다.6) 태아의 정수리가 보이면 산파가 손으로 아이를 움켜쥐고 산모의 몸에서 빼내는 모습이 마치 미꾸라지를 흙에서 빼내는 모습에 비유하려면 할 수 있다. 그러나 이러한 사정을 알 길이 없는 보산은 여기서도 "여러 가지로" 엉뚱한 상상을 한다. 한 방에 부부가 함께인 것조차 문란하다고 생각한다. 독신인 보산의 질투이다. 그럼에도 그 노랫소리의 주인공을 알고자 담 밑에서 엿듣는다.

　　한개의밤동안을잣는지 두개의밤동안을잣는지 보산에게는똑똑이나스지안앗슬만하니 시계가아홉시를가르치고잇드라는우연한일이다. 마당에나스는보산의마음은 아즉자리가운데에잇섯는데 아츰

---

6) Ludlow, "Medical Experiences in Korea," *Cleveland Medical Journal*, Vol.13, 1914, pp.476~481.

은이상한차림으로 보산은놀나게하얏슬때에 보산의방안에잇든마
음이 냉큼보산의몸동아리가운데로뛰여들고보니 그리고난다음의
보산은 아츰의흔히보지못하든 경치에놀라지안이할수업섯다. 지붕
우에까치가한머리가잇는데 그것이엇더케도마음노코머믈러잇는것
갓치보이는지 그곳은마치까치의집으로박게 안이녁여진다면또의
까치는늘보산이니러나는시간인 오후세시가량해서는어데를가고업
느냐하면 그것은까치는 버리를하러나간 것으로아직도라오지안이
한탓이라고 그럿케까닭을부처노코나면보산에게는그럴뜻하게생각
하게되니 보산이니러날때마다보삷혀보지안이하는집웅 우에한자
리는 까치가사는집 – 사람으로치면 – 이잇는것을보산은 몰랏구나
생각하노라면보산은웃고십헛는데 그럼까치는 어느때에버리자리
를향하야떠나서는 집을뒤에두고 나스는것일는지가좀알고십허서
한참이나서서작고만치어다보아도 까치는영영날나가지는안으니
아마까치가집을나슬시간은아즉안이되고먼모양이로구나한즉보산
은오늘은나도꾀닐즉니러낫구나 생각을먹는것이 붓그럽지안코 무
엇거리낌한일도업서서퍽상쾌한기분이다.

이틀이 지났다. 그날 보산은 다른 날과 달리 일찍 일어났다. 그때
전에 보지 못한 까치를 보았다. 그는 또다시 엉뚱한 생각을 한다.
까치가 매일 이른 아침에 그 자리에 있는 것을 자신이 늦게 일어나
서 못 본 줄로 안다. 보산은 아침 일찍 일어나서 까치를 본 것이
기분이 좋다. "까치가 아침에 와서 울면 반가운 손님이 온다." T에
게 아이가 태어난 것이다. 이 사정을 알 길이 없는 보산은 까치가
상서로운 새라는 민속은 전혀 언급도 하지 않는다. 아마 까맣게 잊
어버린 모양이다. 대신 보산은 독자들을 엉뚱한 방향으로 유도한

다. 즉 까치가 아침 일찍 벌이를 하러 가기 때문에 늦게 일어나는 자신이 까치를 보지 못했다고 단정한다. 독자들을 보산이 실업자라는 것과 T가 휴업상태라는 데 붙들어 매놓아 이른바 휴업의 사정을 파악하지 못하도록 연막을 핀다.

그러나SS가여전히 그들창에매여달녀서는이쪽보산의마당을노려노고잇는것을본 보산은가슴이꽉막히는것갓타지며 별안간압히 팽팽돌아들어오는것을 못그러게할수업섯다. 대체SS가이일은아츰에윈일일가SS는이럿케일즉니러날수잇는사람은 물론보산에게는 안이엿고아츰으로부터보산이 니러나서처음SS를만나는시간까지 그동안은SS는죽은사람이라고처도관계치안을것인데 인제보니 SS는잇구나 밤네시로부터아츰 이맘때까지는구태여SS를업는사람이라고치지는안는다 피차에잠자는시간이라고치고라도 이것은천만에뜻하지못할일이다. SS는보산을향하야 예언자와갓흔엄숙흔 얼골을하드니 썩큼직하게하품을한번하고나서는 소프라노에갓가운목소리로소가영각할때에하는 소리와갓흔기성을한번내여보드니 입맛을썩썩다시면서 지난밤에아름다운 노래소리를 그대는들엇는지과연그것이 이SS라면 그대는배아호로 놀나지안이하려는가하듯이 보산의표정의내여걸닐간판의 무슨빗갈인가를기다린다는듯이 흠뻑해야 그것이그것이지하는듯이보산을나려보며 어데다른곳에서 어더온것갓흔아름다운미소를얼골에띄우는것이엿다. 보산은그다음은 그러면무엇이냐는듯이SS를바라다보면 SS는아아그것은네가 웨잘알고잇지안이하냐는듯이 춤을입하나가득이거의보산의발갓가운한점에다배앗노코는 만족하다는데갓가운 표정을쓱하야보이면 보산은저것이 아마SS가만족해서못견데는때에하는얼골인가보다

끔쯕이도변변치못하다생각하얏다는체하는 표정을보산은SS에게
대항하는뜻으로하야보혀도 SS는그까짓것으몰나도조타는듯이한
번해노흔표정을변경치 - 좀체로는 - 안는다.

보산이 까치에 대한 엉뚱한 상상을 하다 위를 쳐다보니 T의 얼굴
이 가로막는다. 그의 표정은 기분이 좋다 못해 하품을 하고 황소의
긴 울음소리를 낸다. 지난밤에 잠을 자지 못한 것이다. 그래도 기분
이 좋은 표정이다. 아들이 태어났기 때문이다. 그리고 예의 그 침을
뱉는다. "입 하나 가득한 침"이라고 묘사한 것으로 보아 물과 함께
뱉은 것이다. T는 행복하다는 표정을 짓는다. 그럼에도 이 사정을
모르는 보산은 여전히 T와 대립각을 세운다.

　　횡포한마술사보산이낫하나나자 그느얼조각은또조희노룻을하
노라면 조희가상상할수잇는바글자라는글자 말이라는말처노코 안
씨우는것이업다. SS야 나는너에게도 저히경의를표할수는업다.
　　너의그동물적행동은무엇이냐. 나의자조의너에게대한모멸적표
정을너는눈이잇거든보느냐 못보느냐보고서는 노하느냐 웃느냐너
도사람이거든 좀노할줄도알아두어라 모르거든 너의부인에게 물어
보아라 빨니노하라. 그리하야다시는 그와갓흔파렴치적행동을거듭
하지말기를바란다. 그러면SS는보산이노하는것이란다무엇이냐 나
는적어도 그까짓일에노하고십지는안타 딸아서나의그동물적행동
이한대체나의엇더한행동을 가르쳐말하는것인지는몰으나 나의행
동의어느하나라도너를위하야 변경할수는업다 이럿케답장이오면
SS야나는너에게최후의통첩을보낸다. 너갓흔사회적저능아를그대

로두어서는 인류의해독이될것이닛가 나는너를래일아츰 네가또그
따위짓을개시하는것과동시에 총살을하야버리리라 총 총 총 총 총
은나의친한친구가공기총을가즌것을나는잘알고잇스닛가 그는그것
을얼는빌려줄줄로밋는다. 너는그래도조곰도무섭지안은가 네가즉
사까지는하지안을지몰으지만 얼골에생길무서운험을 무엇으로 가
리려는가 너는그흉한험으로 말미암아일생을두고 결혼할수업는불
행을맛보리라그러면보산아너는무슨정신이냐 나는임의결혼하얏다
는것을몰으느냐 나의안해는너를미원할라그러면SS들어보아라 나
는너의부인에게편지를하야버릴것이다너의그더러운행동을사실대
로일일히적어서는 그러면너의부인은너를얼마나모욕하며 첩오할
것인가를너갓흔뚱뚱보의낫쁜뇌를가지고는아마추측해내이기는어
려울것이다그러면 보산아너는무엇이라고나를놀리느냐 너는나의
안해를탐내는자인것이분명하다. 나는너를살인죄로고소할것이다
법률이너에게가할고통을너는무서워하지안느냐그러면.

보산은 변소의 벽에 T에게 보내는 최후통첩을 적는다. 그리고 그
후에 전개되는 일을 혼자 상상한다. 내가 이러이러한 편지를 보내
면 T가 저러저러한 답장을 보내겠지. 그러면 나는 다시 T에게 최후
통첩을 보낸다. 그건 총살한다는 것이다. 공기총이니 죽지는 않더
라도 얼굴에 흠이 생기겠지. 그 흠집이 난 얼굴로 어떻게 결혼을
하겠느냐. T는 무슨 정신 나간 소리냐 나는 이미 결혼한 몸이다.
나의 아내가 너를 미워할 것이라고 답장하겠지. 그러면 나는 T에게
너의 부인에게 편지를 보내서 너를 혐오하게 만들 것이라고 답장을
보낸다. 너는 머리가 나쁘니 이러한 것을 추측하기 어려울 테지.

그러면 T는 너는 남의 아내를 탐하는 자이니 너를 살인죄로 고소하리라. 보산의 상상은 점증하여 경고에서 시작하여 마침내 살인을 상상하는 경지에 이르렀다. 시리우스B인 보산은 여전히 시리우스A의 중력에 붙들려서 그에게서 벗어나지 못하고 있다.

　보산은적을물니치기준비에착수하얏다. 잉크와펜 원고지에적히는첫자가오자로생겨먹고마는것을 화흥내이는것잡히지안는보산의마음에매여달녀 데룽데룽하는보산의손이조희흥꼬기꼬기구겨서는마당한가운데에획내여던진다는것이공교스러히도 SS 가오늘아츰에배앗허노흔춤에서 대단히갓가운범위안에떨어지고만것이 보산을불유쾌하게하야서보산은얼는니러나 마당으로나려가서는그구긴조희를다시집어서는보산이인제이만하면 적당하겟지 생각하는자리에갓다떡노코나서생각하야보니 그것은버린것이안이라 갓다가노흔것이라 보산의이조희에대한본의를투철치못한위반된것이분명함으로 그러면이것을방안으로가지고돌아가서 다시한번버려보는수밧게업다 하야 그러케이번에야하고보니너무나 공교스러운일에 공교스러운일이게속되는것은 이것도공교스러운일인지자세히몰으는것갓흔쯤은그대로내여버려두어도관계치안코 위선이것을내가적당하다고인정할때까지고처하는것이 업는시간에 급선무라하야작고해도마찬가지고 고처해도마찬가지엿다 하다가는흥분한정신에멫번이나해앳는지 모도지몰으는동안에 일이성공이되고보니 상쾌하지안흔지그것도도모지보산자신으로서는 판단하기어려운일이엿는데 그러타면단할사람이라고는 아모두업지안이하냐고하지만 위선편지부터써야하지안케느냐 생각나닛가보산은 편지부터써서 이번에는그런고생은안하리라하고 정신을차려썻다는것이 겨우다음과갓흔것이엿다.

『SS야 내가엇던한사람인가 너의부인에게물어보아라 너의부인
은조곰도 미인은안이다』-

보산은 편지를 이렇게 쓸까 저렇게 쓸까 온갖 궁리를 다 한다.
다시 말하면 "내가 적당하다고 인정할 때까지 고쳤는지 … 고쳤어도
마찬가지였다. 그러다가 … 몇 번이나 고쳤는지 도무지 모르는 동
안 일이 성공하고 보니 상쾌한지 그것도 도무지 판단할 수 없다."
그는 결정적인 이 순간에 "이랫다저랫다" 한다. 예의 그 괴델의 논
리에서 벗어나지 못한다. 마침내 썼다는 편지가 "T의 부인은 미인
이 아니다"로 귀착되었다. 용두사미이지만 이제 전할 일만 남았다.

오늘은분명히무슨축제일인가보다하고 이상한소리에무슨일이
생겻슬가하고 생각하며귀를기우리고잇노라면 보산의방에걸닌세
게에제일구식인시계가 장엄한격식으로시계가칠수잇는제일만흔수
효를친다. 보산은니러나문깐을나섯다가편지를SS의집문깐에너흐
랴는생각이 막니일기전에이상스러운것을본것이잇다. SS의집대문
을가로즐녀매여진 색기줄에는숫과붉은고초가매여달녀잇섯다. 이
런세상에추태가어데잇나SS는 참으로이세상에서 제일가엽슨사람
이닛가 나는SS에게절대행동을하는것만은 고만두겟다고결심하고
난다음에는 보산은그대로대단히슯흔마음도잇기는잇는것이다 하
면서어슬넝어슬넝걸어서는간다는것이 와보니보산의마당이다.(『朝
鮮』 1932.4)

편지를 전하러 T의 대문에 가니 무슨 축제 같은 분위기이다. 왁

자지껄의 소리임에 틀림없다. 대문에는 아들이 탄생했음을 알리는 금줄이 쳐 있었다. 그것을 본 순간 편지 전달은 포기했지만 T에 대한 측은지심은 여전하다. 머리 나쁜 아들이라고 여전히 상상하기 때문이다. 시리우스B가 시리우스A와 사이가 멀어졌다가 마침내 가까워지는 순간이다. 둘 사이의 긴 공전 끝에 휴업의 사정이 밝혀진 것이다.

이 글은 앞서 『지도의 암실』과 대조적이다. 『지도의 암실』은 괴델이 증명한 문장의 불완전성의 문학적 변용이다. 예로서 『미국독립선언문』은 불가양의 자유, 생명, 행복추구가 자명한 진리임을 믿는다고 시작한다. 이것은 수학이 자명한 공리에서 논리를 전개하는 방식이다. 그러나 이 자명하다는 진리는 증명된 적이 없다. 이 부분이 불완전한 것이다. 마찬가지로 유클리드 기하학의 공리 5가 깨지면서 새로운 수학이 생겼다.

이 글은 보산이 아무 근거없이 자신의 머리는 우수하고 T의 머리는 나쁘다는 자명하지 않은 공리를 토대로 자신의 논리를 전개한다. 그러나 마지막에 그렇지 않음이 드러났다. 그럼에도 틀렸음을 인정하지 않는다. 그 태도가 괴델 이전의 수학자들의 희망과 흡사하다. 그러나 괴델에 의하면 자신의 머리가 우수하다는 보산의 주장은 보산 스스로 보산의 논리로 증명할 수 없다는 것인데 이 글은 이런 점에서 전제부터 성립하지 않고 있다.

또 괴델에 의하면 모든 문장에는 참과 거짓으로 증명할 수 없는 "모른다"의 영역이 있는데 이 글에서 보산은 모른다고 하지 않는다.

전제도 증명된 바 없고 논리의 결과도 참이 아닌데 아는 체한다.
『지도의 암실』에서 제기한 문장의 불완전성을 『지도의 암실』과는
다르게 표현한 글이다.

참고문헌

국문

김주현 주해, 『이상문학전집 01 시』, 서울: 소명출판사, 2005.
_____, 『이상문학전집 01 수필』, 서울: 소명출판사, 2005.
_____, 『이상문학전집 01 소설』, 서울: 소명출판사, 2005.
김학은, 『이상의 시 괴델의 수』, 서울: 보고사, 2014.
동아일보, 2014년 2월 19일, A21면.
林鐘國 編, 『李箱全集』, 서울: 文成社, 1972.
寧仁文學館, 『2010 李箱의 房 - 육필원고 사진展-』, 서울: 寧仁文學館, 2010.

일문

中村士·岡村定矩, 『宇宙觀5000年史』, 東京: 東京大學出版會, 2012.
竹內 薰, 『不完全性定理とはなにか』, 東京: 講談社, 2013.
野尻抱影, 『星三百六十五夜』, 中央公論新社, 1978.

영문

Borchardt-Hume, A., *Albers and Moholy-Nagy: From the Bauhaus to the New World*, Yale University Press, 2006.
Carroll, L., *Through the Looking-Glass*, London: Macmillan, 1871.
Gamow, G., *One Two Three ··· Infinity*, New York: Viking Press, 1947.
Goldstein, G., *Incompleteness*, New York: Norton and Company, 2005.
Gombrich, E. H., *The Story of Art*, Phaidon, 2006.
Hofstadter, D. R., *Godel, Escher, Bach*, New York: Basic Books, 1979.
Keene, Donald, *Dawn to the West: Japanese Literature of the Modern Era*, 2 vols., Holt, Rinehart and Winstor, New York, 1984.
Kline, M., *Mathematics : The Loss of Certainty*, Oxford University Press, 1980.
Ludlow, A. T., "Medical Experiences in Korea," *Cleveland Medical Journal*, vol.13, 1914, pp.476~481.
Nahin, P., *An Imaginary Tale The Story of $\sqrt{-1}$* , Princeton: Princeton University

Press, 1998.

Odifreddi, P., (tr.), Arturo Sangalli, *The Mathematical Century The 30 Greatest Problems of the Last 100 Years*, Princeton: Princeton University Press, 2004.

Scaife, W. G., *From Galaxies To Turbines—Science, Technology and the Parsons Family*, New York: Taylor & Francis, 2000.

Wingler, H. M., *The Bauhaus*, Cambridge: MIT Press, 1969.

찾아보기

김학은 金學㳓

서울대학교 농과대학 졸업
미국 University of Pittsburgh 대학원 경제학과 졸업, Ph.D.
미국 Case Western Reserve University 경제학과 조교수
연세대학교 상경대학 경제학부 교수
현재 연세대학교 상경대학 경제학부 명예교수

저서

A Study on Inflation and Unemployment, New York and London:
   Garland, 1984
화폐와 경제, 법문사, 1984
화폐와 이자, 법문사, 1984
화폐와 시간, 법문사, 1984
화폐의 역사, 법문사, 1984
돈의 역사, 학민사, 1994
폰지게임과 베짓처방, 전통과 현대, 1998
새 거시경제학(공저), 세경사, 2005
자유주의 경제학 입문(공저), 세경사, 2006
정합경제이론, 박영사, 2006
화폐와 금융 – 불확실성의 경제학, 박영사, 2007
자본주의 소나타, 월간에세이사, 2007
루이스 헨리 세브란스 – 그의 생애와 시대, 연세대학교 출판부, 2008
이승만과 마사리크, 연세대학교 이승만 연구원 학술총서 6, 북앤피플, 2013
이상의 시 괴델의 수, 보고사, 2014
이승만의 정치·경제사상, 연세대학교 이승만 연구원 학술총서 7, 연세대학
   교 대학출판문화원, 2014

이상의 시 괴델의 수[續]

2014년 6월 10일 초판 1쇄 펴냄

지은이 김학은
펴낸이 김흥국
펴낸곳 도서출판 보고사

책임편집 황효은
표지디자인 오동준

등록 1990년 12월 13일 제6-0429호
주소 서울특별시 성북구 보문동7가 11번지 2층
전화 922-5120~1(편집), 922-2246(영업)
팩스 922-6990
메일 kanapub3@naver.com
http://www.bogosabooks.co.kr

ISBN 979-11-5516-250-7 93810
ⓒ 김학은, 2014

이 도서의 국립중앙도서관 출판시도서목록(CIP)은 서지정보유통지원시스템 홈페이지
(http://seoji.nl.go.kr)와 국가자료공동목록시스템(http://www.nl.go.kr/kolisnet)에서
이용하실 수 있습니다.(CIP제어번호: CIP2014014476)